最果ての森

妖国の剣士❻

知野みさき

ハルキ文庫

角川春樹事務所

目次
Contents

8 序章 Prologue
20 第一章 Chapter 1
50 第二章 Chapter 2
75 第三章 Chapter 3
112 第四章 Chapter 4
135 第五章 Chapter 5
162 第六章 Chapter 6
193 第七章 Chapter 7
243 第八章 Chapter 8
280 第九章 Chapter 9
305 終章 Epilogue

安良《やすら》国全図

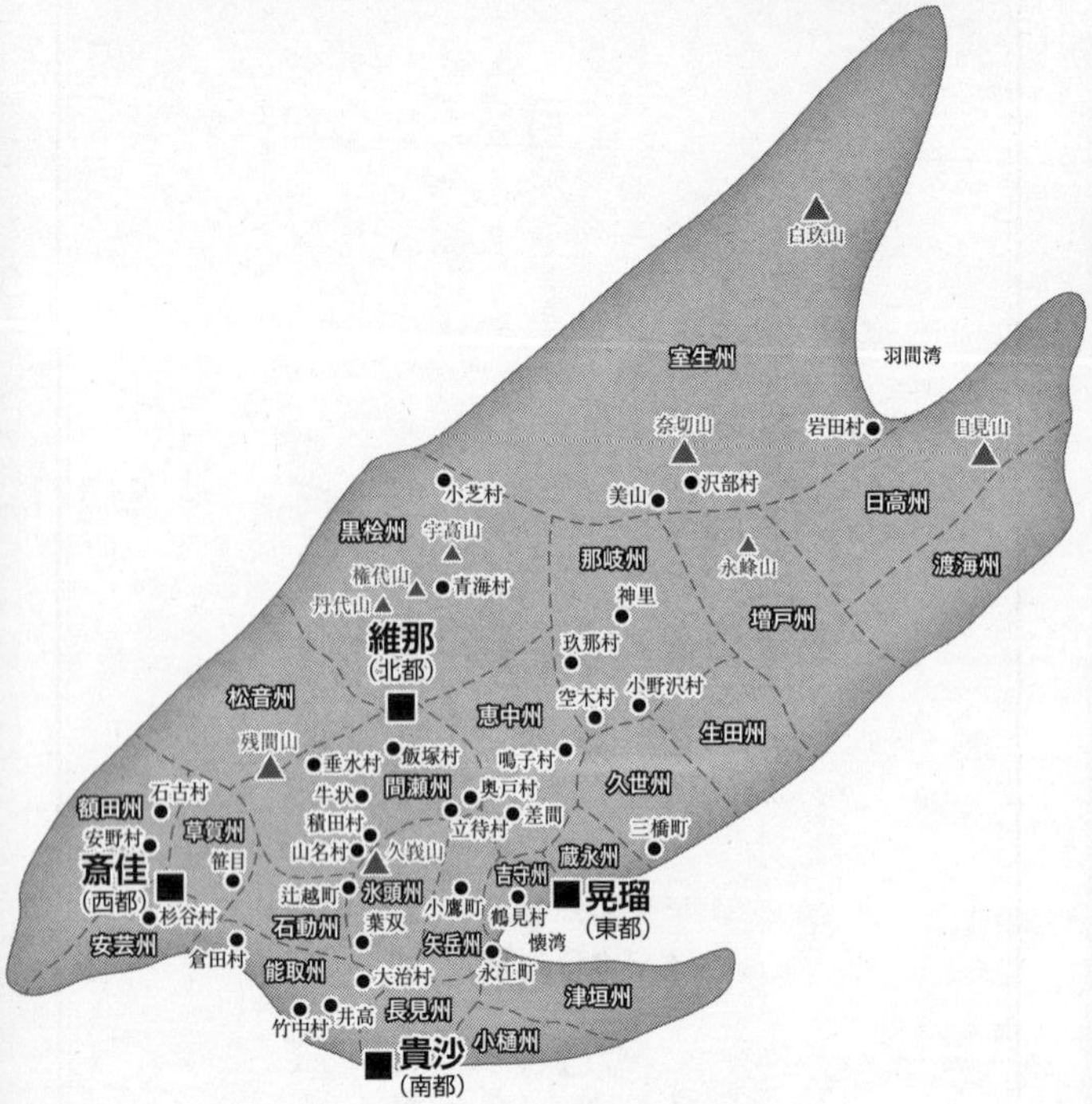

安良国は、四都と大小二十三の州からなる島国である。滑空する燕のような形をしていることから「飛燕の国」と称されることもあり、紋にも燕があしらわれている。東は「晃瑠《あける》」、西は「斎佳《さいか》」、南は「貴沙《きさ》」、北は「維那《いな》」が、安良四都の名だ。

東都・晃瑠《あける》地図

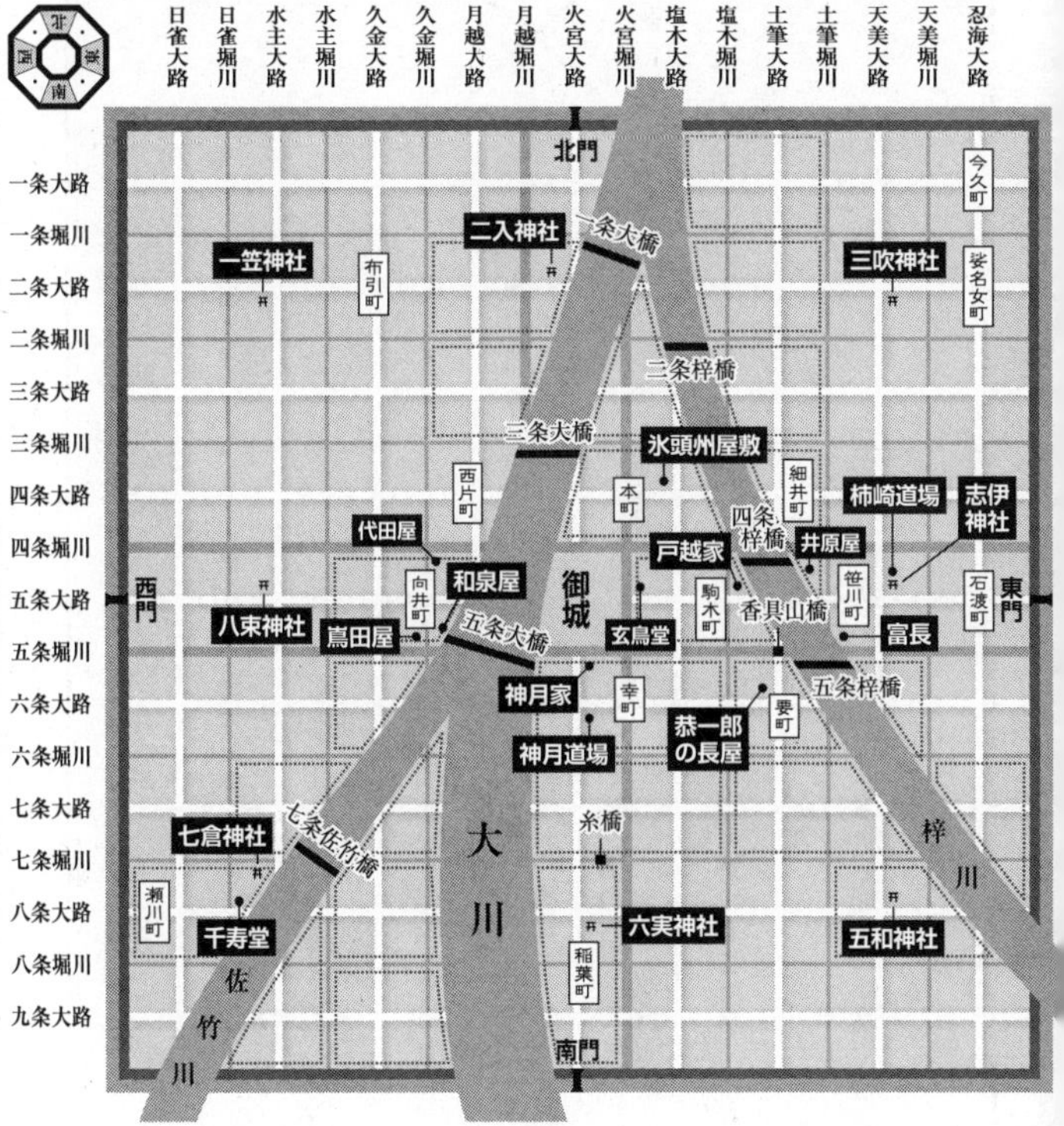

本国一の都である晃瑠は、川に隣するところ以外、碁盤のごとく整然と区画されている。東西南北を縦横する大路は十八、その間を走る堀川は十六、御城を囲む町の数は六十三である。三里四方の都は大きく、妖魔を防ぐ防壁に囲まれており、政治と経済を担う場である。

登場人物

Character

黒川夏野《くろかわなつの》
男装の女剣士。蒼太と妖かしの目を共有し、理術《りじゅつ》の才能の片鱗を見せる。

蒼太《そうた》
恭一郎と暮らす片目の少年。「山幽《さんゆう》」という妖魔。

鷺沢恭一郎《さぎさわきょういちろう》
蒼太と暮らす天才剣士。安良《やすら》国大老の妾腹の子でもある。

真木馨《まきかおる》
恭一郎の剣友。道場師範をしている。

樋口伊織《ひぐちいおり》
恭一郎の友。理一位の称号を得た天才理術師。偽名は筧《かけい》伊織。

安良《やすら》
現人神にして国皇。現在は二十五代目。

黒耀《こくよう》
妖魔の王。佳麗な少女の姿をしている。

稲盛文四郎《いなもりぶんしろう》
夏野の周りで暗躍する謎の老術師。

最果ての森

妖国の剣士6

Sword Fighters Of Yasura

序章 Prologue

おそるおそる駕籠《かご》の小窓を覗《のぞ》くと、そう遠くないところに奈切山《なきりやま》が見えた。

手をかざして奈切山の更に先の白玖山《はくさん》に目を凝《こ》らしながら、黒川夏野《くろかわなつの》はぶるりと身を震わせた。

武者《むしゃ》震いではない。

隠密《おんみつ》のごとく目元の他《ほか》は頭巾《ずきん》で覆《おお》っているものの、小窓から入ってくる風は痛いほどに冷たい。

「冷えてきたな」

小窓を開けた鷺沢恭一郎《さぎさわきょういちろう》はいつもと変わらぬ調子でつぶやいたが、夏野と恭一郎の間に座っている蒼太《そうた》はうつむいて、だるまのごとく身体《からだ》を丸めて無言を貫いている。

霊山・白玖山への道中であった。

夏野が登城してから七日、東都・晃瑠《あける》で地震が起き、蒼太を追って防壁まで駆けてから五日が経《た》った。長月《ながつき》も十一日目となり、秋の終わりが近付いている。

一月《ひとつき》半の旅から晃瑠に戻って来て、ほんの八日しか経っていない。ゆえに居候《いそうろう》先の戸越《とごし》次郎《じろう》とまつは不服そうであったが、御上《おかみ》の御用となれば文句は言えぬ。

　地震の翌日、伊織《いおり》は地震や火山脈沿いにある神社について国皇・安良《やすら》に密談を願い出たが、一都四州の自治の申し出を受けた安良や大老の神月人見《こうづきひとみ》は政務に忙しく、結句密談は叶《かな》わなかった。

　また、恭一郎は、槙村孝弘《まきむらたかひろ》――安良とも親しい山幽《さんゆう》――に白玖山行きを告《つ》げるべく仄魅《しきみ》の伊紗《いさ》につなぎを頼みに行ったが、孝弘からの返答はないままだ。伊紗曰《いわ》く、いつも遅くとも十日のうちにはなんらかのつなぎがあるそうだが、雪が降る前に一日でも早く出立したかった夏野たちは三日しか待たずに今朝《けさ》方晃瑠を発《た》った。

　都の門は時の鐘にかかわらず、卯刻《うのこく》三ツに開き、酉刻《とりのこく》三ツに閉まるのだが、安良の許しを得て、一刻《いっとき》早い寅刻《とらのこく》三ツに夏野たちは東門を抜けた。

　一行は四人で、夏野、蒼太、恭一郎の他、理一位《りいちい》の樋口《ひぐち》伊織が同行している。堀前《ほりまえ》宿場町・斑鳩町《いかるがちょう》で手配していた駕籠を一丁受け取り、恭一郎と伊織が担《かつ》いだ。

　妖魔《ようま》の多くが夜行性ゆえ、陽《ひ》が昇らぬうちに町を出る者はまずいない。

　小さな龕灯《がんどう》で足元を照らしながら半里ほど歩いた。街道から少し離れた雑木林の陰《かげ》まで来ると、辺りに人気《ひとけ》がないことを充分確かめた上で、夏野は金翅《こんじ》を呼ぶべく笛を吹いた。

　金翅の足の骨から作られたという白く小さい笛の音は、人には聞こえぬが、骨の主である宮本苑《みやもとその》には時を待たずして届く。

　前もって白玖山行きを知らせていた苑と佐吉《さきち》は夜のうちに近くに来ていて、四半刻と経たずに夏野たちの前に現れた。

伊織の刀を預かり、夏野、蒼太、恭一郎の三人が駕籠に乗り込んだ。まだ未熟な佐吉に駕籠は任せられぬゆえ、伊織は佐吉の背中に直《じか》に乗る手筈《てはず》になっていた。子供の蒼太と小柄な夏野だが、三人も乗るため駕籠は大きめで堅牢《けんろう》なものをわざわざ急ぎで作らせた。だが、苑への負担を考えて、堅牢といっても要人が乗るような「乗物」にはほど遠く、覆いも薄板をあわせただけである。

「さうい」

非難がましく蒼太がつぶやくのを聞いて、恭一郎が苦笑と共に小窓を閉じた。

蒼太は人見知りな上に寒がりだ。恭一郎や夏野はともかく、伊織にはまだ触れられるのを嫌がるため、必然的に夏野たちが蒼太と駕籠に乗ることになったが、佐吉の背中に乗る伊織を恭一郎が羨望《せんぼう》の目で見やったのが夏野には可笑《おか》しかった。

「樋口様も今頃《いまごろ》凍《こご》えておりましょう」

「どうだろう？　あいつのことだから、怪しい術でぬくぬくしておるやもしれん」

理術を極めた理一位の術に「怪しい」も何もなかろうと、何やらまだやっかみ交《ま》じりの恭一郎の口調に夏野は内心苦笑を漏《も》らした。

北へ向かうにつれ、大気がますます冷えてくる。

晃瑠から白玖山までおよそ百二十里。

荷物がなければ二刻余りで着くと苑は豪語していたが、夏野たちを運ぶ旅は少なくとも三刻はかかると思われた。

――七日前に、西都の閣老・西原利勝《さいばらとしかつ》は松音《まつね》、草賀《くさか》、額田《ぬかた》、安芸《あき》の四州と共に、安良に対して「自治」という名の反旗を翻《ひるがえ》した。

一昨年から始まった大規模な妖魔の襲撃は鴉猿《あざる》が先導していると判じ、鴉猿を始め、妖魔たちと共存を試みることで、自治下となる一都四州を護《まも》ると約束したそうである。

もっと理術師《りじゅつし》が必要だ、と西原は説《と》いている。

理術師となるためにはまず年に二度しか行われない試験を突破し、清修塾《せいしゅうじゅく》という学問所に入門せねばならない。清修塾は清修寮《りょう》と同じく各都に一つずつ、計四つしかなく、入試は歳《とし》を問わず何度でも受けることができるものの、閣老か州司の認印が必要だ。入塾できる者はほんの一握りで、塾での修業中に除名される者も少なくない。清修塾を経《へ》て、清修寮にて理術師の役に就《つ》いている者は、三人の理一位、百人足《た》らずの理二位《りにい》を含めても国中で四百人に満たなかった。

入塾の条件を広げ、理術師を増やして結界の強化に努《つと》めると同時に、鴉猿たち――引いては全《すべ》ての妖魔との共存を目指すべきだと西原は主張し、西原に同調する一都四州は新年をもって安良の統治から離れるという。

追って各地から届いた知らせによると、一都四州の役人、斎佳《さいか》の清修寮に詰めている理術師や都師、そして国民の多くは自治及び妖魔との共存に反対を唱《とな》えているようだ。だが、理術師が不足していることは斎佳のみならず、他三都の清修寮も同意していた。

近年の妖魔による人里の襲撃はそもそも、西原とその西原を利用しようとしている老術師・稲盛文四郎《いなもりぶんしろう》の企《たくら》みによるものである。しかしながら、国民にそう知らしめるだけの確たる証拠はいまだ押さえられぬままだった。

昨年、斎佳が被害に遭《あ》ったことも西原には有利に働いた。紫葵玉《しきだま》が放たれたことに加え、蒼太や黒耀《こくよう》の妖力が合わさって防壁が崩れたことは西原には誤算だっただろうが、己が暮らす斎佳に犠牲を出したことで、ますます国民を欺《あざむ》きやすくなったと思われる。

斎佳の堀前の葦切町《よしきりちょう》で夏野は稲盛に致命傷ともいえる傷を負《お》わせたが、「死した」のは稲盛の身体だけであった。あの場にいた鴉猿を連れて鹿島正祐理二位《かしましょうすけ》の身体を乗っ取った稲盛は、先だって鴉猿たちを使って那岐《なぎ》州の空木村《うつぎむら》や州府の神里《かみさと》を襲わせ、自らも神里に出向いて刀匠《とうしょう》・八辻九生《やつじきゅうせい》の鍛冶場《かじば》の跡地に建てられた「八辻宅」から書物を盗んでいる。

稲盛は鹿島の身体を乗っ取り、鴉猿までも取り込んだ。この同化を慣らすために時を要したようで、斎佳の一件以来つい先日まで一年近く、鴉猿たちの小手先の結界破りの他、大《た》きな襲撃は絶えてなかった。だが稲盛が動き出し、西原が公約を掲《かか》げたことで、再び被害が増えるだろうことは想像に難《かた》くない。自ら襲わせ、救うことで、西原は国民の信頼を得ようとする筈だった。現に夏野たちが駆けつけねば、神里でも数百人に及ぶ死者が出たに違いなかった。

こうしている間にもどこぞの村が襲われているのではないかと、夏野は案じずにはいられぬが、今は目の前の己の役目をまっとうする他ない。

白玖山に行き、まずは蒼太の生まれ故郷の「森」の翁《おきな》・イシュナを探す。安良様が仰《おつしや》る「森羅万象《しんらばんしよう》を司《つかさど》る理に通じる者」やもしれぬ者を――

イシュナだけではない。

白玖山にはイシュナが身を寄せる山幽の森があると思われる。さすれば、イシュナの他にも翁と呼ばれる知恵者がいる見込みが高かった。

「つかまれ！」

苑の声がして夏野と恭一郎が担ぎ棒につかまると、駕籠が夏野の方に傾いた。丸まっていた蒼太の襟首《えりくび》は恭一郎がつかんだものの、狭い駕籠の中である。のしかかってきた蒼太を空《あ》いている手で抱きとめると、綿入れ越しに体温が伝わってくる。

「かたじけ……」

「なんの」

己や恭一郎、苑への信頼の証《あかし》だろう。慌てる様子もなく丸まったままの蒼太に応《こた》えると、夏野は頭上の苑へ声をかけた。

「一休みするか？」

「いや、このまま風に乗る」

渡り鳥には敵《かな》わぬが、鷹《たか》や鷲《わし》を始めとする猛禽《もうきん》類も長時間の飛行が可能だ。身体の大きさや重さにかかわらず、休みなく長きにわたって飛べるのは、風を読み、風に乗ることを知っているからである。

人に化《ば》けることもできる金翅は鷹や鷲よりずっと大きい。苑より一回り小さい少年の佐吉でさえ、両翼《りようよく》の丈《たけ》は三間《さんげん》ほどもある。だが、獲物《えもの》をつかんで飛んだことはあっても、駕籠を運んだり人を乗せたりするのはまだほんの二度目だ。疲れたら無理なく一休みするよう前もって告げてあったが、苑はこのまま休まずに白玖山まで飛ぶつもりらしい。

二度、三度と、苑が大きく羽ばたくと、ふわりと駕籠が水平に戻った。

颪を「読み」、颪に「乗る」……

羽ばたきを止めた苑の気がくつろいだのが判《わか》って、夏野も一息ついた。

やや高さと速さが増した分、大気は一層冷たくなったが、目を閉じると己が大きな「流れ」の中にいるのが感ぜられる。

身を切りつけるような気流とは別に、大いなる意が自分たちを後押ししているようだ。

安良様……

東都の御城《おしろ》で待つ国皇に夏野は思いを馳《は》せた。

二十五代目の現国皇は御年十七歳だが、千と八十四年前に初代国皇即位を元年とした国暦以前より転生を繰り返してきた現人神《あらひとがみ》だ。

――国史より前にも私は幾度も死を迎えた。私が神月家と共に国を興《おこ》し、国皇になろうと考えたのは、この世を是正《ぜせい》するのにそれが最も近い道だと考えたからだ――

国皇となって理術や鉄の新しい製錬方法を人に伝えたのは、全てこの世を正すためだったのだと、安良は言った。

──森羅万象を司る理に通じる者、揺るぎない力で陰《いん》の理を断ち切る剣、そしてそれらを用いる然《しか》るべき時機──

安良との接見により、恭一郎が所持する八辻九生の刀が「陰の理を断ち切る剣」だということは判明した。だが、「森羅万象を司る理に通じる者」──安良に与《くみ》する孝弘が探し続けてきた「並ならぬ力を持つ者」──はいまだ見つかっておらず、断ち切るべき「陰の理」が何かも──少なくとも夏野たちには──謎《なぞ》のままだ。

理術師の頂点に立つ理一位は、いまや三人しかいない。一昨年に土屋昭光《つちやあきみつ》が間瀬《ませ》州山名《やまな》村《むら》で、昨年、本庄鹿之助《ほんじょうしかのすけ》が西都・斎佳で死したからだ。

残った三人の中でも十九歳という若さで理一位を賜《たまわ》り、今尚《なお》理一位では最年少の伊織こそ、国で最も理術に通じる者だと夏野は思っているものの、「理」を知るのは理術師のみとは限らない。

理一位暗殺に一役買った稲盛を含め、清修塾に入塾が叶わなかった術師くずれは数知れず、紫葵玉という宝珠の作り方を知る山幽の翁たちもいる。金翅や仄魅が人に「化ける」ことができるのも理ゆえであるから、翁の他にも、人に化けるいわゆる「妖《あや》かし」の中に、理に精通した者がいるやもしれぬ。

蒼太か、はたまた黒耀だって──

額《ひたい》の小さな角《つの》の他は人と変わらぬ見た目の山幽は、化ける術には長《た》けていないようだが、蒼太といい、妖魔の王として君臨する黒耀といい、念力を始めとする妖力──これもまた理術の内――に秀《ひい》でている者がいる。

微《かす》かな熱を感じて、夏野は己の胸元を見やった。

着物の内側に首から下げている守り袋には、伊織の直弟子《じかでし》であることを記した鉄製の通行手形の他、苑からもらった笛と神里で託された蛍石《ほたるいし》が入っている。神里から晃瑠への戻り道中では徐々に光を失っていったが、白玖山が近付くにつれて「力」を取り戻しているようだ。

この蛍石は八辻宅の家守である駿太郎《しゅんたろう》が、室生《むろう》州沢部村《さわべむら》の宮司《ぐうじ》から託されたものだ。

――いつか、伊達《だて》や酔狂ではなく、本気で白玖山を目指す者が八辻宅に現れたらこれを渡すようにと――

駿太郎は蛍石にまつわる曰《いわ》くを知らなかったが、蒼太の言葉を信じるなら、この蛍石は白玖山由来のものらしい。駿太郎が仕える理一位・野々宮善治《ののみやよしはる》が手に入れた日誌によると、稀代《きたい》の刀匠・八辻九生は孝弘と思《おぼ》しき者を伴って白玖山に砂鉄を採《と》りに行っている。ざっと二百年前のことで、八辻はこの時に得た砂鉄を使って恭一郎の刀を打ったようだ。

八辻が白玖山から蛍石を持ち帰り、紺野《こんの》家に託したのだろう――と夏野は考えて、否、「感じて」いた。

夏野は神里で、地中に埋まっていた八辻九生の懐剣を見つけた。

術は伊織に、剣は恭一郎に遠く及ばぬ夏野だが、八辻とは少なからず縁があるらしい。

風を乗り換えて一刻余り。

苑が舞い下りたのは白玖山の裾野《すその》だった。

「木々が邪魔だ。ここらでよかろう」

間近で見る白玖山の裾野から中腹は、主に針葉樹で覆われている。標高が高くなるにつれ木々が減り、頂上は万年雪で真っ白だ。

「こんなところまで来たのは初めてだ」

伊織を背中から降ろしながら佐吉がつぶやく。

三刻にわたる飛行とあって命綱を着け、綿入れに頭巾、手袋でしっかり身を覆っているが、伊織は疲れを見せずに軽やかに地に降り立った。

「おぬしたちなくしてはとてもたどり着けなかった。快《こころよ》く引き受けてくれたこと、深く感謝申し上げる」

「ふん」と、苑は鼻を鳴らした。「お前のためにしたことではないわ」

苑を始めとする金翅は、蒼太を黒耀に代わる妖魔の王にと望んでいる。呼びつけたのは笛を預かる夏野だが、蒼太の意があってこそ引き受けた話であった。

「かたじけ……」

目元だけを出した頭巾の下から蒼太も礼を言った。

「無事に帰って来いよ、蒼太」

「……ん」

佐吉もそうだが、蒼太も浮かない顔をしている。

同族の赤子・カシュタを殺した蒼太は、八年前に賞金首となって森を追われた。

賞金代わりの紫葵玉が稲盛に奪われたことで、他の種族から追われることはなくなったが、故郷の森は稲盛に焼かれて、仲間の半数は命を失った。

そもそも蒼太がカシュタを殺したのは、シダルというやはり山幽の謀《はかりごと》ゆえだったのだが、他の森に住む——殊《こと》にこのような僻地《へきち》の——山幽がそうと知っているとは限らぬ。よしんば知っていたとしても、蒼太を厭《いと》うことは充分考えられる。

数少ない仲間とひっそり暮らす山幽にとって、同族殺しは大罪だからだ。

ふと、五日前の夜を思い出した。

——もっと恐ろしいものがくる——

防壁の上で、白玖山がある北東を見つめて蒼太は言った。

とっさに新たな地震に備えたものの、あの後すぐに地震は収まった。「なんでもない」、予知は「間違い」だったと蒼太は打ち消したが、今の蒼太の憂《うれ》い顔にもあの夜感じ取った戸惑《とまど》いと不安が見て取れる。

あの予知は本当に「間違い」だったのだろうか……

思わず身震いしたのは、寒さからだと己に言い聞かせる。

白玖山を見上げて、夏野は改めて気を奮い立たせた。

「黒川、樋口、鷺沢——蒼太を頼むぞ」

重々しく夏野たちを見回して言った苑へ、にこやかに応えたのは恭一郎だ。

「案ずるな。蒼太と黒川なら必ず森にたどり着こうし、山幽たちは無益な争いを好まぬと聞く。さすれば、この伊織の口八丁でなんとかなろう」

「……しからば、お前は用無しの役立たずではないか。こんなところに他の妖魔や獣《けもの》がいるとは思えんからな。お前も八辻も出番なしだ」

「うむ」

苑の嫌みを物ともせず恭一郎は頷《うなず》いた。

「俺はただの役得だ。形ばかりでも俺は蒼太の父親、伊織の用心棒ゆえ」

「ふん」

「俺も八辻も出番がないに越したことはない。それより帰りもよろしく頼む」

「ふん」

再び鼻を鳴らして苑は佐吉を促《うなが》した。

苑たちが飛び去ってしまうと、夏野は手袋を外して守り袋から蛍石を取り出した。指でつまんだそれは、瞬《また》く間に淡い光を放ち始める。

「ゆこうか？」

「……ん」

蒼太が頷くのを見て、夏野は凍《い》てつく山へ足を向けた。

第一章 Chapter 1

二度目の日暮れが訪れた。
昨晩と同じく、三間《さんげん》四方ほどの平らな地を見繕《みつくろ》って、夏野は伊織と結界を施《ほどこ》した。

万理の由縁《ゆえ》を以《もっ》て禍事罪穢《まがことつみけがれ》を祓《はら》う哉《なり》
風に倣《なら》い平《たい》らけく
地に倣い安けく
天地《あめつち》の理を以て我らが息吹を此《こ》の處《ところ》に潜《ひそ》むる哉……

細い糸のごとく紡《つむ》がれていく妖魔除《ようまよ》けの結界は、都のそれとは比べものにならぬほど簡素だが、自分たちの気配を隠す効果もある。己一人の詞《ことば》で紡ぐ結界はまだまだ頼りないが、伊織の助けを得ながら唱《とな》えるうちにそれらしいものに仕上がった。
苑が言った通り、妖魔どころか獣一匹見ていない。そびえる木々の合間からところどころ見える空に、渡鴉《わたりがらす》と思《おぼ》しき鳥を二度見たのみだが油断はできなかった。

山幽《さんゆう》の結界の威力か、はたまたここが霊山ゆえか、蒼太にもイシュナの気配も「森」の場所も判《わか》らぬらしい。

他《ほか》に手がかりがない夏野たちは、夏野の手で光る蛍石《ほたるいし》の明るさを頼りに、行きつ戻りつを繰り返して樹海を進んで来た。

干《ほ》し肉の他、伊織が用意させた糧食《りようしよく》を携《たずさ》えてきたが、水——というより雪や氷——は蒼太が探し出して来る。

糧食は二種で、蕎《そ》麦《ば》粉に餅《もち》粉、山芋《やまいも》、耳草《みみくさ》、御《お》種人参《たねにんじん》、酒を混ぜたもの、それから餅米に蓮肉《れんにく》や山芋、御種人参、氷砂糖などを混ぜたものがそれぞれ丸めてあった。肉を食べない蒼太は糧食にしか手を出さず、殊《こと》に氷砂糖が入っている方を好んでつまんだ。

半寸玉ほどの糧食を五、六粒腹に入れると、蒼太はさっさと頭巾《ずきん》を被《かぶ》って横になる。

寒がりの蒼太は日中も綿入れを着たままなのだが、寝る時はその下に更に、飛行用に用意した袖《そで》なしの薄手の綿入れを着込んでいる。

「明日は見つかるとよいな」

己の傍《かたわ》らで丸くなった蒼太の肩を撫《な》でながら恭一郎が言った。

山頂を目指すつもりは毛頭ない。蒼太と蛍石をあてにして、早々にイシュナか森が見つかるだろうと踏《ふ》んでいた夏野たちは、五日分ほどしか糧食を用意してこなかった。それも道中ではなく、森での滞在を見越してのことである。

「申し訳ありませぬ」

「うん？　黒川が詫《わ》びることではなかろう」と、伊織。

「そうとも。どうも俺は甘くみていた」

「そうとも。お前の読みが甘かったのだ」

伊織も恭一郎もおどけた口調で苦笑を交《か》わしたが、蛍石が夏野の手でしか光らぬ以上、案内役として己がしっかりせねばと思う。

私にもっと力があれば――

三年前に蒼太の左目を取り込んでしまうまで、己に理術の才があろうとは夏野は思いも寄らなかった。

蒼太の左目を預かる者として多少なりとも理術の心得があった方がよかろうと、伊織が居を構える空木村でしばし過ごすことなった時も、まさか己がのちに理一位《りいちい》の直弟子《じかでし》として国皇に接見するまでになろうとは夢にも思わなかった。

伊織から学んだこともそうだが、蒼太と共に過ごす時が増えるにつれて、理術の基礎である「感じ取る力」は大分伸びた。だが、「つながっている」蒼太を追う時に青白い軌跡が見えるように、森とつながっている筈《はず》の蛍石からも何か読み取れぬかと目や気を凝《こ》らしてみても、蛍石はただ光るだけである。

僅《わず》かでも光が増せば正しい道を、翳《かげ》れば誤った道を進んでいると判じて歩いているものの、山中ということもあって一刻《いっとき》に四半里も進めばよい方だ。

裾野《すその》の樹海は思ったより広く、もしも森が白玖山の北側にあるなら、回り込むだけで更に二日はかかりそうである。

「そう思い詰めずともよい。行きは迷っても帰りは早いゆえ」

並外れた記憶力を持つ伊織は、行きつ戻りつした道も含めて全《すべ》て覚えているらしい。

「それに、来た道を戻らずとも、帰りは樹海を抜けたところで苑を呼べば済むことだ」

「確かに……しかしこの調子では」

「弱気になるな。蒼太を見習って黒川ももう休むといい」

夏野を遮《さえぎ》るように伊織が言うと、恭一郎も頷《うなず》きながら微笑《ほほえ》んだ。

「うむ。黒川、今宵《こよい》も蒼太を頼む」

「はあ、ではそのように……」

もごもごと応《こた》えて、夏野は寝支度《ねじたく》を整えるためにしばし結界の外に出た。

常日頃《つねひごろ》は少年剣士の格好をしているが、中身はれっきとした、しかも既《すで》に二十歳《はたち》で年増の仲間入りをした女である。

一人旅なら野宿をしたこともあり、間瀬州山名村では、真木馨《まきかおる》を交えて五人で神社で夜明かしをした。また、斎佳では蒼太を探して恭一郎と同じ部屋で眠ったこともある。だが昨晩、蒼太を挟んで恭一郎から二尺と離れていないところで眠りに就《つ》いたことを思い出すと、やはりどぎまぎしてしまう。

まさか今宵も野宿になろうとは……

蒼太から聞いた限りでは山幽の森は独自の結界に守られており、森の中は冬でもそこそここ暖かいらしい。また「人に似て、人に非《あら》ず」といわれる山幽だが、男女の区別は人と同じく、夫婦でない男女は寝所を別にしていて、湧《わ》き湯を利用した入浴や厠《かわや》にもそれなりの配慮があるようだ。

蒼太の他に、夏野がこれまでに出会った山幽は五人。

蒼太を嵌《は》めたシダルと妖魔の王である黒耀――人名を橡子《しょうこ》――は殺しを厭《いと》わぬ、山幽らしからぬ者たちだ。しかし孝弘はさておき、蒼太を憎むサスナ――カシュタの母親――は結句蒼太を殺《あや》めることはなく、イシュナが生霊としてさまようようになったのは、仲間を殺めた自責の念かららしい。

山幽の多くは争いを好まず、森でただ静かに暮らすことを望むと聞いている。ゆえに恭一郎と同じく、伊織がいれば森に受け入れてもらえるのではないかと夏野も楽観していたのだが、よもや丸一日を経《へ》てもまず森が見つからぬとは想定していなかった。

まこと、見通しが甘かった……

歯磨きや小用を済ませて今宵のねぐらに戻ると、伊織も恭一郎も既に横になっていた。

夏野とは反対側にいる伊織はまだうっすらと明かりが残る空を見上げているが、その隣りで目を閉じている恭一郎は微動だにせず、微《かす》かに――こちらが息を潜めねば気付かぬほどの寝息を立てている。

「お休みなさいませ」

「うむ」

頭巾に手袋、綿入れで身をしっかり包むと、夏野は伊織に一声かけてから、蒼太の隣りに身を横たえた。

「なつ……」

寝言のような蒼太の囁《ささや》き声を聞いて、夏野は蒼太の背中を抱いて身を寄せた。

恭一郎が「頼む」と言ったのはこのことで、二人で暖を取るよう、表向きは夏野へ、実は蒼太に向けた言葉であった。

慣れたとはいえ普段は触れ合いを好まぬ蒼太だが、寒がりかつ恭一郎の頼み、また綿入れ越しゆえに夏野に身を任せることを拒《こば》まない。蒼太が再びうとうとし始めると、じんわりと己より高い体温が伝わってきて、凍えた身体《からだ》をほぐしていく。

恭一郎を意識せぬよう蒼太の寝息に耳を澄《す》ませるうちに、夏野はすっと眠りに落ちた。

†

ふいに目覚《めざ》めた蒼太は、注意深く身体を起こした。

闇《やみ》に目を凝らすと、己の緊張を感じ取ったのか、恭一郎、伊織、夏野もそれぞれ目覚めて辺りを窺《うかが》う。

堀前《ほりまえ》町を出た時から眼帯は外してある。左目は見えぬままだが、夏野の中に入り込んだ己の目が、夏野と共にあるのをひしひしと感じた。夏野が目を凝らすことで、夏野の分も視界が広がって見える気がする。

木々の合間に白い影が揺らいだ。

はっとしたところを見ると、夏野にも見えたようだ。

「さき、ゆく」

囁いて、蒼太は立ち上がった。

夏野と伊織が施した結界の外に出ると、密《ひそ》やかに白い影――イシュナ――のもとへ急ぐ。

イシュナの向こうが透《す》けて見えるのは生霊だからだ。

消えてしまえば森への手がかりを失うと、蒼太は声がけを躊躇《ためら》ったが、どのみち避《さ》けられぬことだと思い直す。

『イシュナ』

蒼太の呼び声にイシュナは足を止めたが、己を探す様子はない。

『イシュナ、おれだ――シェレムだよ。イシュナに会いにここまで来たんだ』

じっと佇《たたず》んだままのイシュナに蒼太は続けた。

『イシュナに会いたい。本物のイシュナに……』

応えも、蒼太の方を見もせぬが、イシュナはそっとまた歩き出した。

イシュナから一間ほど離れて蒼太は後を追った。

四半刻もすると、ずっと後ろに夏野たちの気配を感じるようになった。木々に隠れていて見えないが、目で「つながっている」夏野が己の足取りを追って来たのだろう。

九ツ――真夜中――は過ぎているようだ。

街明かりは無論ないが、空には二日後に満月を迎える月が昇っていて、山頂から中腹を覆《おお》っている万年雪が月明かりを淡く照り返している。夜目が利《き》く蒼太や夏野はともかく、小さな龕灯《がんどう》しか持たぬ恭一郎たちには恵みの月だ。

イシュナの足取りは遅く、追いかけることは造作ない。ただ時折その姿は薄らぎ、ともすると消えそうになって蒼太をはらはらさせる。

更に四半刻ほど歩いてから、イシュナはふと足を止めた。

ようやくゆっくり振り向くも、その目は蒼太を見ていない。

が、イシュナが再び前を向いた途端、その先に霧《きり》がかったような「白い壁」が現れた。

森の「けっかい」——

久峩山《くがやま》の麓《ふもと》にあったかつての森を追い出されてしばらくは、他の森を訪ねて歩いた。しかし時を待たずして己が賞金首になったことを知り、いくつかの森に拒まれてからは蒼太は森に近付くのをやめた。

それでも探そうと思えばいつでも探し出せると思っていたが、白玖山では一向に森の気配を感じなかった。

恭一郎と暮らすようになって三年が経《た》っている。森が判らぬのは己が「にんげん」の振りをして、人の暮らしに慣れたせいかと不安になったが、どうやら他の森とは一味違う結界のせいだったようである。

森が何やら見えない壁に囲まれていることは幼い頃から知っていた。森の仲間が壁の外に出ぬように、動物たちも中には入って来ない。天候や季節の影響はあれど、森の地表に近いところはいつもほどよい気候が保たれていた。

しかし、このような「壁」――結界――が見えたのは初めてだ。

人里を覆う結界とは大分違う。理術師が施す結界は、妖魔には漆黒《しっこく》の闇でしかない。目を凝らせば黒い文字の羅列《られつ》が見えるようになったが、禍々《まがまが》しく漂ってくる死の気配に、守り袋をつけていても怖気《おじけ》付かずにいられぬものだ。

じっと壁を見つめると、文字の代わりに極細かい白い粒が見えた。粒には泡のごとき柔らかさを感じたが、人里の結界ほどでなくとも強い「拒絶」がそこにはあった。

これも「ことわり」……

伊織曰《いわ》く、形は違えど翁《おきな》も理に通じている筈だという。また、結界や紫葵玉、薬代わりの「マデティア」などの作り方を知らぬ「並」の山幽も皆、言葉に代わる感応力や大なり小なり念力を備えていて、これも伊織に言わせれば「術」――つまり理の一環らしい。

すっと、壁に吸い込まれるようにイシュナの姿が消えた。

慌てて追うも、イシュナの姿はどこにもない。

五間ほど濃霧の中を駆けて外に出ると、木々の合間にこちらに向かって来る夏野たちの姿が見えた。まっすぐ走ったつもりが、いつの間にかぐるりと反転していて、もといた場所とほぼ変わらぬところへ戻っていた。

「蒼太、翁は……？」

蒼太が指差した壁を夏野が凝視《ぎょうし》する。

「これは、結界か？」

壁に手を伸ばした夏野へ伊織が問うた。

「見えるのか？」

「はい。真っ白で――霧のような……」

「俺には見えぬ」

「見えぬのか？」

そう問うたのは恭一郎だ。

「うむ。何やら境があるのは感じるが、白い霧なぞまったく見えぬ。お前はどうだ？」

「お前に見えぬものが、俺に見えるものか」

恭一郎が応える傍ら、蒼太は再び壁の向こうに行こうと試みた。

「あっ、蒼太！」

夏野の声を背中にやはり五間ほど行くと、またしてもすぐに夏野の姿が見えて来る。

夏野が言うには、己の姿は歩き出して一間ほどで一度消え、だがほんの束の間《つかま》のうちに折り返して戻って来たらしい。

「どれ」

蒼太が止める間もなく、恭一郎が壁の向こうに姿を消したが、だがほんのしばしで再び壁から姿を現した。

「面白い。まさに幻術だな」

楽しげに恭一郎は言ったが、蒼太を見てすぐさま口を改めた。

「すまん」

「おきな、きえ、た」

イシュナを見失ったこともあるが、山幽の己がこの結界を越えられぬということは、己はいまだ森に――仲間に――拒まれている証《あかし》だろうと気を落とさずにいられない。

「そうだな。さて、どうするか。おい伊織、なんとかしてくれ。黒川でもいい」

「少し時をくれ。ああ、その前に黒川、蛍石を試してはどうだ？」

伊織に言われて、夏野は急ぎ守り袋を襟元から引っ張り出した。

夏野が手のひらに載せたそれは、淡くも、これまでで一番明るく光り始める。

蛍石を手に夏野が壁の中に足を踏み入れる。蒼太も後に続いたが結果は同じであった。

二人して落胆の溜息《ためいき》を漏らしたところへ、壁の中から男が二人現れた。

山幽だった。

蒼太と同じく鳶色《とびいろ》の髪をしていて、どちらも見た目は二十歳そこそこの若者だ。目の粗い薄布でできた着物の丈は短く、袖もない。帯も腰紐《こしひも》のような細い紐状の物のみだ。

三間ほど離れたところに出て来た二人は警戒心を隠さず、蒼太たち四人を上から下までじっくりと見回した。

『人だ』

『いや、あの子供は……』

伊織や恭一郎には判らぬ、山幽独特の言葉で二人がつぶやく。

『おれはシェレム。翁のイシュナに会いに来た』

己の山幽の名を二人に告げる。

『シェレムだと？』

『あれだ。イシュナの森の赤子を殺した――』

囁き合う二人を遮るように蒼太は続けた。

『一緒にいるのは「かくろう」と同じくらいえらい「りいちい」の「いおり」、「たいろう」の息子の「きょう」、それから「なつの」。「なつの」は石を持っている。おそらく、ムベレトか「やつじ」が細工《さいく》をした光る石……』

閣老、理一位、大老、といった人の肩書よりも、夏野が手にしている蛍石と山幽のムベレト――槙村孝弘――や、八辻の名の方が効いたようだ。

男たちが顔を見合わせた。

言葉が交わされたようだが、蒼太には聞こえなかった。

『しばし待て。まずは翁に知らせてからだ』

二人の姿が壁の中に消えてしまうと、恭一郎と伊織が揃《そろ》って蒼太と夏野を見やった。夏野が山幽の言葉を解すことを二人は既に知っている。

――ただし、山幽の名は秘密にするとの約束だ。

符呪箋《ふじゅせん》で羈束《きそく》するには血が入り用だが、伊織ほどの理術師でなくとも、血の代わりに真《ま》名《な》を使う術を知る者がいなくもないからである。

夏野が口を開きかけるのへ、伊織が小さく首を振った。

「黒川は黙っておれ」

蒼太たちには判らぬだけで、見張られているやもしれなかった。夏野が山幽の言葉を解することは、今は伏せておいた方がよいと判じたのだろう。

「ちょと、まつ。おきな、しあせう」

しばし、と男は言ったが、たっぷり一刻は待たされた。

このまま放っておかれるのではないかと蒼太が不安を覚えた矢先、男たちが戻って来た。一人は風呂敷《ふろしき》のごとき布を、もう一人は葛《くず》の蔓《つる》を持っている。

『武器は全てこれに包め』

蒼太が男の言葉を伝えると、恭一郎たち三人が腰の刀を外した。蒼太も懐《ふところ》から懐剣を取り出し、更に思い出して仕込み刃入りの鍔《つば》の眼帯も出す。それらをまとめて包み、風呂敷のごとく端を縛って差し出したが、男は首を振って受け取らない。

『それはお前が持って、ついて参れ』

恭一郎の亡妻・奏枝《かなえ》は、八辻の剣に惹《ひ》かれながらも触れられなかったと聞いている。刀で首を落とされるか、心臓を貫かれるかすれば妖魔にも容易に死が訪れる。山幽はそもそも争いを好まぬ種ということもあり、男たちも刀を忌《い》み嫌っていることが見て取れた。

刀の包みはずっしり重いが、山幽の蒼太が苦にするほどではない。包みを抱いた蒼太にもう一人の男が葛の蔓を差し出した。

『人にも、これにつかまるように言え。こちらがよいと言うまで蔓を放すでないぞ。勝手な真似《まね》をするようなら容赦《ようしゃ》はせん』

蒼太は覚えていないが、伊織はかつて同じ方法で蒼太を背負った恭一郎を結界の内側に導いたそうである。結界を越えるには、それを開くことのできる術師と「つながる」のが最も手っ取り早い。葛でなくてもよいのだが、手をつなげぬ時は「生きている」ものを間に挟むと術師の気が伝わりやすいのだ。

蔓を送り、蒼太、夏野、伊織、恭一郎の順に連なると、手ぶらになった男が先導するように蔓を持った男を促《うなが》した。

蔓を握ったまま男たちの後に続くと、霧の向こうに森が見えてくる。

結界を抜けた途端、蒼太は立ち尽くした。

のどかな大気が冷え切った身体を包み込む。

冬が近付いているがゆえに青々しいとはいえないが、草木は充分潤《うるお》っていて、外の凍《い》てつく山林とは大違いだ。

紛《まぎ》れもない山幽の森であった。

『手を放せ』

八年ぶりの感傷に浸《ひた》る間もなく、振り向いた男が命じた。

男のずっと向こうに蔓を手にした者がいる。

背中を向けているため顔は見えぬが、鳶色の髪が特徴の山幽には珍《めずら》しい黒髪だ。この森の翁――結界を施した者――だと思われた。

蔓から手を放しながら皆を促すと、放された蔓を勢いよく取り上げて男が言った。

『沙汰《さた》があるまで、お前たちはここで待て』

改めて辺りを見回すと、結界を越えて入って来たところを中心に、半径十間ほど先に半円を描くようにうっすらと靄《もや》がかかっている。

「成程」と、伊織がつぶやくのを聞いて、半円が新たな結界だと蒼太は解した。

かつての森で、聖域内に描かれた円に放《ほう》り込まれ、角《つの》と視力を奪われたことを思い出した。あの円もまた結界の一つで、黒耀の雷が他の者に及ばぬように施されたものだったのだと今なら判る。

一刻の間に山幽たちは策を巡らせ、蒼太たちを留め置くための結界をわざわざ森の内側に張ったのだ。

『武器は包んだままにしておけ。手にするようなら害意があるとみなして、人は皆始末するよう仰せつかっている』

同族殺しは大罪でも、害意ある別の種族、ましてや人なら躊躇わぬだろう。

妖力が増した蒼太は、いまや黒耀のごとく雷を操れるようにもなったが、結界を破るために己の力を試そうとは思わなかった。

望んでいるのはイシュナ、それから他の翁との対面だ。つまらぬことで山幽たちを逆《さか》なですのは得策ではない。伊織も同じ考えらしく、大人しく座り込んだ。

「外よりは大分ましだ」

そう言って恭一郎も荷物を下ろし、ごろりと横になって目を閉じる。

翁と思しき男は振り向かずに去って行き、二人の男たちの内一人が見張りとして残った。

†

夜明けまで半刻ほどという時刻だろうか。

日暮れと共に眠りに就いたため眠気はないが、夏野は手持ち無沙汰で落ち着かない。

恭一郎は木々の合間に平らな場所を見つけて再び寝入ってしまい、伊織は結界を間近で見つめて沈思している。

内側の結界は外の結界よりずっと薄く、見張りの人影やその表情も透けて見える。

蒼太はしばらく辺りを窺っていたが、見張りの者に睨《にら》まれて、これまたじっと木の根元に座ったままである。

葛の蔓を持っていた後ろ姿の男は翁だろうが、結句、顔は見せなかった。

結界の外より大分暖かいのはありがたいものの、山中にいることに変わりはない。

結界に目を凝らしてみるも、白く淡い泡のようなものが連なるだけで、人里の結界に使われる文字のようなものは見えなかった。

それとも、これが山幽の「詞」なのか……

伊織も結界を見極めようとしているようで、問いかけは躊躇われる。

仕方なく夏野は蒼太の近くに座って、やはりじっと考え込んだ。

——ムベレトか「やつじ」が細工をした光る石——

結界の前で、蒼太が二人の山幽に告げた言葉が思い出された。

槙村の山幽の名は「ムベレト」……

約束があるゆえ、夏野はその名を黙って胸の内に仕舞った。

人が施した結界や術とは無縁の場にいるからか、過去と比べて、よりはっきりと山幽の言葉を解することができた。とはいえ、言葉そのものは会得していない。他の妖魔の言葉もそうだが、ただ言葉らしき音が聞こえ、意味合いが直に——おそらく蒼太の目のおかげで——それとなく伝わるだけである。

理術においても夏野はいまだ詞をよく知らず、簡単な結界の他は術らしき術も使えぬままだった。

肝要《かんよう》なのは「詞」ではなく「意志」だと伊織は言う。

——詞は意志を確かめ、促すための道具に過ぎず、揺るがぬ意志があれば、詞がなくとも理は術となる——

伊織の詞は夏野には祝詞《のりと》のように聞こえるが、それは伊織が宮司の息子として生まれたことに大いにかかわりがあるらしい。神社は都の護りの要《かなめ》ゆえに、清修塾で教える詞も祝詞のごときものだそうである。

——初めは皆、「儀式」を必要とするからな——

慣れ親しんだ神社、敬愛する安良の加護を思わせる詞を使うことで、理術の基礎である結界が編《あ》みやすくなるという。同じく理一位の、晃瑠に住む佐内秀継《さないひでつぐ》の詞は伊織とさほど変わらぬそうだが、今は維那《いな》にいる野々宮善治の詞はずっと飾《かざ》り気がなく、「武芸者らしい」と伊織は言っていた。蒼太の念力も術の内で、蒼太が念ずる際に唱える「動け」だの「止まれ」だのは詞の最も簡素な形であると伊織は説《と》いた。

鳴子村《なるこむら》では伊織と柴田多紀《しばたたき》に同行し、二人が結界を直すところを間近で見た。しかしながら、この旅のために一から手ほどきを受けたにもかかわらず、伊織の詞を真似てみても夏野はうっすらと頼りない結界がせいぜいで、見様見真似の蒼太に至ってはそれすらも編み出せなかった。

――夜が明けても、なんの「沙汰」もなかった。

が、明け方に見張りの交代に来た者は、水の入った大徳利《おおどつくり》と膳《ぜん》を携えていた。

四つの椀に入っていたのは芋粥《いもがゆ》だった。乱切りにした長芋を甘葛煎《あまづらせん》と思しき甘味で煮てある。外より暖かいとはいえ、万年雪を抱く白玖山の山中である。袷《あわせ》だけではやや肌寒い中、熱い芋粥は五臓六腑《ごぞうろっぷ》に染み渡る。

「旨《うま》いな」

「ええ、温まります」

恭一郎と共に夏野は舌鼓《したつづみ》を打ったものの、昼餉《ひるげ》も夕餉も出てきたのは芋粥のみであった。干し肉と糧食も交えているからか、恭一郎は芋粥に不満はないようだったが、限られた場で剣を取り上げられて退屈そうだ。夏野は伊織に勧《すす》められて瞑坐《めいざ》を試みたが、結界のせいか、いつものようにうまく入り込めぬ。蒼太は見張りと話したそうな素振りを幾度か見せたが、夏野に話を聞かれることを警戒してか、はたまた仲間からの拒絶を恐れてか、黙ったままふて寝と沈思を繰り返していた。

内側の結界に閉じ込められて丸一日が過ぎ、三晩目の野宿を経た十四日の明け方に、交代の見張りの者がムベレト――槙村孝弘――ともう一人、黒髪の山幽を連れて来た。

顔立ちは見張りの山幽たちと変わらぬ二十歳前後の若者だが、瞳《ひとみ》は歳《とし》を重ねた賢者のものだ。黒髪からしても、昨日、後ろ姿しか見せなかった翁だろうと夏野は推察した。

「まきむあ」

「蒼太、よくここまで来たな」

蒼太に声をかけてから、ムベレトは夏野の方を見て問うた。

「八辻の石を持っているというのは本当か？」

守り袋から蛍石を取り出してみせると、ムベレトは珍しく微笑を浮かべた。

『八辻め、驚かせてくれる。まこと、今もって不可思議な男よ……』

山幽の言葉でつぶやいて、ムベレトは夏野たちを見回した。

「蒼太と黒川夏野。まずはお前たち二人を連れてゆく」

有無を言わさぬムベレトに、夏野たちはただ頷く他ない。

丸腰で二人と離れるのはやや不安があるが、今の夏野はムベレトが安良に通じる者だと知っている。

「行って参ります」

「うむ。蒼太を頼むぞ」

蒼太が不満げに小さく頰《ほお》を膨《ふく》らませたのを見て、恭一郎はくすりとして付け足した。

「黒川を頼んだぞ、蒼太」

「ん」

結界の向こうから翁が蒼太へ手を差し出した。

おずおず翁の手を取った蒼太が、反対側の手を夏野に差し出す。

翁と蒼太に連なって結界の外に出ると、ふいに理由なく胸が締め付けられた。

いや、これは——

つないだ手を通して蒼太から流れ込んでくる。

郷愁《きょうしゅう》と後悔。

同族殺しという取り返しのつかない過《あやま》ちと、その代償……

はっとした蒼太が振り切るように夏野の手を放し、夏野もとっさに目をそらす。

森を追われてから恭一郎に出会うまで、蒼太は五年も一人で逃げ回っていたという。

一体どんな思いで白玖山を——再び仲間の森を訪ねようと決意したのか……

蛍石の入った守り袋へ手をやりながら、夏野は再び蒼太の手を取った。

「武者震いが止まらぬ。今少しつないでおいてくれ」

蒼太の気を読むのではなく、己の気を送るつもりでそっと握ると、一瞬押し黙ったのちに蒼太も小さく握り返した。

恭一郎と伊織の姿が見えなくなり、尚《なお》も一町ほど木々の合間を進んで行くと、ぽっかりと、なだらかに開けた地に出た。まばらな木々の合間にぽつりぽつりと小さな小屋が見え、幾人か外に出ている者たちがこちらをじっと窺っている。

夏野たちがいざなわれたのは翁の家で、大きな岩と木の間にあった。

円錐《えんすい》状の屋根には草が生えている。戸の代わりの簾《すだれ》は巻き上げてあり、床には筵《むしろ》が敷かれていた。屋根は支柱と放射状に組まれた垂木《たるき》に、細木と樹皮を被せてあるようだ。表に草が生えているのは、屋根の上に土を載せてあるからだろう。人里ではもう見なくなって久しい造りだが、国史を学んだ際に似たような造りの家の絵を見たことがあった。現大老を務める神月家がまだ地方豪族に過ぎず、安良が国の統一に乗り出した頃の人家を描いたものである。

ムベレトに促されて翁の前に座ると、翁はまず夏野に問うた。

『お前が我らの言葉を解するというのは本当か？』

ムベレトが告げたのだろうと判じて、夏野は素直に頷いた。

「本当でございます。ただ、聞こえ、解すことはできますが、話すことはできません。もうご存じのようですが、私の名は黒川夏野。ゆえあって、蒼太の片目をこの身に預かっております」

ムベレトが山幽の言葉に訳して伝えると、翁は再び夏野をまっすぐ見つめた。

『我が名はリエス。この森の翁だ』

蒼太を森へ案内したイシュナは結界の中に姿を消したのち、斎佳の北に位置する額田州にいたムベレトのもとへ姿を現したという。

『シェレムと黒川が白玖山にいると、イシュナが教えてくれたのだ。道中で、伊紗からのつなぎも受け取った』

額田州は安良国の最西端にあり、北側の州境からでも白玖山まで百五十里はあろう。だが、山幽は日に百里を駆けるといわれるほど足が速い。イシュナの知らせを聞いて、ムベレトはほぼ一日走り続けて白玖山へ戻って来た。

ムベレトに促されるままに、蒼太の目を取り込んだ三年前の過去から、今年に入って神里で懐剣を見つけたこと、金翅《こんじ》の笛を預かったこと、稲盛が鹿島の身体を乗っ取って生きていること、八辻のかつての鍛冶場《かじば》の家守から蛍石を託されたことなどを話した。

リエスは人語はほとんど知らないらしく、ムベレトの通弁を交えての会談は昼を挟んで続いた。朝餉も昼餉も今日は黍餅《きび》に胡桃《くるみ》が混じったもので、食したのは夏野たちとムベレトだけ、リエスは水を含んだのみだった。

『……それでイシュナに会いに、金翅と共に飛んで来たというのか』

イシュナへの対面は主に蒼太の望みで、夏野は八辻や安良の過去、安良とムベレトが探している「並ならぬ力を持つ者」への手がかりが得られないかと思って来たのだが、安良とムベレトのつながりが今少し判らぬうちは、リエスに迂闊《うかつ》なことは言えぬと判じた。現人神でも安良は「人間」で、人に似ていても山幽は「妖魔」であり、両者は相容《あいい》れぬものとされている。

『皆に話をせねばならぬ。シェレム、お前は「なつの」とここにいろ。家は好きに使って構わぬ。だが、極力表に出ぬように。お前がシダルに嵌められたことや、シダルが既に死したことはムベレトから聞いている。だが、皆は尚、お前を恐れている』

『……はい』

固い顔で、だが目はそらさずに蒼太が頷く。

『ムベレト、皆を「虚空《こくう》」へ集める。イシュナも連れて来てくれ。抜け殻《がら》でも構わぬ』

『承知しました』

不安を抱えたまま、夏野たちは出て行く二人を見送った。

†

夏野たちが連れて行かれて、三刻余りが経った昼下がり。

昼餉の前に交代したばかりの「太郎《たろう》」が戻って来た。

今のところ見張りは初めに見た二人のみで、恭一郎は勝手に「太郎」「次郎《じろう》」と名付けていた。

「どうした、太郎？　何かあったのか？」

蒼太たちを案じて問いかけるも、太郎はじろりとこちらを睨むのみだ。

人語を解さぬばかりか、打ち解ける気は微塵《みじん》もないらしい。

二人は顔を見合わせ、感応力を使って言葉を交わしているようだが、頼みの綱《つな》の伊織も山幽の言葉は解せない。

次郎がしばし難色を示したが、やがて二人して恭一郎たちの方を見た。

太郎が刀の入った包みを指して首を振るのへ、「承知した」と伊織が頷く。

引き続き、刀に触れぬように言われているのだろうと恭一郎も推察した。

二人揃って恭一郎たちを一睨みしてから、太郎と次郎は去って行った。

「なんだろうな？」

「皆に俺たちの処遇を沙汰するか、皆の意を問うて皆で決めるか……大方そんなところだろう。受け入れてもらえるか、放り出されるか、今しばらくかかりそうだな。この調子だと今宵も俺たちは野宿やもな」

瞑坐の足を組み直しつつ、伊織は何やら楽しげだ。

殺されはすまい、と恭一郎も思う。

山幽たちには蒼太や人間への反感があるだろうが、翁と槙村孝弘――ムベレト――の様子からして、少なくとも二人は味方となってくれそうだ。

大きな不安はないものの、刀を取り上げられて、恭一郎は退屈極まりない。

維那で蒼太が寝込んだ時も傍《そば》を離れられずに辟易《へきえき》したが、あの時はまだ書があった。

結界の中の枝木を折って素振りでもしたいところだが、これまた「害意」と誤解されても困ると自重《じちょう》している。

「お前はいいな。退屈知らずで」

「うむ。願わくば、槙村がいるうちに俺も翁と話してみたい」

蒼太よりも、孝弘の方が山幽との通弁に長《た》けているからである。

「恭一郎、なんなら今こそお前も理を学んでみぬか？」

「莫迦《ばか》を言え」

「莫迦なものか。黒川の才がこうまで早く伸びたのは、もともとの素質に加え、蒼太の左目があったからだ。お前も山幽には縁がある。八辻にも……槙村はお前と奏枝殿のことは翁に明かしていないのやもな。知っていれば、翁はお前も連れて行ったと思うのだ。山幽の目を宿す者と同じく、山幽の角を含んだ者も稀有《けう》なれば」

奏枝を亡くした時、恭一郎は末期《まつご》の願いを聞いて奏枝の角を口に含んだ。

奏枝の死と同時に額から落ちた角は干菓子のごとく舌の上で溶け、己の身体に染み入り血肉となった――ように感じた。

蒼太と出会ったのも、他の者より蒼太の人語をよく解すのも、奏枝の角のおかげではないかと恭一郎は思っている。

「だが、俺には何も見えぬし、聞こえぬ。よしんばあの角になんらかの力が残っていたとしても、死した奏枝の角と生きている蒼太の目では比べものになるまい《い》」

「それは判らぬ。お前がもっと己を知ろうとすれば、他にも角を活かすべき術があるやもしれぬぞ。それに角のことばかりではない。お前が山幽に縁があるというのは」

「赤子のことだろう」

伊織を遮って恭一郎は言った。

不死身性ゆえか、妖魔が子をなすことは稀《まれ》らしい。仄魅《しきみ》の伊紗も百五十年ほど前にたった一度、齢《よわい》三百を過ぎてようやく子供を授かったと聞いている。殊に山幽は一族で子数を抑えていて、一族の許しなくしてはいくら睦《むつ》み合っても懐妊しない。

――私はもう随分《ずいぶん》昔に、一族から子を孕《はら》む許しを得ているのです――

己との子供を宿した折に、奏枝はそう伊織に告げたという。

若さもあったが、もとより物事に頓着《とんちゃく》しない恭一郎は、己の子がいわゆる「合の子」になるとは、奏枝に言われるまで考えもしなかった。

恭一郎は――伊織も――奏枝の不貞《ふてい》は疑っていない。

さすれば、奏枝の角を含んで無事でいることの他、奏枝が人と――恭一郎と子供を授かったという事実にも、伊織はいまだ興を覚えずにいられぬようだ。

「許しを得ているのなら、種はかかわりないのではないか？　俺と一緒になるまで身籠《みごも》ることがなかったのは、あれが他の男に肌身を許したことがなかったからだ」

斎佳を出て、初めて抱き合った時に奏枝からそう告げられていて、その「証」の血痕《けっこん》ものちに夜着にしかと見た。花街の女たちによればおぼこを装《よそお》う策はいくつもあるそうだが、往々にして信じてきた己の勘は奏枝の言葉をまことと判じた。

「黒川がおらぬからといって、あけすけな物言いを……」

苦笑を浮かべて伊織は言った。

「かかわりがないとはいえぬだろう。人と獣が交《まじ》わっても子はなせぬのだ。仄魅は一人で子をなすそうだが、人も山幽も男と女が共寝をせねば始まらぬ。これも翁か槙村に問うてみたいことの一つでな。槙村や奏枝殿、湊《みなと》を乗っ取った――蒼太を嵌めた山幽の女など、人里に紛れている山幽が他にもおろう。翁たちはどのような理をもって懐妊の許しとしているのか。許しは女に限ったことなのか、男にも必要なものなのか。許しさえあれば誰《だれ》でも、他の種族とも子をなすことができるのか……」

孝弘は人間の妻を娶《めと》ったことがあったそうだが、子供を授かったかどうかは聞かなかった。のちに話した伊織は、孝弘がくれた「紫葵玉のようなもの」のことを含めて、千載一《せんざいいち》遇《ぐう》の機を逃したと悔しがったものである。

「お前こそ、そうあけすけに問うてやつらの不興を買うでないぞ」

恭一郎も苦笑交《ま》じりに応えると、伊織は肩をすくめつつ微笑んだ。

「口八丁の腕の見せどころだ。西原がどう鴉猿《あざる》どもを口説くつもりか、何を餌《えさ》にするつもりかは判らぬが、山幽となら人に近い分、案外手を組みやすいやもしれぬ。異種族間の婚《こん》姻《いん》は、共存への近道でもある」

「しかし、命数の違いは大きいぞ」

何事もなければ、恭一郎の方が奏枝よりずっと早くに死した筈だった。

「残される身は案外こたえる。時が癒《い》やすというがな、伊織。槙村はいまだ妻女が忘れられぬようだった」

　孝弘がいつ人を娶ったのかは知らないが、口ぶりと妻が死していることからして百年は昔のことと思われた。

「よしんば人と山幽が子をなしたとして」と、恭一郎は続けた。「合の子は人となるか妖魔となるか、それともどっちつかずのままなのか……槙村の言い草ではないが、人を妖魔に、もしくは妖魔を人に変える理があればよいものを」

「探せばあろう」

「だが、安良様とて知らぬと槙村は言ったぞ？」

「槙村の言葉が正しいとは限らぬし、安良様が知らぬからとてできぬとはいえぬ」

「我々が知る理は大海の一滴に過ぎぬ。この世の全ては理次第《しだい》――だったな」

伊織の口癖《くちぐせ》をなぞらえると、「そうだ」と伊織は頷いたが、その顔はどこか悔しげだ。

が、それもほんの一瞬で、すぐに気を取り直して言った。

「それにしても、結界一つとっても、実に様々な理があるものだ。苑や翁の許しが得られれば、しばしここに居を移して翁に教えを請《こ》いたいくらいだ」

「何をたわけたことを」と、恭一郎は呆《あき》れた。「お前はよもや、夫となったことを忘れておるまいな？　こうしている間も、小夜《さよ》殿がどれほどお前を案じているか――」

文月《ふづき》に急遽《きゅうきょ》神里へ旅立ち、一月半も留守《るす》にしたかと思えば、ようやく帰った翌日には再び旅に出ると言い出した。「御上《おかみ》の御用」、しかも「密命」と聞いて小夜は何も問わなかったようだが、委細を知らぬゆえに、いくら理一位の妻として覚悟があろうと毎日気が気ではない筈だ。

「ははは、お前に言われるまでもなく、それくらいの女心は俺も承知しておるさ。もしも学ぶために再びここに戻ることが叶《かな》うなら、その時は小夜も連れて来たい」

「たわけ。……いや、小夜殿ならなんとかなるやもしれんな」

夫を敬愛しているだけでなく、己をわきまえ、できることを精一杯こなす健気《けなげ》な女だ。

「うむ。俺も、小夜なら山幽たちともうまくやれると思うのだ」

目を細めてわざとらしく惚気《のろけ》てから、伊織は付け足した。

「お前もどうだ？　蒼太と黒川も一緒に……ここほどの隠れ家はなかろう。何、都が恋しくなったら蒼太と黒川に頼めばよい」

「さては苑の笛が目当てだな？」

「まあな」

悪びれずに、にやりとして伊織は頷いた。

「だが、妙案だろう？」

――外の世を知りたかったのです――

森を出た理由を奏枝はそう短く語ったが、ムベレトから聞いた言葉の方がより真実に近い気がした。

――あの者は世に知らしめたかったのだ。種が違うというだけで、憎み、殺し合うことはないのだと――

もしも許されるなら、ここで蒼太と暮らすのも一案だと恭一郎は思った。

また、そうすることが奏枝の望みであり、供養《くよう》となるような気がしないでもない。

奏枝もまた、太平の世を望んでいた……

「勝手なことを……」

呆れ声で友に応えながら、恭一郎は再び寝転がって空を見上げた。

第二章 Chapter 2

寮頭と理二位《りにい》が退出してしまうと、神月人見は思わず小さな溜息《ためいき》を漏らした。

が、一人残った理一位《りいちい》の佐内と目が合って、慌てて顔を引き締める。

「悩ましいですな」

短いが、労《いたわ》りのこもった声で佐内が言った。

「ええ」

人見が頷《うなず》くと、珍しく佐内も微苦笑を浮かべた。

息子の恭一郎が、蒼太、伊織、夏野と共に再び晃瑠を出立して三日が経《た》った。

白玖山に行く、とは言われたものの、その手段は明かされなかった。伊織に頼まれるがまま駕籠《かご》を一丁手配したが、駕籠を担いでは白玖山どころか晃瑠の東隣りの蔵永《くらなが》州を抜けるのにも難儀しよう。

蒼太の仲間が手引するのだろうか……？

蒼太が山幽《さんゆう》だと知らされたのはしばらく前だが、いまだ信じられぬ時がある。

三年前、恭一郎は「遠縁の子」として蒼太を晃瑠に連れて来た。

恭一郎の母親にして己が愛した亡き鷺沢夕《ゆう》の家も含めて、縁者は全《すべ》て把握《はあく》している。ゆえに「遠縁」というのは嘘《うそ》だとすぐに見抜いたが、隠し子ではないかという希望は捨て切れなかった。

一年ほどして恭一郎は蒼太を隠し子——我が子——だと認めたが、のちに血のつながりのない、亡妻の連れ子だと明かされ、人見は内心がっかりしたものだ。

蒼太が実は山幽という妖魔《ようま》だと知ったのは年明けてすぐのことで、蒼太の正体そのものよりも、安良がその事実を大分前から知っていながら、己には明かさずにいたことに人見は驚き、落胆した。

「安良様は、しばらく西原の好きにさせるおつもりのようで」

佐内が言うのへ、人見は再び頷いた。

「そう仰せつかっております」

閣老に匹敵する理一位よりも大老の方が身分は上だが、佐内は六十七歳、己は五十三歳と一回り以上も歳が違う。人見が二十五歳で大老職を継いだ時には佐内は既に理一位を賜《たまわ》っていたこともあり、人見には恩師のごとき存在だ。

「今一度再考を促《うなが》す文《ふみ》は送りましたが、聞かぬようなら放《ほう》っておけ、とのことでした」

晃瑠の清修寮は無論、西原の意向には反対で、寮頭たちは今日は寮の総意を佐内と人見に伝えに来たのである。

「清修寮を始め、役人や民人には不服を唱《とな》える者がまだ多いのは幸いですが、このまま襲撃が続けば、国民は西原寄りになりましょう」

一昨夜、能取州竹中村《のとりたけなかむら》が狗鬼《こうき》に襲われた。

能取州は西原についた安芸州の東側に位置しているが、竹中村はどちらかというと斎佳よりも南都の貴沙《きさ》に近い。村民は二百人に満たない小さな村で、その半分が死したと第一報にはあった。先に駆けつけたのも颯《はやて》を寄越《よこ》したのも貴沙の者だったが、斎佳からも追ってこれみよがしの支援が送られたと聞いた。

「佐内理一位……安良様が望む太平の世とは、一体どんな世だとお考えですか？」

安良が現れたのは、続く大凶作と妖魔の襲撃で、人が著《いちじる》しく減った後だった。安良から授かった理術と剣により、人は絶滅を免《まぬか》れたといっても過言ではない。

一方、理術も剣も護《まも》りに重きを置いた手段で、人は——安良は——これまでこちらから妖魔に戦いを挑んだことはない。それはまさしく安良の意思であり、結界をもって隔《へだ》てられた人と妖魔の世を見守ること千年を超える時を経《へ》た。

返答に迷う佐内に人見は続けた。

「安良様は妖魔たちを滅ぼそうとはしていない、いずれ人と妖魔が共に生きる世を作ろうとなさっているのではないかと、父は言っておりました。結界を解くことは難しいでしょうが、結界を破ってまで人に執着しているのは鴉猿《あざる》のみ。よって父も私も、鴉猿たちとなんらかの形で折り合うことができれば、人の暮らしは更に豊かに、穏やかなものになるのではないかと——それが安良様の望む——ひいては国民のために目指す世ではないかと神月家は考えてきました」

とはいえ、実際に鴉猿たちに和睦《わぼく》へ向けて働きかけたことは今までなかった。

初代国皇即位を元年とした国暦が始まって、千と八十五年目になる。

国を治めるにあたって安良はまず東都、西都、南都、北都と四都を築き、のちに州府となった人里を中心に結界を施《ほどこ》した。結界はとうに人々の暮らしに欠かせぬものになってい て、理術師の研鑽《けんさん》により幾度も強化されてきた。反面、鴉猿たちの手法にはさほど進歩がなく、結界破りも長い目で見れば減少傾向にあったのだ。

あの男が……

稲盛文四郎が現れるまでは――

「人だけでも統治というのは難しいもの。ゆえに鴉猿たちの結界破りは天災のようなものとして、あえてやつらを探そうとはしてきませんでした」

「安良様もまた、それをよしとしてこられた」

「その通りです」

頷いてから、躊躇《ためら》いを飲み込むように茶を一口含んで、人見は続けた。

「国民の信頼を得るために、西原たちは鴉猿たちを使って一芝居打っている。稲盛や西原のやり口には呆《あき》れ果てておりますが、鴉猿たちと折り合おうとする考えはあながち間違っていないように思うのです。安良様ならいくらでも西原たちの悪事の証《あかし》をつかみ、やり込めるすべをご存じのように思えるのですが、安良様の関心はどうも他《ほか》にあるご様子」

「うむ。私もそのように案じて、修業の折に安良様に問うてみた」

清修塾で学ぶ理は安良がもたらした知識だが、理術師としての資質がなければ理を活《い》かして術として使うに至らない。だが、現安良はその資質に恵まれているそうで、安良はこのところ毎日のように佐内を呼びつけ、理術の修業に余念がない。

「して、安良様はなんとお応《こた》えに？」

「そのためにも今、理術を会得しようとしているのだ――と。安良様が樋口たちの白玖山行きを後押しなさったのは、山幽の翁《おきな》と呼ばれる者たちが理に通じているとお考えだからだ。鴉猿や稲盛、西原をやり込めるためにも、安良様はまず山幽たちと和睦を図り、未知の理を手に入れようというお心積りらしい」

「この世を是正《ぜせい》するために……」

――千年を越える時を費やして、私はこの世を正すために必要なものを悟った。森羅万《しんらばん》象《しょう》を司《つかさど》る理に通じる者、揺るぎない力で陰《いん》の理を断ち切る剣、そしてそれらを用いる然《しか》るべき時機――

御城《おしろ》の大広間の上段で、極限られた者のみに聞こえるように安良はそう言った。

「安良様がお探しの『理に通じる者』とは、やはり安良様ご自身のことではないでしょうか？　安良様はご自身で理術を極め、息子の刀をもって黒耀やら稲盛やらを成敗しようとお考えなのでは……？」

八辻九生が最後に打ったという恭一郎の愛刀が、求めていた剣であることは安良があの場で認めている。

「判《わか》らぬ。『機も熟しつつある』と安良様は仰《おつしや》っていたが、これまた委細は明かしていただけなかった」

「先だっての地震といい、どうも悪い予感がしてなりませぬが……」

東都では珍しい――否、初めてといってもいい大きな地震だった。夜半に近かったため、夢うつつの者も多かったようだが、翌日はそこここで話の種に上っていた。

「そうだな。文月《ふづき》にも微弱な地震があったのだが、その時は黒耀の仕業《しわざ》ではないかと私も樋口も考えた。もしも先日の地震が黒耀の仕業なら、安良様が性急にことを進めようとなさっているのも頷ける」

「黒耀が……？　理一位は黒耀の正体をご存じで？」

「いや」

小さく頭を振ってから、つぶやくように佐内は言った。

「歯がゆいものだな」

「ええ、実に」

自嘲《じちよう》と共に人見は応えた。

人の振りをした山幽・槙村孝弘――ムベレト――の存在は大老職を継いだ時に知ったが、それだけだ。安良が八辻にわざわざ――おそらく孝弘を通じて――剣を作らせていたことも、その内の一振りをもって安良が黒耀という「妖魔の王」に殺されたという過去も、先日まで人見はまったく知らなかった。

「私は何やらずっと蚊帳《かや》の外だったようです」

「私もだ」

「佐内様も？」

「うむ。樋口たちは黒耀の正体をつかんでいるようだ。白玖山行きも秘策があるとは言われたが、どんな策かは私は知らぬ。樋口のことゆえ。余程の事由があるのだろうと問い詰めなかったが、こうも蚊帳の外だと私とてこぼしたくもなる」

「さようで」

「以前、土屋から送られてきた古い文献《ぶんけん》には、多種族からも恐れられているとして、とある鴉猿のことが書かれていた」

「とすると、黒耀の正体は鴉猿ですか？」

「そう決めつけるのは早計だが、鴉猿はその名の通り猿のごとき身体《からだ》つきで、全身黒い毛で覆《おお》われていると聞く。残念ながら、あの文献はもう大分前に野々宮が晃瑠に来た折にやってしまったが……まあ、黒耀の正体がなんであろうと、私は私の責を果《は》たすまでだ。安良様と晃瑠の民を護ること——それが私の役目ゆえ」

黒耀の正体を問い詰めなかったのは、樋口理一位への信頼の証か——

「……私の役目も安良様と国民を護ることにあります」

「さすれば大老、我らが案ずべきは黒耀の正体よりも、蒼太の正体だ」

「ごもっともです」

表向き蒼太は恭一郎の隠し子――つまり、己の血縁ということになっている。

万が一にも蒼太が妖魔だと知れたら、蒼太を見込んで直弟子《じかでし》とした伊織のみならず、己も失脚は免れまい。それどころか、蒼太の正体を「見抜けなかった」佐内や安良の地位をも脅《おびや》かすことになりかねぬ。

西原は位の別なく、より多くの術師を取り立てようとしている。塾や寮を通さずに己の手足となる術師が欲しいのだろう。此度《こたび》野々宮は難を逃れたが、理一位暗殺を諦《あきら》めてはいない筈《はず》だ。

「西原にはどんな小さな隙《すき》も与えてはならぬ。知らぬ存ぜぬはやつには通用せぬ。蒼太の正体が明るみに出ぬよう、私も樋口と共に尽力するが、そう長くは持たぬぞ。守り袋で成長が誤魔化《ごまか》せるのもせいぜいあと一、二年だ」

「一、二年ですか」

「それまでにかたがつけばよいが、かたがついたらついたで、身の振り方を考えてやらねばならぬな。いつまでも都にはとどまれぬゆえ」

「それならば、愚息の意は決まっているようです。厄介事《やっかいごと》が片付いたら、蒼太と二人して都を出て行くと言っていました」

「ほう。都を出てどこへ行く？」

「どこへなりとも。のんびり諸国を旅して回るとのたまっておりました」

「ふっ」

佐内が噴き出すのを人見は初めて見た。

「そうか。それはよいな」

「はあ」

「一葉《かずは》様といい、鷺沢といい……大老は御子《おこ》に恵まれたな」

「ええ、まあ」

親莫迦《おやばか》もいいところだが——

己に苦笑しつつも、息子たちを認められた喜びを人見は隠せなかった。

†

「にわかには信じられぬな」

「無理もありませぬ。ですが、なくはない話でございます」

つぶやくように言った西原利勝に、術師の小林隆史《こばやしたかし》がもっともらしい口調で応える。

二十代半ばと己よりやや若い身でありながら、えらそうな口を利く小林が田所留次郎《たどころとめじろう》は内心面白くなかったが、小林がいなかったらこれほど早く、斎佳の閣老・西原利勝への目通りは叶《かな》わなかった。

三人が会したのは斎佳の天井町《あまいちょう》にある料亭・酉井屋《とりいや》だ。奥まった座敷は密談にちょうどよいが、七ツ過ぎという夕餉《ゆうげ》には早い時刻だからか出されたのは酒のみである。

維那にいた田所が、斎佳にたどり着いたのは五日前だ。

かつて那岐州玖那村《くなむら》で盗賊の手下だった田所は、角《つの》を取り戻す前の蒼太を――その正体が山幽という妖《あや》かしだと――知っていた。

――あの餓鬼《がき》ときたら、斬《き》っても斬っても死にやしねぇ――

そう言って盗人《ぬすっと》仲間は蒼太を気味悪がったが、妖かしなのだから当然だ。

のちに隠れ家の座敷牢《ざしきろう》から逃げ出したこの蒼太が、どういういきさつか大老の孫に納まっていることを維那にいた田所は先日知った。数日熟考して、田所は渡り中間《ちゅうげん》として勤めていた武家を離れて斎佳に向かった。

大老を脅すよりも、西原に取り入る方がより己の利となると踏んだからだ。

斎佳に着いた田所は、まず昔の仲間を探した。

一昨日、仲間と落ち合った居酒屋に、小林が通りかかったのは幸運だった。

小林は田所たちの「大老」「閣老」「理一位」といった言葉を聞きつけて、声をかけてきたのである。西原にどう近付くかの算段をしていた田所には渡りに船で、天啓とも感じたくらいだ。

「あの子供が山幽……とすると、樋口も騙《だま》されておるのか」と、西原。

「樋口もぐるだとも考えられます。むしろ、樋口の助力なくしてこのような所業はなしえませぬ。大老がご存じかは判りませんが」

「そうだな。鷺沢は長らく勘当同然の身であった。が、樋口とは親しい友らしい。さすれば大老に取り入るために、大老の孫となる息子を仕立てたということも……しかし、樋口がかかわっているならば、亡き本庄もだ。本庄もあの蒼太とやらに会って、佐内へ文を送っている。佐内も蒼太に相見している筈だが……それをいうなら野々宮もか。間瀬の奥戸《おくど》村《むら》で、うちの手の者が殺《や》られた折にも鷺沢と息子が一緒だったそうだからな」

理一位たちを呼び捨てにしてにやりとした西原を、田所はただ見守る他ない。

顔かたちはまったく違うが、西原に龍芳《たつよし》の面影《おもかげ》を見た気がしてぞくりとする。

盗人頭だった龍芳も柔和《にゅうわ》な顔つきと穏やかな物腰をしていて、村での評判は悪くなかった。西原は龍芳と同類で、人の好《よ》い面《つら》の向こうに、酷薄で尋常ではない性癖《せいへき》または執着心を持っているように感ぜられる。

「あちらは山幽を味方につけたのやもしれません。西原様が鴉猿を味方となさっているように……」

「これ」と、西原が小林をたしなめる。

ということは、西原はもう鴉猿たちを味方に引き入れたのか――

西原が安良に反旗を翻《ひるがえ》したことを、田所は斎佳に着いてから知った。

西原が導く一都四州は、人里を襲撃している鴉猿たちに和睦を申し入れようとしていると聞いた。そのためにもより多くの術師が必要だとも。

早過ぎる、と田所は思った。

だが、鴉猿どもが既に西原に味方をしているのなら――

もしや一連の襲撃は西原が仕組んだことなのではないかと頭を巡らせて、田所は身を硬くした。

「どうした？　まあ、飲め」

「はっ……」

目ざとくこちらを見て問うた西原に恐れをなして、田所は杯を口に運んだ。

「しかし、あの子供が山幽ならば『妖魔知らず』といわれる都の護りも眉唾《まゆつば》であったか」

小林に向き直って西原が言う。

「それもまた樋口たちが共謀している証です。都の結界は清修寮によって磨かれてきたものなれば、理術師――殊《こと》に理一位ならそれをかいくぐる術を授けられます。都だけなら私にも策はありますが、蒼太という者は樋口の直弟子として国皇にも目通りしています。御城に入るには生半《なまなか》な術では足りませぬ」

「それよ」と、西原は小さく鼻を鳴らした。「国皇は蒼太が山幽だと見抜けなかったのか、それとも山幽と知りつつ容認しておるのか……」

「現人神《あらひとがみ》といわれようが、国皇は人です。理は知っていても使えるとは限りませぬし、余程の術師でなければ人に化《ば》けた妖かしを見抜くことはできぬでしょう」

「余程の術師か」

くすりとして西原は続けた。

「小林、ならばお前なら見抜けるか？」

「はっ、それは――おそらく……」

まだ若い小林は人と見紛《みまが》う妖かしをまだ見たことがないか、そのような妖かしを暴いたことはないようだ。

「彼《か》の者ならできるやもな。次にやつに会った折にでも問うてみよ」

「はっ」

名は判らぬが、「彼の者」とは術師らしいと田所は推察した。

「あちらが山幽を味方にしているなら諸々腑《ふ》に落ちる。だが、証は何一つない」

じろりと西原が己を見やるのへ、田所は慌てて杯を置いた。

「し、しかし、あんな餓鬼は二人といません。鳶色《とびいろ》の髪に瞳《ひとみ》――眼帯をしていたのは、あの濁《にご》った左目を隠すために違いありません」

「妖魔は治癒力《ちゆりよく》に秀でている。左目が治らぬというのはおかしな話ではないか？」

「ですが、他の傷は全て綺麗《きれい》に治ったんです。切り落とした耳でさえ、八日ほどかかりましたが新しいのが生えてきて……龍芳も面白がって一度左目を斬りつけたそうです。でも、目蓋《まぶた》は治っても瞳は濁ったままだった、と」

「となると、この世には、妖魔が治せぬ傷を負わせる理もあるということだな、小林？」

「ええ。理次第で、この世のおよそのことは叶えられます」

「命のやり取りも錬金も理次第――か。思い通りにならぬは人心か？　それとも全ての理が明らかになれば、人の心さえ操れるようになるものか？」

「全ての理が明らかになれば、もしくは」

小林の真剣な面持ちとは裏腹に、西原は「ふっ」と笑みを漏らした。

「小林、彼の者につなぎをつけよ。一度こちらに顔を出せぬか訊《き》いてくれ」

「はっ」

「田所」

「はっ」

小林に倣《なら》って応えた田所へ、笑みを引っ込めて西原は言った。

「証が得られるまでは中間として働け。うちは間に合うておるゆえ、他家へ渡りをつけてやる。小林からのつなぎを待て」

「中間ですか……?」

「莫迦者」

叱責《しっせき》したのは小林だ。

「西原様はおぬしの証のない与太話をお聞きになり、その上で浪人のおぬしを取り立ててやろうと仰っているのだぞ。盗賊の一味として裁かれぬだけでも御の字ではないか」

小林の言うことはもっともなのだが、維那にいた時と変わらぬ境遇が恨めしい。

だが、閣老に目通りできただけでもめっけものか……

「ありがたき幸せにて……」

田所が頭を下げると、西原はすっと立ち上がって微笑《ほほえ》んだ。

「飯を食うてゆけ」

分不相応の夕餉にありつけるのは嬉《うれ》しいが、小林も西原と去って行ったため、田所は座敷に一人で取り残された。

†

弓の手入れをしているところへ現れたのは、女中ではなく母親の亜樹《あき》だった。

「母上」

慌てて弓を置いて、神月一葉は亜樹に向き直る。

「殿様がお呼びです」

「父上が？　すぐに参ります」

一昨年の霜月《しもつき》に元服《げんぷく》して以来、父親の人見と話す機会が著しく増えた。

嬉しい反面、都度、身が引き締まる思いがする。人見は己を息子としてではなく、大老という要職の跡目として会しているとひしひしと感じるからだ。

書や算術、弓術など、習ったこと、会得したことを得意げに報告していた一昨年までの己がひどく幼く思えて恥ずかしい。

「何やら顔色が優れぬご様子でした。あの者がまた突拍子《とっぴょうし》もないことを言い出して、殿様を困らせているのではないでしょうか」

あの者、と亜樹が言うのは、一葉の腹違いの兄・恭一郎のことである。

「鷺沢は樋口理一位の護衛役で、今は安良様の勅命《ちょくめい》にてお出かけです。鷺沢から何か申し入れがあったのなら、樋口様の御身を案じてのことでしょう」

恭一郎を「鷺沢」と呼び捨てにするのは心苦しいが、「兄上」などと呼ぼうものなら亜樹は乱心しかねない。

恭一郎の母親の鷺沢夕こそ、人見が真に愛した女であった。

一葉が恭一郎の存在を知ったのは十代になってからだ。幼い頃《ころ》は目付の監視のもと師範と一対一で習っていた弓術道場で、これも修業の内だと他の門弟に交《ま》じって過ごすようになった折に、剣術も学んでいた兄弟子から問われたのである。

――兄上が晃瑠に戻っているというのは本当か？――

のちにこの兄弟子は師範にこっぴどく叱《しか》られたそうだが、恭一郎のことはそれからも折をみて少しずつ教えてくれた。

御前試合の勝者を、いとも容易《たやす》く破った男――

これだけで、幼き一葉が憧れを抱くには充分だった。

また、恭一郎のことは父親と初めて共有した秘密でもある。

母親には問えぬと悟った一葉に、人見は簡潔に、だが正直に明かしてくれた。

――いかにも、鷺沢恭一郎はお前の腹違いの兄だ。恭一郎は亜樹を娶《めと》る前に生まれたのだが、母親はその身分ゆえに側室としても迎えることは叶わなかった。お前を授かるまでに大分時を要したが、私の跡目はお前だ、一葉。恭一郎もその旨《むね》は承知しておる。だが外腹の話は亜樹の機嫌を損ねるだけゆえ、屋敷の中では他言無用ぞ――

聞き慣れぬ「腹違い」だの、「側室」だの、「外腹」だのといった言葉にどきりとしつつも、「他言無用」と言われたのが何やら嬉しかった。

伊織が恭一郎と親しいことを教えてくれたのも人見だった。

人見や伊織は亜樹については触れなかったが、成長するにつれて一葉は詳しいいきさつを知るに至った。

亜樹は幼い頃から然るべき家に嫁ぐべく育てられた、大名家の「姫」である。神月家に嫁いだ時は十五歳で、まさに元服前の己と同じく世間知らずの子供に過ぎなかった筈だ。のちの大老の簾中《れんちゅう》という身分にも魅力があっただろうが、亜樹が人見を愛してやまぬのは傍《はた》からも見て取れる。亡き夕——ひいては恭一郎を目の敵《かたき》にするのもやむを得ぬと、母親に同情しないでもなかったが、一昨年、亜樹の長年の腰元が屋敷を去って、母親への気持ちが遠のいた。

というのも、腰元は表向きは身体の不調からの「宿下がり」とされたが、実は蒼太に毒入りの大福を食べさせた罪で「処分」したと、のちに人見からやはり「他言無用」として聞いたからだ。人見はそれ以上語らなかったが、屋敷内の噂《うわさ》は避けられず、恭一郎の母親がその昔同じ毒に死していたことを——おそらく、どちらも亜樹の指図で行われたのであろうことを——一葉は知った。

己の口応えに不満顔になった母親へ、一葉は付け足した。

「鷺沢は剣術に優れ、樋口様の信頼も篤《あつ》い。私が父上の跡を継いだのちも、何かと役立ってくれましょう」

「……そうですね。都では剣術なぞ宝の持ち腐れでしょうが、妖魔退治にはもってこいかもしれません」

大老を継ぐのは己だと明言することで恭一郎へのあたりを和《やわ》らげたいが、今更亜樹を変えることは叶わぬだろう。

己を生み育ててくれた母親への情は残っている。

だが、情に惑わされてはならぬ――

政《まつりごと》は国民のため。

政を預かる身は公明正大でなくてはならぬと、事あるごとに一葉は学んできた。

己には優しく、おそらくその命を賭しても我が身を護ってくれるだろう亜樹は、恭一郎にとっては母親を殺し、息子までも殺そうとした憎き女に違いない。

人の表裏。

政の表裏。

幼い頃から跡目を継ぐのは当たり前のこととして、それとない自信もあったというのに、元服以来、己が大老にふさわしいのかどうか、しばしば迷うようになった。

内心溜息をつきながら父親が待つ書院へ急ぐと、戸口で一葉は眉《まゆ》をひそめた。

亜樹が言った通り、一目で不調が見て取れる。

襖戸《ふすまど》を閉めて人見の前に座ると、一葉は先に切り出した。

「顔色が優れませぬが、いかがされましたか？」

「このところ何やら胸焼けがする。酒も油物も控えておるのだが」

「典医はなんと？」

「酒と油物を控えろと」と、人見は苦笑した。「痛みがひどくなったり、戻すようなら即知らせろとも言われたな」

「では、必ずそのようになさってくださいませ」

「うむ」

頷いた人見に更に問う。

「兄上から何か知らせでも？」

白玖山行きは人見から、これも「他言無用」として知らされていた。夏野が安良に直に頼み込んだことで、伊織たち四人が「御用」で再び晃瑠を出たことは城内では知られているが、行き先が白玖山だと知っているのは国皇と大老、佐内と一葉のみである。

「いや。空木からでも颯があるかと思うたが、まだ何も届いておらぬ。秘策があると聞いたが、駕籠を担いで行ったなら、いまだ空木にも着いておらぬやもな」

四人が金翅《こんじ》でひと飛びして、既に白玖山の山中にいるとは人見も一葉も思いも寄らぬ。

駕籠は一葉が手配した。

といっても、伊織に言われるがままに職人に注文し、人見という虎《とら》の威を借りて急がせただけだ。これも言われた通りに斑鳩町の番所に預けさせたが、のちに聞いたところによると駕籠は伊織と恭一郎が二人で担いで行ったらしい。

「案ずることはない。恭一郎と蒼太はともかく、樋口と黒川がついておるゆえ……」

「兄上や蒼太はともかく、ですか？」

「樋口が目をかけておろうが、蒼太はまだ子供だ。そして、あの者はこれまで散々突拍子もないことをしでかしてきたからな。どうも信用ならんのだ」

人見が口にする「あの者」には親しみがこもっていて、亜樹のそれとはまったく違う。

苦笑を漏らした人見に、一葉も苦笑で応えた。

「心中お察しいたします」

十代のうちに晃瑠を出て斎佳へ越した恭一郎は、西原家縁《ゆかり》の村瀬《むらせ》家と揉めた末に、奏枝という名の女を連れて斎佳を出奔《しゅっぽん》。四年ほど行方をくらませたのちに斎佳に戻ったものの、香具師《やし》の元締めのもとでごろつきとなった。二年後には現在同門の真木馨に諭《さと》されて晃瑠に帰って来たが、人見が手配りしていた仕官先や養子先には見向きもせず、市中の高利貸の取立人となり、極めつけに隠し子までいたというのだから、人見の心労や落胆は想像に難《かた》くない。

「兄上も、今なら父上のお心遣いが腑に落ちておりましょう。蒼太という息子がいるのですから……蒼太は兄上ほど無茶はしでかしていないようですが、剣術でなくとも常人離れした才がありますし、これからは判りません」

「そうだな……蒼太がこれからどう育つかは判らんが、あいつは蒼太を得て多少は成長したようだ」

「樋口様もそのように仰っていました。兄上に再び護るべきものができてよかった、と」

奏枝が非業《ひごう》の死を遂げたおよそのいきさつは伊織から聞いた。が、蒼太が奏枝との子供かどうかは応えてもらえなかった。

「護るべきもの――か。……ところで一葉、お前に縁談がきておる」

「えっ？」

「縁談だ」

繰り返して、人見はにやりとした。

「お前ももう十七だ。相手は目付の寺田《てらだ》の娘でお前より二つ年下だ。もう一人――」

「もう一人？」

「高家《こうけ》の福留《ふくどめ》からもそれとなく話があってな。だがこちらの娘はお前より三つ上、いわゆる姉さん女房になる。それから、聞いた話によると、この娘は親類に意中の男がいたそうだ。ゆえにずっと他家への嫁入りを渋ってきたのだが、卯月《うづき》に男は病で死したらしい」

「卯月に……では、いまだ傷心なのではありませぬか？」

「だろうな。だが、二十歳といえば世間ではもう年増ゆえ、福留は早く嫁入り先を見つけたいのだろう」

「ならば、何ゆえもっと早く、その親類の男とやらに嫁にやらなかったのですか？」

「親類といってもそう親しい縁ではなく、男は役に就《つ》いておらぬ一侃士《かんし》に過ぎなかったがために、福留がよしとしなかったらしい。福留は男を津垣の州司に預けて二人の仲を裂こうとしたが、娘は他の縁談を頑として拒み続けてきたそうだ」

　津垣州は東都から湾を挟んだ南側に位置する細長い州だ。

「……その男は、本当に病に死したのでしょうか？」

　ちょうど毒殺された鷺沢夕を思い出したばかりだったため、思わず問いが口をついた。

　身分違いの恋を娘に諦めさせるため、福留が裏で手を回して男を殺したのではないかと思ったのだ。

「判らんな」

　一瞬眉をひそめてから、人見は微苦笑を浮かべた。

「福留の娘の方が気になるか？　さてはお前、年上好みか、それとも想《おも》いを懸《か》けた——身分違いの女でもおるのか？」

「そ、そのようなことは……わ、私はただ、腑に落ちぬと……」

　しどろもどろに応える間に、何故だか夏野の顔が思い浮かんで一葉は更にうろたえた。

　夏野も三つ年上の二十歳である。恭一郎とは同じ柿崎《かきざき》剣術道場に通い、蒼太も懐いているようであり、御上《おかみ》の御用とはいえ幾度も旅を共にしていることから、後添えにどうかと問うたことがあったが、恭一郎にその気はなさそうだった。

　そもそも、黒川殿には許婚《いいなずけ》がいる——

　恭一郎から聞いた話では、氷頭《ひず》州の州屋敷に詰めている州司代・椎名由岐彦《しいなゆきひこ》が夏野の許婚らしい。由岐彦は夏野の腹違いの兄にして州司の卯月義忠《うづきよしただ》の幼馴染《おさななじ》みだから、卯月家、ひいては黒川家と椎名家の間では既に話がついていると思われる。

由岐彦は春の御前仕合で見たことがある。残念ながら安良国一には至らなかったが、今年も昨年と同じく四位であった。剣術の腕前もさながら、すらりとした身体《からだ》つきと端正な面立《おもだ》ちが無骨な者が多い御前仕合では目立っていた。

男子のいない黒川家は剣術道場にその名を残しているだけで、州司代の由岐彦の方が身分はずっと上だが、腹違いでも州司の妹なら充分釣《つ》り合う。

否。黒川殿はいまや樋口様の直弟子で、理一位は閣老と変わらぬ身分であるから、むしろ黒川殿の方が椎名殿より身分が上か……

ならば己とも身分違いとはいえぬと思い至って、一葉は更にどぎまぎした。

「どうした、一葉？　誰《だれ》ぞ想いを懸けた女がいるなら言うてみよ。その者の素性《すじよう》によっては力を貸してやらぬこともないぞ？」

亜樹を娶った時、人見は二十一歳だった。恭一郎は既に二歳であったから、人見は少なくとも十九歳には夕といたしていたことになる。

恋仲になったのは更に前、もしや己と変わらぬ年頃だったのではなかろうか。

ふと、夕の歳を知りたくなったが、人見にはとても訊けたものではない。

「そのような者はおりません」

己もやがて、政に都合のよい女を娶ることになるのだろうか？

国皇と安良国のために。

ひいては「護るべき」国民のために。

「おらぬのか」

やや落胆の滲《にじ》んだ声は、すぐにからかい口調になった。

「お前はあちらの指南はまだ受けていないそうだが、恭一郎が戻ったらお忍びで遊びに連れて行ってもらったらどうだ？」

「じょ、冗談《じょうだん》が過ぎます、父上」

御家人はいざしらず、御目見《おめみえ》以上の武家の子息は、年頃になると家中の女中などを指南役として房事《ぼうじ》を学ぶのが習わしらしいが、亜樹が相手を吟味《ぎんみ》しているようで、一葉はまだ筆おろしを済ませていない。

女や房事には人並みに興味があり、恭一郎との外出も叶えば嬉しいが、行き先が花街というのはどうも気が進まない。

「冗談を言うたつもりはないが……まあ、よい」

少しだけだが明るさの戻った顔で人見が微笑むのへ、一葉はひとまず安堵《あんど》した。

――と、ふいに揺れを感じて一葉はとっさに腰を浮かせた。

同じように腰を浮かせた人見と顔を見合わせる。

先だっての地震ほど大きくはないが、女中たちの悲鳴が聞こえた。

「父上」

襖戸を開けて戸口に身を寄せると、ひとときして揺れが収まる。

「また地震か……」

「何かの先触れでしょうか？」

再び陰った父親の顔に、一葉は不安を隠せなかった。

第三章

Chapter 3

『イシュナ……』

蒼太《そうた》が呼ぶと、仰向《あおむ》けのイシュナは薄く目を開いてこちらを見た。

が、すぐに顔をそむけて目を閉じる。

――夏野《なつの》たちは夕刻までリエスの家で過ごした。

早めの夕餉《ゆうげ》――また黍餅《きびもち》――を食してまもなく、リエスとムベレトが戻って来た。

異を唱《とな》える者もいたようだが、夏野と蒼太はひとまず「招かれざる」、だが「客」として受け入れられたそうである。

恭一郎《きょういちろう》と伊織《いおり》は結界の中に留め置かれたままだが、夏野たちはムベレトの案内でイシュナのもとへ行くことを許された。

『イシュナ、私を呼んだだろう』

ムベレトが言うと、イシュナは目を閉じたままゆっくりと口を開いた。

『……シェレムが、人の子と白玖山《はくさん》の森へ……』

『そうだ。シェレムとシェレムの目を預かる者が、ここまでやって来たのだ』

『シェレムの目……？』

『お前とウラロクがシェレムから取り上げ、封じた左目だ』

『人の子だ……「くろかわ」……』

『そうだ』

『ウラロクは死んだ……』

イシュナのことは事前にムベレトから聞かされていた。

蒼太は森から追われた後、賞金首になった。褒賞《ほうしょう》は森が保有していた紫葵玉《しきだま》だ。だがそれゆえに、森に紫葵玉があることを稲盛《いなもり》に知られてしまい、稲盛は鴉猿《あざる》を引き連れ森に火を放ち、術を使って山幽《さんゆう》たちの自由を奪って捕縛しようとした。

ウラロクは紫葵玉を護《まも》ろうとして、鴉猿に匕首《あいくち》で刺されて死したという。

イシュナはウラロクの仇《かたき》の鴉猿を殺して匕首を奪い、紫葵玉を餌《えさ》に稲盛を森から遠ざけた。そののち焼け落ちる森に戻って、仲間たちが稲盛の手に渡らぬよう、自ら動けぬ仲間を殺して回った。稲盛に捕らわれれば、いずれ取り込まれるか、乗っ取られるかだと考えたからである。

――仲間を殺したことに耐《た》えられず、気が触れてしまったようだ――

そう、ムベレトは言った。

以来、イシュナは常から夢うつつで魂魄《こんぱく》を飛ばしていることが多いそうだが、正気の時がなくもないらしい。

『シェレムはここにいるぞ。お前のすぐ傍《そば》に』

『……シェレムは、並ならぬ力と共に生まれてきた……ゆえに、私もウラロクもずっと気にかけてきた。ウラロクはシェレムの力を恐れたが、その道を正せぬものかとシェレムを森の外に連れ出すこともあった。シェレムが幼《おさな》く、まだ無垢《むく》だった頃《ころ》……』

『おれ……覚えているよ』

おずおず蒼太が口を挟んだ。

『昔、ウラロクと森を出て、一緒に山の頂《いただき》に登ったんだ。頂から見た森は小さかった。でも、大地とつながっているとウラロクは言った。森は――ううん、大地とつながる全《すべ》てのものは生きていて……生きているものの全てがつながっていると、ウラロクはおれに教えてくれた』

『そうとも、全てはつながっている……我らは……少なくとも私は、いずれはシェレムが翁《おきな》となる日がくるのではないかと考えていた。シダルも気付いていた……シェレムが他《ほか》の者とは異なる、大きな力を宿していることを……』

目蓋《まぶた》を開いて、しばし天井《てんじょう》を見つめると、イシュナはおもむろに身体《からだ》を起こした。

蒼太を――蒼太のみを見つめて、再び口を開く。

『……シダルはデュシャらしからぬ者だった。デュシャの力と知恵があれば、他の種族のみならず、人をも従わせることができると私たちに説《と》いた』

思い出すうちに正気を取り戻したのか、イシュナはよどみなく話し始めた。

デュシャというのは、どうやら山幽を表す言葉らしい、と夏野は推察した。

――お前は人ではなく、デュシャなのだ――

晃瑠《あける》でシダルも蒼太にそう言っていた。

『我らはただ森で静かに暮らしたいだけで、他の種族を統《す》べようなどと望んでいない。シダルは我らとは相容《あいい》れぬと判じ、あの者には子をなす許しを与えなかった。シダルは我らに腹を立てたが、森を出て行こうとはしなかった。シェレム……お前がいたからだ』

『おれは……』

『シダルはお前により大きな力を与えようとし、お前を使って自分の望みを叶《かな》えようと企《くわだ》てた。我らが気付いた時にはもう遅かった。お前は――お前はシダルにそそのかされてカシュタを殺し、その心ノ臓を喰《く》ろうてしまった。あの日、ウラロクは予言した。お前の力がいずれこの世を滅ぼすと――ゆえに我らは、黒耀《こくよう》を呼ぶことにした』

シェレムを罰《ばっ》するにあたって、イシュナとウラロクは、山幽の証《あかし》であり、力の源でもある角《つの》を落とすことでは一致をみたが、その方法は思いあぐねた。二人の念力は到底及ばず、森で使っている僅《わず》かな刃物の切れ味は今一つ、また角を落とすことがどれほどの苦痛を与えるかを想像すると、自分たちではなしえぬと思い至った。

「何ゆえ、左目も……？」

夏野がつぶやくのを聞いて蒼太が問うた。

『どうして、目まで取り上げたの？』

『片目を――左目の力を奪ったのは黒耀の意向だ。覚えておらぬだろうが、二親《ふたおや》が生きていた頃、お前は時折、先の出来事を読むことがあった。お前は母親が火にまかれて死ぬことも、父親が術師に捕らわれたのちに殺されることも予知して――夢に見たこととしてシダルに話したのだ』

蒼太の子守役だったシダルは、予知や失せ物探しに見られる蒼太の「見抜く力」にいち早く気付いて、イシュナたちに知らせた。

『二親を亡くした後、お前は頻繁《ひんぱん》に右目を手で隠すようになった。二親を恋しがり、その姿が見えぬと言って泣き暮れて、左目で見えぬものを見ようとしているようだった。シダルもウラロクも――この私も、お前の左目には何やら禍々《まがまが》しい力を感じた。シダルの進言で、我らはしばしお前の左目を封じることにした。お前が左目のみを使わぬよう、その力を眠らせるよう術を施《ほどこ》したのはシダルだ。シダルは幻術に長《た》けていたゆえ……だが、もしやお前はそれゆえに、シダルの罠《わな》を見抜けなかったのやもしれぬな』

唇を噛《か》んだ蒼太へ、イシュナは痛ましげな目で応《こた》えた。

『――黒耀を呼び寄せた折、ウラロクがお前の左目のことを漏《も》らしたのだ。今思えば、ウラロクはお前を妬《ねた》んでいたのやもしれぬ。お前がウラロクを凌《しの》ぐ予言者になるのではないかと……黒耀は、そのような力を持つ者を外に放つのはよくないと――また、お前がカシユタを傷つけることなく心ノ臓を取り出したことを聞いて、ならば自分も似たようなことができぬか、その力のみを取り上げられぬか、新たな術を試してみようと言い出した』

両手で己が身を抱きしめ、イシュナは声を震わせた。

『シダルとお前がいなくなって、森には再び静穏が訪れる筈《はず》だったのに……サスナはお前を恨《うら》み続け、ウラロクはお前を恐れ続けた』

蒼太が「この世を滅ぼす」と信じたウラロクは、サスナの願いもあって、蒼太を賞金首にした。

自らの手を汚すことなく、蒼太を始末しようとしたのだ。

『予言者でありながら、ウラロクは見抜けなかった……鴉猿やあの術師が森を焼きにやって来ることを……』

浅はかだったのか、それとも自分たちの術を過信していたのか。

まさか稲盛たちが森を見つけ、その結界を破ることができるとは思いも寄らなかったようである。

『あの術師……灰魅《しきみ》をその身に取り込んでいた……あの娘は帰る身体をとうに失い、術師が死すまで囚《とら》われたままだ……恐ろしい。死よりも恐ろしく、おぞましいことよ……』

再び言葉が途切れがちになったイシュナの肩に触れ、ムベレトがそっと横にしてやる。

『ムベレト……来てくれたのか』

ムベレトを見上げてイシュナが言った。

『お前が呼んだのだぞ？』

『そうだ……シェレムがやって来たのだ。人の子を連れて……』

つい先ほどのやり取りを忘れたかのごとく、イシュナは繰り返した。

『シェレムの力はこの世を滅ぼす……この森も……』

『おれはそんなことはしない！』

蒼太が悲壮な声を上げた。

だが、イシュナにはシェレムの力を恐れた……』

『ウラロクはシェレムの力を恐れた……』

つぶやきと化した声が低くなる。

『シェレムが生まれた時……黒耀の姿が思い浮かんだとウラロクは言った……己が翁であるからには……もう二度と、あの者のごとき裏切り者を森から出してはならぬと……』

「黒耀のことを教えてくれ、翁」

夏野が懇願《こんがん》すると、ムベレトがはっと眉《まゆ》をひそめた。

「黒耀は翁の森の者なのだろう？　あの者は何ゆえ――どのように森を裏切ったのだ？」

イシュナとムベレトを交互に見やって問うたが、どちらも押し黙ったまま応えない。

『イシュナ、黒耀はどうして裏切り者になったの？』

夏野の代わりに蒼太が問うた。

『我らが翁となるずっと前のことだ……』

囁《ささや》くようにそれだけ応えて、イシュナは目と口を閉じた。

『イシュナ、もう眠るがよい』

ムベレトが囁き返すのへ、夏野は思わず声を荒らげた。

「今更隠し立てせずともよいではないか！　森のこと、翁のこと、黒耀のこと――『並ならぬ力を持つ者』と安良《やすら》様の願い……この世を正すためだというなら、私たちも助力は惜《お》しまぬ。一体いつまで私たちを振り回す気だ！」

「機が熟すまでだ」

落ち着き払ってムベレトは人語で応えた。

「機を誤っては全てが台無しになる。機は熟しつつあると安良様は仰《おつしや》った。我らは運命《さだめ》を知らずに随分《ずいぶん》無駄にあがいてきたが、此度《こたび》こそは……機が熟せば、自《おの》ずと全てが明らかになるだろう。だが、それまでは余計な口は利《き》かぬよう命じられている」

「槙村《まきむら》……」

ムベレトを睨《にら》みつけた夏野の袖《そで》を、蒼太が引っ張った。

『地震がくる』

「えっ？」

夏野が蒼太を見やった途端《とたん》、地面が揺れて足がよろけた。

幸い、地震はすぐに収まった。

†

目を閉じたまま微動だにしなかったイシュナを置いて、夏野と蒼太、ムベレトの三人はリエスの家に戻った。

『イシュナと話せたか？』

『少し……おれは森を滅ぼしたりしない』

　蒼太が言うと、リエスは困った笑みを浮かべた。

『ウラロクの予言は私も聞いた。だが、ウラロクには「見えて」いなかったことも多々あった。「いなもり」の襲撃がよい例だ。それにここにいる者は滅びを恐れてはおらぬ。術師や鴉猿に殺されるのはまっぴらだが、地震に死すならむしろ本望だろう』

「どういうことですか？」

　思わず問うた夏野へリエスは口を開いた。

　言葉は判《わか》らずとも、問いは通じたようである。

『ここは最果《さいは》ての森だ。この森へ来る者は皆、真理、もしくは死を求めているのだ』

　稀《まれ》に黒耀やシダル、ムベレトのように、森の暮らしに馴染《なじ》まぬ異端者がいるものの、山幽のほとんどは穏やかで、規則正しい暮らしを望む。そのような森に生まれ、そう望む者たちに育てられていくからだ。

　だが、長《なが》の年月を経《へ》てゆくと、ふと「もうよい」と思う者がいるらしい。また、翁を始めとする術に長けている者たちは術――理――を知るにつれて、更なる真理を求めて、白玖山を目指すようになるそうである。

『ここには虚空《こくう》がある。真理を求めてやって来る者も、ここで暮らすうちに遅かれ早かれ虚空で眠ることを望むようになる』

リエス曰《いわ》く、「虚空」というのはこの森の奥にある一角で、山幽が「土に還《かえ》る」場所だという。

死を求める者は、家を持つことなく虚空で眠る。

人と違って山幽は餓死《がし》に至るまで数箇月《すうかげつ》から一年ほどもかかるようだが、一月《ひとつき》もすれば意識は薄れるため、苦しみ続けることはなく、皆眠るように死すらしい。

『火口に身を投げた者もこれまでに幾人かいた。だが、瞬《また》く間に死のうが、しばし生き延びようが、そういった者たちは皆どのみち土に還る……』

真理を求める者はまず瞑坐《めいざ》や瞑想で森に「潜《もぐ》り込み」、虚空の者たちに教えを請《こ》う。そうするうちに、ゆくゆくは虚空入りを望むようになる。

『森羅万象《しんらばんしょう》の理を知れば知るほど、森と――大地と一つになりたいと望むようになるらしい。私はまだ、そのような境地に達したことはないが……』

自然と同化しつつ真理を求める者たちには、森の者の手によって必要な世話が与えられる。ほとんどの者がやがて死を求める者たちのように眠りに就《つ》いて死していくが、中には百年以上もじっと横たわった者もいるという。

リエスは翁として、森の者をまとめて虚空にいる者の世話を担《にな》っている。虚空入りに備える者たちの他、森には見張りの二人を含めて十数人、リエスを慕《した》い、ただこの森で暮らすことを望む者もいるようだ。

『この森の者は――殊《こと》に虚空にいる者たちは、既に死を受け入れている。地震であれ噴火であれ、森の運命を己が運命とし、森と共に死す覚悟がなければこの森には住めぬ』

「地震はもしや、噴火の兆《きざ》しですか？」

夏野の問いをムベレトから聞いて、リエスは頷《うなず》いた。

『私はそう見ている。奈切山《なきりやま》の噴火以来、地熱が少しずつ上がっている。近頃は潜《もぐ》り込む度に、この地に微《かす》かなひずみを感じるようになった』

「建国以来、白玖山は一度も噴火していない筈……」

『私が知る限りでもだ』と、リエスが苦笑した。

「とすると、翁は建国より前にお生まれですか？」

『ほんの二十年ほどだが』

恭一郎が聞いたところによると、ムベレトも千年以上の——おそらく国史よりも長い時を既に生きてきたらしい。

「翁は、虚空に入りたいと望まれたことはないのですか？」

夏野の再びの問いに、リエスは穏やかな笑みをこぼした。

『時にそそられることもある。虚空でこれまで未知だった理を知った者、そうした者たちの悦《よろこ》びを目の当たりにしてきたゆえ。だが私には、虚空で得られる知識が理の全てだとは到底思えぬ。中には、死の瞬間にこの世の全てを解することができると言う者もいれば、死の向こうにこそ、その境地があると信じている者もいる。そういった信心ゆえに早い死を望む者も……幸い、私は他の者より理を解する才に恵まれた。虚空にいる者たちと気をつなぎ、山の息吹を感じ取ることにも長けている。さすれば今少しこの世にとどまって、生きながらこの世の理を読み解きたい』
ちらりと蒼太を見やってリエスは続けた。
『私は、死の向こうは無ではないかと考えている。死して無に還り、無から生まれること
こそが命の神秘なのではないかと……無論、異を唱える者は多い。安良しかり、人の命は
廻《めぐ》ると聞く。妖魔《ようま》でそのような話は聞いたことがないが、見聞きしておらぬからとてあり
えぬとは限らぬ。いずれここから死へ旅立った者が、再び戻って来てくれぬかと待ち望ん
でいるのだが、残念ながらいまだ叶《かの》うてはおらぬ』
「ですが、命が廻るのなら——廻っている限り、その命は『生きている』ようにも思えま
す。私という者はなくなってしまうでしょうが……」
それが「死」なのだろうか。
だがもしや、理次第《しだい》では皆、安良様のように前世の記憶を呼び起こせないものか……
ぞくりとした。
大それた考えだ。
——人と妖魔を隔《へだ》てている理は大きいようで、もしかしたらほんの紙一重《かみひとえ》なのやもしれ
ぬ。人と神を隔てている理も——
伊織の言葉を思い出した夏野を見つめて、リエスは微笑《ほほえ》んだ。
『うむ。安良のように前世を覚えている者は稀と聞く。だが、ないことではない。とする

と、一個の死は本当の死ではなく、理によっては、皆が安良のごとき「あらひとがみ」になれるのやもな』
夏野たちのために、今宵《こよい》リエスは虚空で、ムベレトはイシュナのもとで眠るという。
二人を見送ると、夏野は蒼太と手持ち無沙汰《ぶさた》に座り込んだ。

†

恭一郎と伊織の様子を見に行きたかったが、極力外に出ぬよう言い渡されている。

「きょう、へい、き」

夏野の胸の内を読んだように蒼太が言った。

「そうか？」

『もう眠ってる。「いおり」は判らないけど、「きょう」の気ならよく判る』

「そうか……」

山幽の言葉で付け足した蒼太へ、夏野は微笑んだ。

今までも、蒼太の思いや山幽の言葉を解したことが何度もあった。だが、このように落ち着いて、山幽の言葉を用いて対話するのは初めてだ。己が山幽の言葉をより解しているように、ここでは蒼太にも人語が——己の意が——よりしっかりと伝わっているようだ。

「長い一日だったな」

『うん。でも、イシュナに会えてよかった。イシュナが話してくれて——嬉《うれ》しかった』

「そうだな。ここまで来た甲斐《かい》があった」

頷いてから、夏野は言った。

「また、日を改めて翁に会おう。私は黒耀のことをもっと知りたい」

『でも黒耀は……』

「判っておる。黒耀──椽子《しょうこ》──に、正体を漏らさぬよう口止めされたのだろう？　大方、鷺沢《さぎさわ》殿の命を取るとでも脅《おど》されたか？」

目を見張った蒼太へ、夏野はくすりとした。

「鷺沢殿もご存じだ」

『「きょう」も？』

「うむ。大老様や佐内《さない》様には内密にしてある。だが、蒼太が脅されているのではないかと推察したのは樋口《ひぐち》様だ。それに、安良様は黒耀の正体をとっくにご存じだった。蒼太が賜《たまわ》ったあの八辻《やつじ》の懐剣で、黒耀が安良様を手にかけたのを私は見た。槙村と共に──」

『おれも見た。「さいか」の壁が壊れた時に。殺された安良様はまだ若かった』

「二十一代安良様だ。十七歳でお亡くなりになっている。八辻が没したのはその三年後、白玖山で得た鉄で鷺沢殿が持つ一振りを打った後だ」

あぐらを結跏趺坐《けっかふざ》に組み直して、夏野は蒼太を誘った。

「蒼太も一緒にどうだ？　ここなら──殊に蒼太と一緒なら、私一人とは違ったものが見えるのではないかと思うのだ」

伊織のもとで幾度か共に瞑坐を試みたが、蒼太は趺坐の堅苦しさや伊織に気を許すことを嫌がり、四半刻《しはんとき》と続いたことがない。

『……寝る』

「そうか。寝るか」

『「なつの」も。「ふざ」は好かん。森の気は寝転がった方がよく判る』

「成程、もっともだ。――実は私も、じっと座っているのはどうも性に合わぬ」

夏野が言うと、蒼太もやっと小さな笑みを見せた。

夜具は見当たらぬが、入り口の近くを除いて家の中には筵《むしろ》が敷いてある。

先に横になった蒼太の隣りに夏野も身を横たえた。

目を閉じると、もぞもぞと少しだけ蒼太が動く気配がして、蒼太の手が己のそれにそっと触れた。

『一緒に潜る。一人よりも二人の方がきっとよく見える……』

「うむ」

蒼太と意を共にしていると知って、夏野は嬉しくなった。

直《じか》に触れ合うのも、己に気を許している証である。

蒼太の手のひらから微熱が伝わってくる。

日が暮れて辺りは暗くなり始めているのに、目蓋の裏は明るく、陽《ひ》だまりにいるがごとく天井からも地表からも太陽の暖かさを感じた。

真っ先に伝わってきたのは水の流れだ。

筵の下の地表の、更に深い地中を、静かに水が流れている。

次に感じたのは木々の息吹で、それぞれの根が、どこかしら他の木々とつながっているのが「見える」。

鳥や動物、虫の気配はほとんどないが、それらや他の細かな生き物の微かな気配が木々の合間に、夜空に散りばめられた星のごとく小さな光を灯《とも》している。

木々の息吹をたどっていくと、森の中だけでなく、結界の外へもつながっているのが感ぜられ、巨大な鳥の巣が山を包んでいるようだ。

己と蒼太は他の生き物と同じく「巣」の中では塵《ちり》のごとく小さいが、それこそ雛鳥《ひなどり》が抱くような不可侵の安らぎが「巣」にはある。

更に遠く、白玖山の外にも続く木々の息吹を追おうとしたが、微かに力のこもった蒼太の指が夏野を引き止めた。

ふっと身体が浮いた気がした。

己の意識が形になったことが判る。

生身とは違う。「生霊」になったイシュナのようなものだろう。

隣りで蒼太の意識も人の姿になって、夏野を見上げて手を引いた。

蒼太が導くままに歩いて行くと、淡く光る塊《かたまり》が前方にある。

近付いてみるとそれは泉で、光っているのは泉に浮かぶ山幽たちだった。

これが虚空か……？

夏野の問いが伝わったのか、蒼太が振り返って頷いた。

泉は大きく、向こう岸は霞《かす》んでいる。

だが水は澄《す》み切っていて、水中で絡み合う木々の根が透《す》けて見える。

湧《わ》き出る水はそう多くない。気を凝《こ》らしてようやく泉の真ん中に、地中から細く立ち上ってくる水がそっと――ほんの微かに水面を揺らしていくのが感ぜられた。

岸辺に立って見回すと、水面に浮かぶ山幽はざっと五十人はいる。山幽の森が二十から三十人の集落であるから、この森は別格なのだと改めて思い知らされる。また、身体が半分しかない者や、首から下がない者がいるのも見て取れた。水中には身体が見えぬことから、彼らは生死の狭間《はざま》にいる――死を待つ者たちなのだろうと夏野は推察した。

幾人かは夏野たちに気付いたようだが、皆目を閉じたまま、こちらを見ることも声をかけてくることもなかった。

ムベレトの姿はなかったが、リエスは岸辺の近くにいた。やはり夏野たちを振り向きもしなかったが、他の者たちより強い気と光を身にまとっている。

蒼太が夏野を見上げた。

気だけとなってもその左目は濁《にご》っていて、右目には不安が浮かんでいる。

恐れるな……

つないでいる手に力を込めて、今度は夏野が蒼太の手を引く。

おそるおそる泉に足を踏み入れると、ものの半寸ほど足が沈んだだけで、夏野は水面に立った。蒼太が同じように水面に足を乗せてから、ゆっくりと、静かな波紋を広げつつ歩き出す。

山幽たちの合間を縫《ぬ》って一町ほど歩き、他の者たちから充分離れていることを確かめてから、夏野は蒼太を水面にいざなった。

恐れるな、蒼太……

手をつないだまま、リエスの家で自分たちの生身がそうしているように、並んで水面に仰向けになる。

見上げた空は青いが、その向こうには星々が輝く夜空が透けて見える。

目を閉じると、更に半寸ほど身体が水に沈んだ気がした。

泉の水は生温かい。

水底の木々の根の合間の、更にずっと奥が熱を帯《お》びているのを感じる。

地熱……

ふいに辺りが真っ暗になり、夏野は思わず目を見開いた。

空も泉も、全てが闇《やみ》に消えた。

だが、蒼太の手はまだ己の手の中にあり、蒼太の気もすぐ傍にある。

つないだ手に少しだけ力を込めると、背中に熱気が吹き付けてくる。

再び目を閉じると、目蓋の裏に空から見た白玖山が思い浮かんだ。

山頂は万年雪に覆《おお》われているが、火口はぽっかりと暗く深い。

何やらふと懐《なつ》かしい気配を感じて、火口を覗《のぞ》き込むように夏野は気を凝らした。

安良様……？

火口の暗闇に安良が佇《たたず》んでいる気がした。

安良に謁見《えっけん》した折に感じた安堵《あんど》と畏怖《いふ》を同時に感じて、思わずひれ伏したくなる。

火口の闇から地底を通じて、安良の気が白玖山から国の全土へと広がっていくようだ。

……安良様は国の全てとつながっている。

あの御方はやはり「人」ではなく「神」――

安良の姿を見極めるべく夏野が尚《なお》も気を凝らすと、出し抜けに火口の――闇の真ん中がぐにゃりとひしゃげた。

リエスが言ったような「微か」なものではない。

有無を言わさぬ大きなひずみが山を震わせる。

転瞬、真っ黒な闇が真っ赤に染まった。

――息を呑《の》んで飛び起きると、リエスの家の中だった。

「なつの」

薄闇に、何よりも先に蒼太の濁った左目が夏野の目をとらえた。

放してしまった手を再び取って、山幽の言葉で蒼太は続けた。

『安良様はここで生まれた。「かみさと」じゃない。ここ――白玖山で生まれたんだ』

†

翌朝、ムベレト自らが三人分の黍粥《きびがゆ》を携《たずさ》えて来た。

追って姿を現したリエスが、夏野と蒼太を交互に見やって言った。

『お前たちを虚空へ案内する』

『虚空へ？』と、驚いたのはムベレトだ。

『昨晩、多くの者が火口が赤く燃えるのを「見た」。この者たちが虚空に潜り込んできたからだと思われる』

夏野たちが昨晩見た光景を、虚空の者たちも共有していたようだ。

『そんなことが……？』

『シェレムと「なつの」。皆、まだお前たちを恐れている。だが、お前たちに惹《ひ》かれてもいるのだ。お前たちが森に更なる真理をもたらすのではないかと……私も皆と思いを同じくしている』

皆が皆ではないが、虚空に集まっている者たちは、もとより感じ取る力――つまり理術に長けている。

ムベレトはそういった力には恵まれていないそうで、普段は虚空に足を踏《ふ》み入れることはないという。だが、此度《こたび》は夏野がいることから通弁者として同行した。

実際の虚空は、泉ではなく森だった。

森の他の領域より幾分木々も地面も青々としていて、木々の根元の合間に山幽たちが横たわっている。

皆、目を閉じているものの、そこここで夏野たちの訪れに気付いた気配がした。

『人の子だ……名は「なつの」……』

誰《だれ》かがつぶやくのへ、リエスが頷く。

『そうだ。シェレムと「なつの」だ』

『シェレムと「なつの」……』

蒼太と己の名が泡沫《ほうまつ》のごとく山幽たちの間で囁かれた。

リエスの後について虚空の中を進んで行くと、草木がより青い理由が判った。

真理を求めてただ眠っている——潜っている——者はそこそこ身綺麗《みぎれい》にしているのだが、死を求める者、潜り込んだきり応えぬ者は雨風に揉《も》まれるままに放置しているという。

足だけ埋《う》まっている者もいれば、首から上しか見えていない者もいる。

腐敗臭はなかった。

『朽《く》ちていく先から、生きている者が少しずつ土をかけ——土に還していくのだ』

夏野たちが問う前にリエスが教えた。

やや地面が盛り上がっているところは、誰かが死してまもない場所らしい。

墓場に等しい場所だが、陰鬱《いんうつ》さはまるでない。

これだけの「死」が近くにありながら静謐《せいひつ》で心地良く、曇《くも》り空にもかかわらず、辺りは淡い光に包まれている。

昨晩のように他の者から少し離れたところで、夏野たちは腰を下ろした。

ある。

蒼太が見やった方へ目をやると、木の根元に半分埋まった拳《こぶし》大の青紫の石がある。

夏野が蛍石を守り袋から取り出すと、二つの石は呼応するように淡く光を放ち始めた。

『蛍石《ほたるいし》だ』

『ここらには他にも蛍石がいくつか埋まっていて、中には一抱えもあるような大きな石もある。私がこの地に森を拓《ひら》いたのも、山中に輝くあれらを見たからだ』

「では、この石も？　八辻も虚空を訪れたことがあったのでしょうか？」

『人でここまで足を踏み入れたのはお前が初めてだ、「なつの」。「やつじ」は結界の際に留め置いた。「いおり」と「きょう」とやらのように……森へ入れたのはムベレトたっての願いからだ。砂鉄を探すのに、しばらく時が必要だと言い張ったのでな』

ムベレトは「並」の山幽で、感応力と脚力、僅《わず》かな念力の他は、妖魔としての治癒《ちゆ》力《りよく》しか持ち合わせていないそうである。妖魔は滅多《めった》なことでは死なぬとはいえ、秋冬の山中で何日も過ごせば、人の八辻同様、凍傷から動けなくなり凍死しかねなかった。

八辻のことをもっと知りたかったが、リエスが己の正面に座り直したため口をつぐんだ。

隣りの蒼太が、そっと夏野の手に触れる。

リエスがかざした手のひらを見つめると、左目が疼《うず》いた。蒼太にも伝わったようで、蒼太の手にも僅かに力が込もる。

伊織や他の理一位《りいちい》、稲盛からも同じように「探られた」ことがある。

『無理が微塵《みじん》も感ぜられぬ』と、リエス。

『このようなことが起こりうるとは……』

『やはり、人は我らの亜種……』

『いや、我らが人の亜種なのだ……』

リエスに続いて、山幽たちのつぶやきが辺りから聞こえてくる。

「樋口様は人も妖魔も基《もと》は同じだと仰《おっしゃ》っていました。基に働きかけている理が違うだけだと――」

『我らも同じ考えだ。基が同じであることはデュシャと人に限ったことではないが、人と我らがかくも似ているのは見ての通りだ。我らより弱い人が、我らより後に生まれたとは思えぬ。より強く、生き延びる力を得ていくのが大方の生き物の理ゆえ……』

「ですが、安良様はもしや、かつては山幽だったのではないでしょうか?」

『なんだと?』

「私どもは昨晩、火口の中に――この白玖山に安良様の気を感じました。古伝では、那岐《なぎ》州のいずこかをさまよっていた初代安良様を、今の神月《こうづき》家の者が見つけたそうです。神月家が豪族として居を構えていた地が今は神里《かみさと》と呼ばれているのですが、これは安良様がお生まれになったのも、神月家と出会ったのもこの地ではないかという推察から名付けられたと聞いております。ですが、昨晩見たものからして、安良様は神里ではなく、この白玖山で生まれたのだと蒼太は言っております」

『まさか』

『安良がここで……？』

『そんな筈はない……』

他の者のつぶやきを聞きながらリエスも言った。

『私は安良の気を知らぬ。だが昨晩は、この森の者とお前たちの気しか、私には感ぜられなかった』

リエスに同意するつぶやきがいくつか続いた。

どうやら、安良の気を感じたのは夏野たちだけだったようである。

『私は生を受けて千百年余りになるが、この森を拓いたのはおよそ四百年前だ。人里はおろか森もないこの地で、安良が生まれたとは考えられぬ。安良は一体この地のどこで、誰から生まれたというのだ？』

『どこで、誰から生まれたかは判らない。でも、安良様は白玖山で生まれた』

小さく首を振って——だが、きっぱりと蒼太は言った。

『昨日の夜、おれには判った。安良様がおれたちをここへ寄越《よこ》したのはきっと、安良様が生まれたこの白玖山の森に住むデュシャなら、安良様と同じくらい理を知っていて、「いおり」よりも使いこなせる者がいるかもしれないと思ったからだ』

『どういうことだ？』

リエスに問われて、夏野は白玖山まで来た真の目的を明かした。

「安良様は槙村と共に『森羅万象を司《つかさど》る理に通じた』『並ならぬ力を持つ者』を探してき

ました。樋口様や蒼太ではないのなら、もしや山幽の翁ではないかと……」

ムベレトが黙ったままなのを見て、蒼太が代わりに訳して伝えた。

『どういうことだ？』

リエスは今度はムベレトに問うた。

『お前は……安良と通じておったのか？』

ムベレトは一瞬苦虫を嚙《か》み潰したような目を夏野たちに向けたが、すぐに気を取り直して落ち着いた声でリエスに応えた。

『この世の誤りを正すためだ』

『なんと身勝手な……』

リエスはムベレトと安良のつながりを知らなかったらしい。

しばし絶句したのち、リエスが問うた。

『いつからだ？』

『もう大分昔から。刀なら、白玖山の砂鉄で打つがよいと教えてくれたのも安良だ』

『そんなに前から――ならばシェレムが言ったことは本当か？　安良は本当に白玖山で生まれたのか？』

『知らぬ。安良がどこから、どう生まれたのか私は知らぬ。だがあの者は神なれば、白玖山から生じたとしても不思議はない。翁も言っていたではないか。無から生まれることこそ、命の神秘なのではないかと』

『神だと？　安良は人だと、お前は言ったではないか？　あれは嘘《うそ》だったのか？』

『嘘ではない。安良は「あらひとがみ」――つまり人の姿をした神なのだ』

リエスを含む山幽たちの動揺が伝わった。

『神……』

『嘘かまことか……シェレムもムベレトも信じられぬ……』

『なんの証もないではないか……』

高まるざわめきの中、ムベレトが立ち上がった。

『イシュナの様子を見て来るとしよう』

『逃げるのか？』

『私にはなんの証もない。信じる、信じないは皆の自由だ。私が無力なことは皆も承知しておろう。出てゆけと言うのなら大人しく従う』

ムベレトの姿が見えなくなると、山幽たちのざわめきは一層大きくなった。

リエスが夏野たちを促《うなが》した。

『我らもひとまず引き上げよう。皆にもそれぞれの考えがあろう。私も、しばし一人で考えたい』

†

一人で――とリエスは言ったが、虚空を出ると夏野たちを己の家へいざなった。
まだ昼にもならぬ時刻だが、曇り空のせいか家の中は薄暗い。

『お前たちはどう思う？　安良は神か否か？』

蒼太と顔を見合わせてから、夏野はおずおず口を開いた。

「……昨晩、私は安良様がこの国の全てとつながっているのを見ました。神でもなければ、できないことではないでしょうか？」

夏野の言葉を訳してから、蒼太も付け足す。

『おれも見た。安良様はこの国とつながっている。生まれた時から――今もずっと……』

『では、安良は善か悪か？』

「それは」

夏野は返答に躊躇《ためら》い、躊躇った己に驚いた。

私は――私は安良様を疑っているのだろうか……？

安良が常人とは違う特異な性質、大いなる知識と志《こころざし》を持っていることは明らかだ。安良の目的は「この世を是正《ぜせい》する」ことであり、己は安良の威光を本物だと感じているにもかかわらず、安良を善と言い切れぬのは何故なのか。

言葉を濁した夏野を、蒼太は黙って見つめている。

『つまらぬことを聞いた』と、リエスは微苦笑を浮かべた。『お前たちに問うても詮無《せんな》いこと……善か悪かは、見る者によって違うもの』

口元を引き締めてリエスは続けた。

『私は安良を知らぬが、ムベレトが安良に通じていることは懸念《けねん》せざるを得ない。私の知る限りを話そう。私のお前たちへの信頼の証に。お前たちも差し支《つか》えなければ教えて欲しい。私はもう二度と、デュシャから裏切り者を出したくないのだ』

「裏切り者というと、黒耀のことですか？」

イシュナの言葉を思い出して夏野は問うた。

『そうだ』と、リエスは頷いた。『いまや妖魔の王と呼ばれる黒耀、そして黒耀にあのような力を与えたムベレト――』

「槙村が黒耀に力を与えた？　どういうことですか？」

夏野の問いを訳す前に蒼太が応えた。

『おれは「いな」でムベレトから聞いた。ムベレトは黒耀に仲間の血を飲ませた。黒耀が世を正す力を持つ者になると信じたから……でも、黒耀は途中でムベレトとは違うことを望むようになって、いなくなった』

黒耀の正体を明かさぬよう脅されていたがゆえに、今まで黙っていたらしい。

「槙村は黒耀と袂《たもと》を分かって、今は安良様のために――太平の世のために働いていると安良様は仰っていた」

夏野の言葉を、蒼太はすぐさま山幽の言葉に換えた。互いに意が通じやすくなったことで、通弁の手間が大分省《はぶ》けたようだ。

『ムベレトが黒耀と決別したことは聞いた。だが、安良に与《くみ》するようになったとは私たちは知らなかった』

蒼太と夏野を交互に見つめて、リエスは再び口を開いた。

『昨日伝えた通り、私は安良国の建国より二十年ほど前に生まれた。今年で千と百四歳になる。私が知る限りデュシャでは最年長だ』

「槙村も千年より長く生きていると聞きました」

『ムベレトはそれこそ安良国と同い年だと、その昔に聞いたが……』

リエスは山中の集落で生まれたが、その頃はまだいわゆる「森」はなかった。

結界もなく、他の妖魔や動物たちに襲われそうになった時は木に登るか、日に百里を駆けるという足を活《い》かしてただ逃げた。

『山幽も人も、食物としては旨《うま》くないらしい。よって余程食う物に不自由しなければ、結界がなくとも襲われることはなかった。ただ鴉猿や金翅《こんじ》は、稀に我らや人を面白半分に狩ることがあった。やつらは我らを人と同じく、弱きものとして見下していた』

理は無論知られていなかったが、まじないめいたことは仲間内で継承されていた。

リエスは物を動かす念力は並であったが、物心がつき、成長するにつれて、他の者には見えないものが見えることに気付いた。

他の者には見えない自然の「壁」を利用して、敵から身を隠したり、敵を欺《あざむ》いたりすることを覚え、それらの幻術がのちに結界となった。他の集落を訪れ、やはり術に長けた者がいることを知り、リエスはそれらの者と知識を分かち合い、各地に「森」を造った。

森の噂《うわさ》はすぐに広がり、山幽のほとんどがどこかしらの森に属するようになった。森の中心となる者を「翁」と呼ぶようになり、翁たちは術――理――の知識を深めていった。

森の者が増えてまもなく、翁たちは子数を抑えることにした。

『一つの森が護れる頭数は限られている。森と共に暮らす覚悟をしたからには、森が養える以上に数を増やしてはならぬと思い、術を使って律することにしたのだ』

子数を抑える分、生まれた子供は森の宝として大事にされた。

『黒耀――アルマス――が生まれたのはこの森を拓いた年と同じで、四百年余り前になる。私はその頃は久寝山《くがやま》の翁で、この森を拓いたのちに、久寝山に戻った』

蒼太が目を見開いた。

アルマスという黒耀の名が明かされたばかりでなく、そのアルマスもリエスも久寝山にいたと知って、夏野も驚かずにいられない。

『久寝山に帰ると、アルマスは既に生まれていた。ほどなくして、私は幼きアルマスに才を見出した。誰よりも強い念力に加え、天の気を読むことに長けていた。アルマスはいずれ必ず翁になるだろうと、私も皆も思っていた』

アルマスが生まれながらに黒髪に黒目だったことも超凡さを感じさせた。リエスが両親から聞いたところ、その昔は黒髪も黒目も珍《めずら》しくなかったが、森にこもるうちに山幽たちの髪や瞳《ひとみ》は徐々に鳶色《とびいろ》に変化していったらしい。いまや黒髪や黒目を持つ者は、リエスやアルマスを含めて十人もいないそうで、そのほとんどが翁だという。

『私は――森はアルマスを大事に育てたが、ムベレトが全てを台無しにした』

ムベレトは森に属さぬ数少ない山幽の一人で、そういった者たちは仲間はずれになることはなく、むしろ外の世界や他の森の見聞をもたらす者として重宝されていた。

『その頃はもう建国から七百年ほどを経ていて、人は皆とうに結界の中に住んでおり、人も妖魔もそれぞれの暮らしを保つことに満足していた――筈だった。だが、アルマスが十三歳になった時、ムベレトはアルマスを騙《だま》した。近々安良による大がかりな妖魔狩りが始まり、真っ先に狙われるのは我ら山幽だろう――と、脅かしたのだ』

「安良様を弑《しい》するためか……」

『うむ』

痛ましげな目をしてリエスは頷いた。

『アルマスは好奇心に富んでいて……ムベレトを慕《した》っていた。まだ幼い想《おも》いであったが、十三歳ともなればまったくの子供でもない。私はムベレトを買っていた。ゆえに、いずれアルマスが、ムベレトを森にとどめる理由にならぬかと望んでいた』

「それはつまり、いずれ二人が夫婦《めおと》となって……」

『そうだ。ムベレトも才あるアルマスを可愛《かわい》がっていて、その想いに嘘はないと私は判じていたが、今となっては判らぬ』

――我らで森の皆を救おう――

アルマスが比類なき力を得て安良を弑すれば、妖魔狩りから仲間を救うだけでなく、山幽に尊厳をもたらす――他の妖魔たちからも一目置かれるようになるだろう――と、ムベレトはアルマスに語った。

『アルマスが妖魔も人も統べる「王」となれば、この世から無用な争いや死がなくなるだろう、とも。ムベレトはアルマスの父親も同様にたぶらかした。父親の助力を得てアルマスに仲間の血を飲ませ、森から連れ出した。私や他の者がその所業を知ったのは、アルマスの父親が死してからだ……』

アルマスの母親は、盲目《もうもく》的にムベレトを敬慕する娘を案じていた。ムベレトの言葉を鵜《う》呑《の》みにするのは危ういと、似たような考えを持つ者と集って戻ると娘がいなくなっていたのだ。母親は父親から事情を聞いて揉み合いになり、突き飛ばされた父親は運悪く裂けた枝に心臓を貫かれて死した。同族を――しかも愛する夫を「殺した」ことで母親は正気を失い、ほどなくして久峩山の頂に駆け登り、そのまま火口に身を投げた。

目を落とした蒼太を見やってから、リエスは続けた。

『ムベレトを非難する者と、やつの所業を「やむなし」とする者とで、森は二つに割れた。もしもムベレトの言葉がまことなら、アルマスが――デュシャが安良に代わってこの国の王となるのも一案だというのが、やつの味方の言い分だった。だが、我らは安良の意を確かめるすべを持たなかった。アルマスは森を出た翌年に十六代安良を殺したらしい。だが安良は再び転生し、しばらくしても妖魔狩りの噂は聞かなかった。ほとんどの者は安良がアルマスの力に怖気《おじけ》付いたのだろうと喜んだが、翁の中ではムベレトを――そもそも安良は本当に妖魔狩りを企てていたのだろうかと疑う者の方が多かった』

ムベレトとアルマスは時折よその森に姿を現したが、長くとどまることはなく、久穽山の森を訪れることはなかった。

『両親を亡くした森ゆえ、致し方ないと思っていた。二人で旅をしながら暮らしているのも、引き続き安良を見張るためだと話に聞いた。だが……五十年ほどを経て、悪い噂を聞くようになった。「黒い影」が、手当り次第に妖魔を手にかけているというのだ。「黒い影」はやがて「黒耀」と呼ばれるようになった。小柄で人の形をしていたという噂から巷《ちまた》では鴉猿と思われていたようだが、我らは黒耀はアルマスではないかと恐れた』

この頃になると、ムベレトとアルマスの行方《ゆくえ》は杳《よう》としてしれなくなった。

黒耀の名が囁かれ始めてから、森を行き来していた山幽がめっきり減った。所用で出かけて帰らぬ者も増えて、黒耀の仕業《しわざ》とされた。続く五十年ほどで山幽の数は激減し、残った者たちは一層森に閉じ込もるようになった。

『ムベレトとアルマスが森を出て百五十年余りが経《た》ってから、私は久穽山の森をウラロクとイシュナに任せてここへ移った。その頃、ただでさえ仲間が減ったというのに死を望む者が増えた。かつてのこの森の翁もそんな一人だった』

ムベレトが現れたのは、リエスが白玖山に移って四十年余りが経ってからだ。

――アルマスの行方を探している――と、ムベレトは言った。

『問い質《ただ》してみると、ムベレトは安良による「妖魔狩り」というのは方便だったと白状した。ムベレトはただ安良を倒し、デュシャをこの国の王としたかったらしい。だが己が非力ゆえに、アルマスという大きな力を持つ者が欲しかったのだ、と。……シダルがシェレムを嵌《は》めたと聞いた時、私はムベレトを思い出さずにいられなかった』

リエスの話を聞きながら、夏野もまたシダルを思い出していた。

シダルは私欲のため、槙村は「太平の世」のためとはいえ……

二人が自分たちでは果たし得ぬ望みを抱いて、アルマスや蒼太の暮らしを一変させたことに変わりはない。

共に嵌められて成長を止めたことも、アルマスが蒼太を気にかけている事由の一つなのだろうと、夏野は少しばかり腑《ふ》に落ちた。

『ムベレトは安良と共に「並ならぬ力を持つ者」を探しているとお前たちは言った。それならもしやアルマスのことも、安良の謀《はかりごと》だったのではなかろうか』

「いえ」

首を振って、夏野は思い巡らせる。

「翁が聞いた通り、黒耀は十六代安良様を殺しました。そののちも、少なくとも二度、安良様は槙村と黒耀に殺されました」

――私は千年からの時をかけて、ここまでたどり着いたのだ――

ムベレトは維那《いな》で恭一郎にそう言ったという。

「槙村はもう千年も、安良様と同じく『太平の世』を望んできたそうです」

『千年も？　とすると、私が森を拓き始めた頃からか……だからムベレトは森に属することなく人里を探っておったのか』

「槙村はずっと安良様を敵とみなしてきたようですが、自分たちが手にかけた安良様が転生を繰り返すうちに、安良様も志を同じくしていると知って、考えを改めたと思われます。およそ――二百年ほど前に」

『それでアルマスと決別したのだな』

「おそらく」と、夏野は頷いた。「槙村は安良様を弑して人を支配し、黒耀を王にすることが太平の世への道だと信じていたのでしょう。ですが、黒耀と安良様暗殺を試みるうちに安良様と和解し、別の形でこの世に平和をもたらそうとしているのかと」

　維那でムベレトは蒼太にも語った。

　――私は黒耀様に望みを託し、共にこの世を正してゆくつもりだったが、志半ばで黒耀様は私とは異なる望みを抱かれた。ゆえに私を見限って、一人で去ってしまわれた――

「無理もありません。妖魔狩りなどという嘘で、槙村は黒耀を騙したのだから……」

『うむ。ムベレト曰《いわ》く、アルマスは騙されたと知って怒り狂ったそうだ。自暴自棄になっているゆえ、何をしでかすか判らぬと……ただ、ムベレトも黒耀の噂は聞き及んでいたが、その時はアルマスかどうか半信半疑のようだった』

　山幽たちもムベレトの言葉に半信半疑だった。ムベレトは己がしたことへの「償《つぐな》い」として、再び森のつなぎ役を買って出た。

　仲間が減って、他の森の様子を知るのに翁たちは苦労していた。外の旅に慣れているムベレトはつなぎ役、案内役として働くうちに少しずつ山幽たちの信頼を取り戻していった。

刀匠《とうしょう》の八辻九生《きゅうせい》を連れて来たのは二年後だ。

『黒耀——アルマス——の振る舞いはますます目に余るようになっていた。この世の過《あやま》ちを正すため——あの時もムベレトはそう言った』

「ではやはり、あの刀は黒耀を討《う》つためにあつらえたのですね」

『ムベレトはそう言った。己のつまらぬ野望のために、アルマスを狂気へ走らせた罪を己が手で償いたい、と。素手でアルマスに太刀《たち》打ちできる者はいまい。刀があったところで敵《かな》わぬだろうと思ったが、あの時の私はムベレトの言い分よりも「やつじ」という男に興を抱いた。人をあれほど間近に見たのは初めてだった』

結界の中にとどめて置いたが、八辻と話すためにリエスの他、数人の山幽が足繁く八辻のもとへ通ったという。

『あの者はお前たちのように潜り込んでくることはなかったが、刀を打つ際に様々な景色が見えると言っていた。「やつじ」が語る景色は遠い昔のことのようでもあり、ずっと先のことのようでもあった。それからやつは時折、己が鳥や星になった夢を見るそうで、それらの話も——まさに夢物語でありながら——実に興味深かった』

八辻はムベレトと共に、一月ほど森に滞在して白玖山の砂鉄を集めた。

『語らう間に、私が何故ここに森を拓いたのか問われたことがあった。蛍石の話をすると興を覚えたらしく、別れ際になって一欠片《ひとかけら》持ち帰りたいと頼まれた。ここで過ごした時の証に……まさか、またあの石を見ようとは思いも寄らなかった。「なつの」、お前はもしや「やつじ」の生まれ変わりか？』

「まさか」

言下に応えてから、夏野は訝《いぶか》しんだ。

まさか、そんなことが……？

ふっ、とリエスが微笑んだ。

『俺《おれ》はただの刀匠だと「やつじ」は笑い飛ばしたが、私はあの者は理に通じていたと思うのだ。あの者が知る知らぬにかかわらず……「やつじ」は「見た」のではなかろうか。己の蛍石が、今一度、人をこの森に導く日を』

八辻九生は安良に見込まれた稀代《きたい》の刀匠だ。妖魔たちがこぞって恐れる恭一郎の刀を思えば、八辻は理に通じた者だったのだろうと夏野たちも推察している。

知る知らぬにかかわらず――

ふと、リエスの向こうに見たことのない八辻の面影《おもかげ》が揺らいだようで、夏野は思わず目を凝らした。

と、硬い声で蒼太が言った。

『来る。鴉猿と狗鬼《こうき》だ』

第四章 Chapter 4

『鴉猿《あざる》と狗鬼《こうき》だけか？　「いなもり」も一緒か？』

『「いなもり」は見えない。鴉猿が一匹に、狗鬼が三匹――』

見えた絵を反芻《はんすう》しながら、蒼太はリエスに応《こた》えた。

『でも、やつらはデュシャを連れている』

『なんだと？』

『血まみれだ。急がないと』

己に続いて、夏野も立ち上がる。

「翁《おきな》、私に刀を。樋口様と鷺沢殿も結界から解き放ってください」

リエスに伝えると、リエスは蒼太をじっと見つめた。

『「きょう」はデュシャを傷つけない。「きょう」にはデュシャの妻がいたし、おれをずっと護《まも》ってくれている。「いおり」も――「いおり」は虚空《こくう》のみんなと一緒だ。真理を求めるのが「りじゅつし」だから……だから、どうかおれと「なつの」を信じて』

『判《わか》った』

『おれは先に行く。「なつの」なら判る』

夏野とリエスを残して蒼太は駆け出した。

蒼太たちはイシュナを追って森のおよそ南側から入ったが、鴉猿たちは恭一郎たちが留め置かれている場所よりもやや東寄りからやって来る。

森の結界は相変わらず白い壁として立ちはだかっているが、多少は慣れたからか、気を凝らすと結界の向こうに、近付いて来る鴉猿たちの姿が「見えて」きた。

先頭を切って走る狗鬼の背中には、血まみれの山幽《さんゆう》がくくりつけられている。

よく見ると、山幽には両腕と片足がなく、滴《したた》る血が山中に道標となっていく。

続く二頭の狗鬼は、それぞれ食いちぎった山幽の腕と足をくわえている。

狗鬼たちに少し遅れて、鴉猿が山幽のもう片腕を手に、血痕《けっこん》を追って走っていた。

仄魅《しきみ》の伊紗《いさ》は人里の結界を越える前に、隠れ蓑《みの》の木汁《きじる》と術師の血を混ぜて固めたものを一舐《ひとな》めするという。

鴉猿たちは山幽の血をもって結界を破るつもりらしい。

止まれ！

念じてみたが、四匹の足は少しも弱まらない。

ならば雷を――

神里でしたように、空へ気を送り、雲の中から雷の基ともいえる光を探そうとした。

が、ちょうど降り出しそうな曇り空だというのに、どうもうまく気が届かない。

形は違えど森の結界は都のそれのように堅固で、結界の向こうまでは己の妖力は届かぬようだ。

やつらが結界を越えて来たらなんとかなるだろうか？

とっさの力が使えればよいが、長々と念じている時はない。

懐剣も眼帯もない。

妖力が使えなければ、己はただ身の軽い山幽の子供でしかない。

体当たりを食らわせたところで狗鬼には大した痛手にはならぬ上、続く二匹と鴉猿は止められまい。

ますます近付く四匹を「見ながら」蒼太が身構えたところへ、恭一郎の声がした。

「蒼太！」

飛んできた懐剣をつかみ取ると、鞘《さや》を払う。

恭一郎の後ろに伊織、夏野と続いて走って来るのが見えたが、手を振る間もなく一匹目の狗鬼が結界の白い壁を突き抜けて飛び込んで来た。

†

一匹目の狗鬼の背中に蒼太が飛び乗るのが見えた。

結界の傍《そば》で恭一郎が二匹目に備えるのを見て、夏野は前を行く伊織に告《つ》げた。

「蒼太を追います！」

恭一郎のもとへ駆けつける伊織から離れて、夏野は蒼太を追った。

一町も行かぬうちに、木々の合間に蒼太を振り落とそうとする狗鬼がいた。

蒼太は懐剣を狗鬼の背中に突き立てているが、懐剣では心臓には遠く届かぬ。

蒼太が縄を切ったらしく、暴れる狗鬼の傍《かたわ》らには手足を失った山幽がいる。

隙《すき》を見て、夏野は山幽を暴れる狗鬼から離した。

山幽は虫の息だが、手当てよりもまずは狗鬼を討《う》ち取らねばならぬ。

夏野を認めて向かって来た狗鬼へ、すれ違いざまに斬《き》りつける。

手応えは浅く、狗鬼はすぐに身を翻して躍《おど》りかかって来た。

今度はやや深めに脇腹《わきばら》を斬り裂いたものの、憤《いきどお》った狗鬼が身体《からだ》を大きく揺らして蒼太が振り落とされた。

「蒼太！」

狗鬼は蒼太へ飛びかかるかに見えたが、耳を澄《す》ませ、鼻をひくつかせると、向きを変えて走り出した。

『駄目だ！　みんなが殺《や》られる！』

飛び起きてすぐさま狗鬼を追う蒼太について、夏野も走った。

だが、駿足の蒼太でも狗鬼に追いつくのは難しい。

森のみんなが――！

置いてきた山幽の姿がちらついて、夏野は懸命に地を蹴《け》った。

狗鬼の行く手には虚空がある。

狗鬼の姿が見えたのか、いくつか山幽の叫び声が上がった。

と同時に、小さいが、一際高い音が辺りに響いた。

左目に針で刺されたかのごとき鋭い痛みを感じて、夏野は走りながら空いている手で左目を押さえた。

前を行く狗鬼の足が止まり、身を翻す。

その向こうに、こちらに駆けて来るムベレトの姿が見えた。

口に細く白い――おそらく笛をくわえている。

苑《その》の笛とは別物で、狗鬼の姿を目で追う蒼太も両手で耳を塞《ふさ》いでいる。

笛の音に追われるように、狗鬼が戻って来た。

蒼太が飛んで、再びその背中に懐剣を突き刺す。

懐剣で背中を切り裂かれた狗鬼が前足を高く挙げてのけぞるのへ、夏野は正面から飛び込んだ。

毛に覆《おお》われた狗鬼の胸の向こうに、脈打つ心臓がはっきり「見えた」。

心臓を一突きすると、瞬時に刀を抜いて横へ飛ぶ。

倒れ込んだ狗鬼の背中から蒼太が飛び下りた。

駆け寄って来たムベレトが、既に屍《しかばね》となった狗鬼を見やる。

「お見事」

「かたじけない。その笛のおかげで助かった」

負傷した山幽をムベレトに任せ、蒼太と結界まで戻ってみると、既にかたはついていた。

狗鬼の一匹は首を飛ばされ、もう一匹は胸が大きく斬り割られている。

鴉猿は生きていたが右足と左手を斬り落とされており、恭一郎が刀を突きつけていた。

傍らの伊織は符呪箋《ふじゅせん》を手にしていて、リエスは伊織たちから少し離れたところで青い顔をして立っている。

伊織曰《いわ》く、自分は刀を抜くことなく、恭一郎が二匹目、三匹目と、結界を越えて来た狗鬼を続けざまに斬り伏せ、最後にやって来た鴉猿もまずは足を、それから山幽の腕を持っていた手を斬り飛ばしたという。

「今、太郎《たろう》が縄を持って来るゆえ」と、恭一郎。

「太郎？」

夏野が問い返したところへ、見張りの二人が連れ立ってやって来た。

†

二人の見張りを恭一郎は勝手に「太郎」「次郎《じろう》」と呼んでいるらしい。

リエスが声をかけるのを聞いて、太郎と次郎の名がそれぞれキジルとボルクだと夏野は知ったが、約束ゆえに山幽の名は口にしなかった。

「黒川、頼む」

見張り役を夏野に頼むと、恭一郎はキジルから縄を受け取り、鴉猿が袈裟懸《けさが》けにしていた巾着《きんちゃく》を取り上げて、後《うし》ろ手に縛《しば》り上げた。左腕は手首から先がないため、左肘《ひだりひじ》と右手首、首をつなぎ、更に近くの木に胴をくくりつける。

「何ゆえ白玖山までやって来た？　稲盛の差し金か？」

問いかける伊織を、鴉猿は口をつぐんだまま睨《にら》みつけた。

「だんまりか」と、恭一郎。「今更、稲盛に義理立てすることもなかろうに……ならばもうとっとと斬ってしまわぬか？」

再び刀を構えながら、恭一郎が伊織の方を見やる。

「待て。こいつは俺《おれ》に任せろ。このような機会は滅多《めった》にないからな。符呪箋の効《き》き目を試してみたい」

淡々とした声で、迷いなく符呪箋に手をかけた伊織を見て鴉猿が慌てた。

「ま、待て。話す……話すから、命ばかりは……」

恭一郎と見交《みか》わして、伊織は符呪箋を畳《たた》んだ。

「――話によっては助けてやらぬこともない。恭一郎、刀を収めろ」

恭一郎が刀を仕舞うと、鴉猿はゆっくりと語り出した。

伊織の推察通り、鴉猿は稲盛の差し金で山幽の森を探していた。

「やつは山幽を欲しがっている……それもできれば『翁』という……術に通じる者が欲しいと……」

森を探しながら黒桧州《くろべ》から室生州《むろう》をさまようちに、鴉猿は北へ走る山幽――どうやらムベレト――を見つけた。

後をつければ森へたどり着くと、ムベレトに気付かれぬよう狗鬼たちの鼻を頼りに追ったものの、白玖山に着く前にムベレトの匂《にお》いは途絶えてしまった。

だが、白玖山にも森があるのではないかと踏んだ鴉猿は、狗鬼たちを連れて山中をしばらくうろついた。やがて知らずに結界に足を踏み入れた狗鬼たちが見え隠れして、結界のおよその位置を知ると、鴉猿は狗鬼たちに辺りを探るように命じた。

「森を見つけたら知らせろと言われていたのだが……やつの……稲盛の鼻を明かしたくなったのだ……」

人里の結界を破るのに稲盛が己や他の術師の血を使っているように、久峩山の森を襲った際には捕らえた山幽の血を使ったことを、鴉猿は仲間から聞き及んでいた。

出入りする山幽を捕らえられぬかと、夜を挟んで辺りを見張っていたところ、白玖山に向かって来る別の山幽を狗鬼が見つけて襲った。

鴉猿は術を知らぬが、山幽の血、更には身体の一部があれば結界に出入りできるのではないかと考え、狗鬼に命じて手足を嚙《か》み千切らせたという。亡骸《なきがら》よりも「生きている」方が効き目があろうと、山幽は殺さずに先頭を行く狗鬼にくくりつけた。

『むごいことを……』

蒼太から話を聞いてリエスがつぶやいた。

安易な策であったが、実際に功を奏したのを知って、リエスと共にキジルとボルクも青ざめている。

「連れていた狗鬼は三匹だけか？　稲盛には知らせておらぬのだな？」

「そうだ……」

頷《うなず》いてから、鴉猿は伊織に懇願《こんがん》した。

「頼む……殺さないでくれ……なんなら、間者になってもいい……」

「間者だと？」

「稲盛と……つなぎをつけてやる……」

「ふむ、それも一案だな」

伊織は口角を上げたが、夏野には見慣れぬ怜悧《れいり》な笑みだった。

「山幽をあのような目に遭《あ》わせたからには、お前の処遇は俺の一存では決められぬ」

そう言って伊織は草履《ぞうり》を脱《ぬ》いで裸足《はだし》になると、腰をかがめて、鴉猿から一間《いっけん》ほど離れた地に触れた。

夏野の耳が、囁《ささや》きのごとき詞《ことば》をとらえる。

万理の由縁《ゆえ》を以《もっ》て穢《けが》れし禽獣《きんじゅう》を幽する哉《なり》
木霊《こ》よ此れを放す勿《なかれ》
地霊よ此れを赦《ゆる》す勿
天地《あめつち》の理を以て吾《わ》が囹圄《れいご》に此れを禁《いさ》む哉……

ゆっくりと持ち上げられた手のひらと地面の間に、結界の礎《いしずえ》となる黒い靄《もや》が揺らいだ。

両手で印を結び、伊織は鴉猿がくくりつけられている木の周りを円を描くように時をかけて歩いて回る。

回るごとに一尺ほど結界が高く伸び、やがて木の高さを越えると伊織は足を止めた。

『なんと……』

固唾《かたず》を呑《の》んで見守っていたリエスが、感嘆の溜息《ためいき》を漏らした。

「差し出がましいことをいたしました。こやつはひとまずここへ留め置き、森の無事をお確かめください」

リエスを見やって伊織が言うのへ、蒼太が小首を傾《かし》げた。

「さしで……？」

「出しゃばりな真似《まね》をした、という意味だ」

「でしゃ、ぱ？」

「余計なことをした……すまぬ」

ようやく蒼太が山幽の言葉に訳すと、リエスは口元を和らげて小さく首を振った。

『とんでもない。おぬしたちのおかげで森は惨事から救われた。礼を言う。「いおり」とやら、のちほど是非おぬしと術を語り合いたい』

伊織は蒼太の方を見たが、蒼太は一瞬押し黙ってから夏野を見上げた。

「なつのが、いう」

どうやら通弁が面倒臭くなったようである。

夏野とは言葉を越えて通じ合えても、伊織や恭一郎とは人語を介するしかない。

「ああ、では僭越《せんえつ》ながら……」

夏野がリエスの言葉を伝えると、恭一郎がくすりとした。

「二人揃《そろ》って一人前だな」

「はあ」

嫌みでないことは判っていたが、通弁のみならず、腕前の未熟さを指摘されたようで夏野は内心うなだれた。恭一郎はたった一人で狗鬼二匹を仕留め、鴉猿の動きを封じたというのだから尚更《なおさら》だ。

恭一郎の言葉をリエスに伝えるか否か、蒼太が迷いを見せたところへ、ムベレトの声が聞こえてきた。

†

ムベレトの笛は安良から賜《たまわ》った「妖魔除《ようまよ》け」で、安良が自ら「御神体」――すなわち過去の己の遺骨から作り出したものだという。

「安良様もご遺骨から笛を……」

驚きつつ夏野がつぶやくと、傍らの伊織も感心した様子で口を開いた。

「金翅《こんじ》の笛や八辻の剣もそうだが、材料よりも作り手の腕前による……このような道具を作られるとは、流石《さすが》安良様だ」

「安良様とて、この笛を作るには苦心なさったと聞いた。これはその昔、安良様が術の才に恵まれた時に作ってくださったのだ。お前たちだから明かしたが、この笛のことは他言無用だぞ」

「うむ。生半《なまなか》な術師には作れぬだろうが、下手《へた》に噂《うわさ》が広まって、神社が——御神体が荒らされては困るからな」

「しかし、まさかこの森で、この笛を使う日がこようとは思わなかった」

襲われた山幽は日見山《ひみやま》の森の翁の一人で名をミニエといい、虚空入りを望んで来た者だった。鴉猿は翁は森にいるものと思い込んでいたため、自分たちが捕らえた者が翁だとは考えもしなかったようである。

内側から結界を確かめるリエスにはムベレトと伊織を護衛役として残し、夏野は蒼太と恭一郎、キジルとボルクと共に、山中についた血痕や足跡を消して回った。

恭一郎は夏野より、夏野も並の者よりは鍛《きた》えられているのだが、山幽の健脚には敵わない。キジルとボルクは足の遅い夏野たちにちらりと苛《いら》立ちを見せたが、二人とも襲われた者を垣間《かいま》見ている。山中に狗鬼の気配はもうないと蒼太は告げたが、二人は不安な顔のまま夏野たちに合わせて歩いた。

また、ボルクはともかく、キジルは狗鬼を仕留めた恭一郎の剣技を目の当たりにしたがゆえに、恭一郎に一目置くようになったようだ。

三刻《みとき》ほどかけて辺りの痕跡を丁寧《ていねい》に消し、結界まで戻るとリエスが外まで迎え出た。

『――シェレム、お前は「まもりぶくろ」とやらを身につけているそうだな。それを外せば、私の助けがなくともこの結界を越えられよう』

慌てて胸をまさぐった蒼太が守り袋を外すと、一回り小さくなった蒼太にキジルとボルクが目を丸くする。

『異なものは感じていたのだが、それが何かは見極められずにいた。だが「いおり」と話して謎《なぞ》が解けた』

伊織は、山幽の蒼太が結界を越えられなかった理由をリエスに問うたようだ。

先ほど伊織は安良の笛に感心していたが、伊織もまた稀《まれ》に見る術師である。リエスたち山幽の驚き顔が、夏野は人として誇らしかった。

守り袋を恭一郎に預けると、蒼太はキジルたちと難なく結界の向こうへ消えた。

夏野はリエスが差し出した手を取ったが、リエスに促《うなが》されてはたと気付いた。

蒼太や蔓《つる》の代わりに、己がリエスと恭一郎を「つなぐ」者となるのだ。

「さ、鷺沢殿」

おずおず差し出した夏野の手を、気負《きお》うことなく恭一郎が取った。

「かたじけない」

ひやりとした大きな手のひらが、包み込むように己の手を軽く握る。

熱くなる頬《ほお》を隠すために前を向くと、うつむき加減にリエスの後に続いて、結界に足を踏み入れた。

ない。


　結界を抜けるまでの束の間《つかのま》が、ひどく長く——息苦しい。

　だが、手のひらから伝わってくる恭一郎という個の、力強い気には安堵《あんど》を覚えた。

　結界を越えると夏野はすぐに両手を放したが、恭一郎の顔はとても見られず、また、リエスに加え、内側で待っていた伊織とムベレトが興味深げに己を見やったのがいたたまれない。

「まもいふく、きょうが、あすかう」

「そうだな。都へ戻るまでは必要あるまい」

　蒼太と恭一郎が話すのを聞きながら、胸を落ち着かせるべく己を急《せ》かす。

　日没が近付いていた。

　キジルとボルクは鴉猿を見張っていた者たちと交代し、夏野たちはリエスにいざなわれて森の中心部へ戻った。

　狗鬼を討ち取った働きぶりが山幽たちに認められ、伊織と恭一郎もリエスの家で過ごすことになった。

　男たちはムベレトに、夏野はカミリヤという女の山幽に連れられて、五日ぶりに湯に浸《つ》かった。森には湧《わ》き湯が出ている一角があり、石で囲われた湯船は厠《かわや》と同じく男女が別になっている。

　夕餉《ゆうげ》は朝と同じく黍粥《きびがゆ》で、ムベレト曰く、この森ではほとんどの者が一日一食しか食べぬため、日毎《ひごと》に皆の食事をまとめて作るそうである。

朝餉を食べたきり、狗鬼と渡り合い、山中を三刻もうろつき回った夏野は、蒼太と共に黍粥を三杯も腹に収めて、疲労に押し流されるように眠りに就《つ》いた。

明け方やって来たムベレトが、ミニエが夜半に死したことを告げた。

「大分、血が失われていたゆえ……」

「そうか」と、恭一郎が沈痛な面持《おもも》ちで頷いた。

首を落とされたり、心臓を貫かれたりしなくとも、甚《はなは》だしい傷を負えば治癒力が追いつかずに死に至る。夏野は委細を知らないが、恭一郎の妻・奏枝《かなえ》も村瀬《むらせ》昌幸《まさゆき》に「いたぶられた」末に、失血がもとで死したらしい。

恭一郎の心中を慮《おもんぱか》って、夏野たちが黙り込んでいると、追ってボルクが知らせに来た。

『鴉猿が死んでいるようだ』

虚空にいるリエスに知らせにボルクが去ると、伊織が懐《ふところ》から符呪箋を取り出した。

鴉猿の血がついた部分のみ、虫が喰《く》ったように穴があいている。

「ほう、羈束《きそく》した妖魔が先に死ぬとこうなるのか」

横から覗き込んだ恭一郎が言うのへ、伊織が相槌《あいづち》を打つ。

「うむ。実際に見たのは初めてだが」

「そうなのか?」

「符呪箋を使うことなぞまずないからな。破ったり取り消したりしたことはあるが、俺が手を下す前に死なれたのは初めてだ」

伊織や恭一郎と共に、夏野も鴉猿の屍を確かめた。

「こやつも失血のせいで死したようだな」と、伊織。

「足を斬ったのはやり過ぎだったか？」

「どうだろう？　傷がまるで癒《い》えておらぬようなのが気になるが……」

蒼太の言葉を思い出して夏野も問うた。

「山幽の結界の中だからでしょうか？」

蒼太は念力や雷で狗鬼を仕留めようとしたのだが、都と同じく、結界の中ゆえに大きな妖力は振るえぬようだ。

「そうだな……翁に問うてみるか」

ほどなくして、ボルクと共にリエスが現れた。

伊織が蒼太を通じて早速リエスに会談を持ちかけると、リエスは一も二もなく頷いた。

『私も、もっとおぬしと語らいたいと思っていた』

狗鬼の屍は昨日のうちに近くに埋めてあり、鴉猿の屍もその隣りに葬《ほうむ》ることにした。

「俺も手伝おう」

恭一郎が申し出たのを蒼太が伝えると、キジルが首を振った。

『気遣い痛み入る。だが、ここは私──「たろう」──と「じろう」で片付けるゆえ、おぬしは万が一を考えて、翁と「いおり」の傍にいてくれ』

「たすけ、いらん。たおと、じおが、やう。きょうは、おきなと、いお、まもう」

「そうか？　術談義を聞くくらいなら、墓掘りの方が幾分ましだと思ったのだが……」

「じゅつだ……？」

「伊織と翁の話を聞くより、穴を掘る方が気楽でよい」

言い直した恭一郎の言葉を蒼太が伝えると、キジルとボルクは微苦笑を浮かべた。

イシュナのもとにいたムベレトが追ってやって来て、伊織たちは会談のためにリエスの家に向かうことになった。夏野と蒼太も誘われたが、蒼太が乗り気でないのを見て取った夏野が断った。

「鴉猿たちの死を知って、やつらの仲間が来ないとも限りませんゆえ、私どもは森の結界をぐるりと見廻《みまわ》って来ます」

「そうか。では頼む」

羨《うらや》ましげな目をした恭一郎を小突いて、伊織が応えた。

†

蒼太が乗り気でないことも、伊織に告げたことにも嘘《うそ》はなかったが、夏野には見廻りとは別の思惑《おもわく》があった。

「蒼太、私は……過去を見てみたい」

『過去？』

「そうだ。八辻は槙村と共にこの森へ来た。私は八辻のことをもっと知りたいのだ。槙村は隠し事ばかりゆえ、槙村のいないこの機にまた潜《もぐ》り込んでみたい。お前の力を貸してくれぬか？」

『おれも——おれも、もっと知りたい』

夏野たちはやや回り道をして森にたどり着いたが、ムベレトと共に訪ねて来たのなら八辻は森の南側——奈切山から最も近いところから入っただろう。とすると、八辻たちも夏野たちとそう変わらぬ場所に留め置かれていたのではなかろうか。

蛍石《ほたるいし》にさほど変化は見られなかったが、夏野たちは自分たちが一夜を過ごした結界を横目に通り過ぎ、木々の合間の少し開けたところで腰を下ろした。

「ん」

蒼太が差し出した手を取ると、夏野は蒼太と二人して仰向《あおむ》けになる。

一昨夜は森を知るべくそうしたが、此度《こたび》は初めから「過去見」が目的だ。

今なら——殊《こと》にこの地でならそれが可能に思えた。

厚い雲に覆われた空を束の間じっと見上げてから、夏野は目を閉じた。

右手につないだ蒼太の手と、左手の蛍石を軽く握り締めて、背中に感じる大地に気を集中させる。

木霊と地霊……

結界を張るのに、伊織がこの二つの言葉を使うのを夏野は昨日初めて聞いた。

あの時は気付かなかったが、こうして結界の傍にいると山幽の結界は人里のそれよりも大地とのつながりを強く感じる。どちらも自然の理を取り入れて築かれているのだが、人の結界は塀や壁のごとく大地の上にあるようなのに対し、山幽の結界は大地に「根ざし」、大地に支えられているように感ぜられるのだ。

木霊よ我らを赦し給《たま》え
地霊よ我らに示し給え……

ふと思い浮かんだ詞を胸の内で唱《とな》えると、リエスの家で虚空が泉に見えた時のように背中が少しだけ地に沈んだような気がした。

目蓋《まぶた》の向こうも暗くなったが、今一度詞を唱えてみても、なんの「絵」も見えてこない。

肝要なのは「詞」よりも、揺らがぬ「意志」――

両手のひらに蒼太の手と蛍石の淡い熱を感じながら、夏野は密《ひそ》やかに、穏やかに呼吸を繰り返す。

八辻九生。

あなたに会いたい――

蒼太の手が微《かす》かにぴくりとすると、一旦沈んだ身体がふっと浮いて、一昨夜のように蒼太と己の意識がそれぞれの形になって地に下り立った。

森の中にいることに変わりはないが、つい先ほどの光景とはどこか違う。

夢ではない。

過去を見ているのだと肌で感じる。

――……にも見せてやりたいものだ……――

少し離れたところから聞こえてくる声に耳を澄ませると、おぼろげに浮かんだ二つの影が徐々に人の形になっていく。

一人はムベレト。

今一人は四十路《よそじ》をいくつか過ぎていると思しき男だ。

あれが、八辻九生……

けして大男ではないが、ムベレトよりは身体つきがよい。顔立ちは整っている方ではあるものの、美男というほどではない。だが、目尻や口元の皺《しわ》には愛嬌《あいきよう》がある。

――まこと、この世は面白い――

今度ははっきりと八辻の言葉が耳に届いた。

――そう言うおぬしの方が、私には面白いがな――

続くムベレトの声や顔も――あからさまではないが――明るく楽しげだ。

八辻が白玖山の山頂を見上げて、眩《まぶ》しそうに目を細める。

――それにしても、ここが安良様の生まれた地とは――

八辻の言葉に、夏野たちは顔を見合わせた。

蒼太が悟《さと》った通り、安良様は白玖山でお生まれになったのだ……

――とすると安良様は、もとはおぬしと同じく山幽だったのか？――

夏野と同じ問いを八辻は口にしたが、ムベレトは小さく首を振った。

――あの方は「神」だ。昔も今も……――

――神でありながら人の身に囚《とら》われているとは、なんともお気の毒なことだ。否、神なれば、それもまた安良様が望んだことではあるまいか？　知る知らぬにかかわらず――

――そう……やもしれぬ――

からかい交《ま》じりの八辻へ、ムベレトは微苦笑を浮かべた。

――しかしながら、あの方は今、人であるがゆえにままならぬ望みを抱いていらっしゃる。私はあの方の――神の望みを叶《かな》えて差し上げたい。おぬしの言葉を借りれば、こうした思いも苦労もあの方の望みの内で、あの方は我々を通じて、己が望みを叶えようとなさっているのだろう。私はあの方の駒の一つに過ぎぬのやもしれぬ。だが、それならそれで私は私の役目を果《は》たすまでだ。あの方が生まれたこの地の鉄で刀をあつらえ、その刀をもって今度こそあの方の――そして私自身の――積年の望みを叶えたいのだ――

――この世を正す「陰《いん》の理を断ち切る剣」……か――

つぶやくように言って、八辻はやはり楽しそうに微笑《ほほえ》んだ。

――そんな大それた刀を、安良様直々に頼まれようとは思いも寄らなかった。恐悦至極《きょうえつしごく》とはこのことだ。無論、安良様のお望みとあらば助っ人《すけと》――いや、これぞ助太刀か――はやぶさかではない。それがムベレト、おぬしの望みを叶えることでもあるなら、一石二鳥だな――

ムベレトの名を易々《やすやす》と口にして、八辻は続けた。

——これまで古今東西の剣士のために様々な刀を打ってきたが、おそらくこれが俺の最後の一振りになる——

——最後だと？　何ゆえそんな……もしやまた何か「見た」のか？——

——ああ、そうだ。俺は見た——

——何を見たのだ？——

——今は言えぬな——

にんまりと、だがきっぱりと八辻は回答を拒《こば》んだ。

——安良様の生まれ故郷だけに、この地は格別だ。鉄はゆっくり探そう、ムベレト。この地にいる間に、もっといろんなものが「見える」だろう。おぬしや安良様の望みを叶える前に、俺のささやかな望みを聞いてくれてもよかろう——

——刀ができても、我らの望みはすぐには叶わぬ——

——森羅万象を司る理に通じる、並ならぬ力を持つ者が入り用なのだったな……そのような——まるで安良様のごとき者となると——そう容易《たやす》く見つかるまいな——

にやにやする八辻を、ムベレトは恨めしそうに見つめた。

——おぬしは呑気《のんき》でよいな——

——ふ、ふ、そう案じずとも、俺の打つ刀は必ず真の遣い手にたどり着くゆえ——

——おぬし、まさかそれも見たのか？　その者は一体誰《だれ》なのだ？——

「本当に知らぬのか、知っててとぼけているのか、八辻は笑いながら肩をすくめた。
――さあな――
――おっと、そろそろ降り出しそうだ――
八辻が言うのにつられて夏野も空を見上げると、ぽつっと小さな雨粒が額を打った。
思わず額に手をやると、握っていた蛍石がこぼれ落ちて視界がぼやけた。
しまった――
蛍石に手を伸ばしつつ、意識を過去につなぎ止めようとしたものの、微かな雨音と共に
二人の姿は薄れていくばかりだ。
急速に視界が暗くなる中、八辻がふとこちらを見やった。
一瞬だが、目が合ったように感じたのは己の願望か。
はっとして夏野が目蓋を開くと、雨粒が飛び込んで来た。
うつつでもちょうど降り出したところらしい。
いつの間にか左手を開いていて、蛍石がすぐ傍に転がっていた。

第五章

Chapter 5

二十日余りが飛ぶように過ぎた。

伊織とリエスは朝から晩まで——時には寝る間も惜しんで、知識の共有に勤《いそ》しんだ。

リエスもまた、鴉猿《あざる》があのように死した理由は結界だろうと推察していた。森の結界も伊織の結界も、鴉猿をよしとしていない。ただし、しかとした不和の理は伊織にもリエスにも判《わか》らなかったそうで、それが結句、二人が互いの結界を詳しく教え合い、学ぶきっかけともなった。

他の山幽《さんゆう》の賛同を得て、伊織も虚空《こくう》への出入りを許された。

あれはやはり八辻の声だったのだ——

睦月《むつき》の藪入《やぶい》り前に一笠《いちかさ》神社で安良に拝謁《はいえつ》した際、夏野は恭一郎の刀を抜いてみるように命じられた。

——この刀こそ、あなたの願いを叶《かな》える一刀になるだろう——

刀身を覗き込んだ折に夏野が聞いた声は、紛れもなく蒼太との過去見で聞いた八辻のものだった。

あの時はただあの刀が恐ろしく、夏野はすぐに鞘《さや》に戻してしまったが、途切れた言葉を思い返すと己の弱気が悔やまれる。

――この刀こそ、あなたの望む……――

八辻は安良様の「望み」を知っていた……

また予知めいた力を持っていたらしいことから、「この世を是正《ぜせい》する」という望みの他、この世がどう是正されるかも知っていたやもしれぬと夏野は思った。

八辻がいた過去を見たことはその日のうちに伊織たちに告げたものの、以来、ムベレトはどこか夏野たちを避《さ》けている。胸の内を知られることを恐れてか、通弁も夏野たちがいない間のみにとどめ、虚空への出入りも拒むようになった。イシュナのところで過ごすことが多くなり、頻繁《ひんぱん》に外へ出かけるようにもなったが、そのおかげで夏野たちは能取《のとり》州竹《たけ》中村《なかむら》が襲われたことを知った。

いまや凶逆な王となったアルマスを討《う》とうというのはまだしも、そのために安良と手を組んだと知って山幽たちはムベレトへの不信感を高めていたが、ムベレトが安良の笛を使って狗鬼《こうき》を退《しりぞ》け、森の者に犠牲を出さずに済んだことは事実である。よって、今のところ皆静観を決め込んで、ムベレトを森から締め出そうという声は上がっていない。だが、虚空にムベレトの出入りがないことに安堵《あんど》している者は少なくなかった。

自然と、通弁のほとんどを夏野と蒼太が担うことになった。二人一役ゆえまだるっこさは否めぬが、まだ知らぬ人語でも夏野が口にすると蒼太はその意をすぐに解すため、思ったほど手間ではない。

　あれから幾度か過去見を試みて判ったが、予知と違って過去見にはどうやらそのことに関する人や物、場所が必要らしい。

　蒼太はこれまでに時折、奏枝の形見の手鏡を通じて恭一郎と奏枝の姿を、夢の中で一度だけ恭一郎の剣に映った八辻を見たことがあるという。

『でも、過去見は「なつの」の方が得意みたいだ。夏野が一緒だとよく「見える」もの』

　そう蒼太は言ったが、夏野はそもそも蒼太の目を取り込むまで、術の才の片鱗《へんりん》さえなかった。蒼太がいなくても過去が見えたことはあったが、それとてやはり蒼太の目があってこそだろう。

　神里で恭一郎の刀を振るった時は何も聞こえなかったが、狗鬼を倒すのに夢中だったからやもしれぬ。今一度恭一郎から刀を借りてみたものの、八辻が留め置かれていた場所で抜いても何も起こらず、聞こえず、だがじっと眺めていても安良の前で抜いた時のような恐怖はもう感じなかった。

　懐剣やリエスを通じた過去見も試みたが、懐剣からは何も見えず、リエスはムベレトや八辻とは安良について語ったことがなかった。

「槙村とつながることができれば、手っ取り早いのでしょうが……」

　安良やムベレトの思惑を確かめたくて夏野はじれたが、恭一郎はのんびりとしたものだ。

「あいつもそれなりに苦労してきたようだ。よいではないか。この刀は必ず真の遣い手にたどり着くのだろう？　安良様が仰《おっしゃ》るように機が熟しつつあるのなら、そうあれこれ急ぐこともあるまい」

「ですが……」

恭一郎が「真の遣い手」でないのなら、刀はいつ、どのような形で遣い手に渡るのだろうと、夏野と蒼太は不安を隠せない。

——「きょう」にはデュシャの妻がいた——

蒼太がそう言ったことをリエスは覚えていた。問われるがままに恭一郎と奏枝の馴《な》れ初《そ》めも打ち明けたが、流石《さすが》のリエスも恭一郎が山幽を娶《めと》り、子供までなしたと聞いて驚きを露《あら》わにした。また、ムベレトがかつて人の妻を娶ったことは知らなかったそうである。

『ムベレトや私のように、千年を越えて生きている者はもうおそらく残っておらぬ。黒耀が跋扈《ばっこ》し始めた頃《ころ》にも大分仲間を失ったゆえ……』

リエスもムベレトもいない夜、伊織が言った。

「槙村は黒耀の出自など、翁が黒川たちに語ったことは認めたが、翁の話そのものが主に槙村から聞いたものゆえ鵜呑《うの》みにできぬ」

「ええ」と、夏野は頷《うなず》いた。「黒耀は四百歳余りと聞きました。対して安良様はこの国を正すために国皇になったと仰いました」

「少しずつだが見えてきたではないか」と、恭一郎。「まず、安良様は国史より前——おそらく翁より先に、誰《だれ》からかは判らぬが、この白玖山でお生まれになった」

安良が「この世を是正する」ために、神月家と共に国を興《おこ》したのが千と八十四年前。千百四歳のリエスが生まれたのはその十九年前だが、安良は国史以前に「幾度か死を迎えた」そうだから、リエスよりは先に生まれたとみていいだろう。

「翁によれば、槙村は国史と同い年で千八十五歳。翁が仲間と森を造り始めたのがおよそ千年前……」

リエスの話を思い出しながら夏野が言うのへ、恭一郎が付け足した。

「俺が槙村から聞いた話では、やつもまた安良様と同じく、この世を正そうと——太平の世を作ろうと——『千年からの』時をかけてきた。ただ、どうやら槙村はその道を誤って、二百年ほど前までは、人である安良様を弑《しい》して山幽をこの世の王にすることが、太平の世への道だと考えていた……」

「うむ」と、伊織が頷いた。「この森が拓《ひら》かれたのが黒耀と生まれた年と同じで、四百年余り前だったな。黒耀が十三歳で槙村と森を出て、翌年に安良様を弑したのなら、翁が言った通り、それは十六代安良様で六九六年のことだ。安良様はちょうど四十路《よそじ》で死因は打撲《だぼく》——胸を強く打ったからだった。折れた骨が心ノ臓に刺さるほどに」

斎佳《さいか》で、アルマスの瞳《ひとみ》を通じて「見た」光景を夏野は思い出した。

初めに浮かんだ、胸を押さえて口から血を溢《あふ》れさせた男が十六代安良だったのだ。

「雷に打たれて亡くなったのは、十八代安良様でしたね？」

炭となった亡骸《なきがら》も思い出して、夏野は確かめた。

「そうだ。七八九年、御年三十二歳だった」

「黒耀の噂が立ち始めてから、四十年余りも後か」と、恭一郎。

「そういうことになるな。ちなみに翁が久峩山から白玖山へ移ったのは八五〇年。奇《く》しくも八辻が生まれた年と同じだ。八辻が打った懐剣にて黒耀に殺されたのは、御年十七歳だった二十一代安良様で、八九一年のことだ」

その光景も夏野は見ている。

アルマスが安良の胸から懐剣を抜き、背後にいたムベレトを見上げた。あの時は二人が共謀して安良を殺したと思っていたが、安良の話では懐剣を打たせた時にはムベレトは既に安良と志《こころざし》を共にしていたようだ。だが、安良は「打つ手を誤り、黒耀に懐剣を奪われ殺された」。

「槙村が白玖山に現れたのが翌年の八九二年。翁曰《いわ》く、槙村は黒耀の行方を探し、始末しようとしていた。ゆえに二年後の八九四年、恭一郎の刀を打たせるために槙村は八辻を白玖山まで連れて来た——」

「ですが、私には信じられません。槙村が黒耀を殺そうとしているとは……黒耀を始末するためだと言ったのは、八辻を森に連れて来るための方便で、槙村は黒耀を騙《だま》したことを悔いているように見受けられます」

「そうだな。槙村は蒼太に、必要とあらば黒耀を殺すと言った。だがそれは、黒耀が安良様や槙村の望みを阻《はば》むならばという話で、黒耀はそもそも断ち切らねばならぬ『陰《いん》の理』

とは思われぬ」

　夏野と蒼太が頷く傍《かたわ》ら、恭一郎が顎《あご》に手をやった。

「安良様はこの刀で一体誰を討とうというのだろうな？　黒耀でないのなら、稲盛か？」

「稲盛か……あの死に損ないに八辻はもったいないように思えるが、この先は判らんぞ」

「というと？」

「やつは翁を探していると、鴉猿が言っていたではないか。おそらく、翁へ身を移そうという魂胆《こんたん》だろう。己の身体《からだ》を捨てて鹿島《かしま》の身体を乗っ取ったのだ。翁を乗っ取ることができれば鴉猿のみならず、山幽をも統《す》べるようになるやもしれぬ」

「安良様は千年越しの予知をもって、これからの稲盛を討とうというのか？」

「ただの思いつきだ」と、伊織は肩をすくめた。「なんなら稲盛こそ、安良様の望む『森《しん》羅万象《らばんしょう》を司《つかさど》る理に通じる者』になるやもしれぬ」

「莫迦《ばか》を言うな。あいつがそんな器なものか」

「俺もそう思いたい」

　くすりとしてから伊織は続けた。

「俺は安良様が『陰の理』と仰ったことが気になっている。『悪者』や『邪魔物』ではなく『理』ならば、お前では斬れぬというのも頷ける」

「成程。目に見えぬ物ではないなら、俺には斬れぬ。だが、ならば『陰の理』とはたとえばなんだ？」

「たとえば、死の理。この森では死をよしとしているが、人や妖魔《ようま》のほとんどは死を忌《い》むべきものと考えている。または、結界や種の理など、人と妖魔を隔てている理。安良様や槙村が望む太平の世が人と妖魔の共存ならば、これらの理は陰の理といえよう。はたまた、悪意や天災の理――」

「天災はともかく、悪意の理？」

「黒耀や鴉猿、稲盛、西原《さいばら》は他者の暮らしを脅《おびや》かしている。やつらを突き動かしている悪意――欲望やら羨望《せんぼう》やらの理を断ち切ることができれば、この世の災厄《さいやく》は大分減るのではなかろうか」

「悪意のない、太平の世か……」

「兎《と》にも角《かく》にも憶測ばかりでは埒《らち》が明かぬゆえ、ここはお前の言う通り、急がず待つしかなさそうだ」

「いっそ、黒耀から話を聞くというのはどうだ？」

恭一郎が言うのへ、蒼太が慌てて首を振る。

「こくよは、いみつ」

正体を他言すれば恭一郎の命を奪うと、アルマス――黒耀――に脅されているからだが、恭一郎はからかい交《ま》じりの笑みを浮かべた。

「判っておる。だが、あの者はお前を好いているようではないか。お前が腹を割って話せば、案外喜んで教えてくれるやもしれぬぞ？　槙村の秘密も、安良様の秘密も……」

――だがもしも、蒼太がアルマスに代わる「妖魔の王」となるなら。

もしもウラロクの予言が当たり、蒼太が「この世を滅ぼす」としたら。

蒼太も皆の暮らしを――太平の世を――脅かす「陰の理」になるやもしれぬ……

ふと浮かんだこの思いつきを、夏野は素早く打ち消した。

私は……私は蒼太を信じている――

傍らの蒼太を見やると、何やらむくれている。

もしや胸中が伝わってしまったかと夏野は不安になったが、違ったようだ。

「きょうは……」

「うん？」

『「きょう」は呑気《のんき》だ。アルマスがその気になれば、「かたな」なんてなんの役にも立たないのに……』

「む？　俺の悪口か？」

「わうくち、ちかう」

「嘘《うそ》をつけ」

「うそ、いわん」

「そいつが嘘だ」

混ぜっ返して恭一郎は夏野の方を見た。

「こいつはなんと言ったのだ？」

『言わないで』

「その……」

「いみつ」

「また秘密か。あんまりだ。なぁ、伊織？」

「うむ。俺も山幽の言葉が話せたらよかったのだが……」

苦笑交じりに伊織は言ったが、本心だろう。言葉の壁がなければ、リエスを始めとする山幽――殊《こと》に虚空にいる者たちとの交流ももっと進むに違いない。

リエスの方も直《じか》に話したいという気持ちから、山幽にしては大きな声を出すようにしているのだが、長年その必要がなかったために、夏野たち「人」にはやはり囁《ささや》きに等しく聞こえる。蒼太も伊織の希望で、感応力は使わず、大声での通弁をしばし心がけていたものの、ただでさえ面倒なやり取りが滞《とどこお》りがちになるため早々にやめた。

「もう二十日余りも耳を澄《す》ませているというのに、一向に聞き取れぬし、挨拶《あいさつ》すらうまく伝わらぬ」

もどかしげに言う伊織へ、恭一郎がにやりとしてみせた。

「俺は少し覚えたぞ」

「なんだと？」

「太郎が教えてくれたのだ。礼は『痛み入る』、もう一本は『もう一度』、『右』『左』『上』『下』『お前は強い』『私はもっと強くなりたい』――声を出すのに苦心しているようだが、少なくとも翁の声よりずっとましだぞ。ついでに、翁の名は『リエス』、槙村の名は『ムベレト』というらしいな」

出し抜けに並の声で山幽の言葉を聞いて、夏野は面食らった。蒼太も目を丸くして恭一郎を見つめている。

初めのうちこそ恭一郎は護衛役としてリエスの家の外で、語り合う伊織とリエスを警固していたのだが、リエスを始め、森の山幽たち——殊にイシュナと虚空にいる者たちは皆、八辻の剣を嫌がった。虚空への出入りも禁じられているがゆえに、恭一郎は早々に警固を夏野と蒼太に任せて、己は結界の見廻《みまわ》りを申し出た。とはいえ、恭一郎には結界が判らぬから、森で見張り役を担っているキジルとボルクについて回る他ない。

だが、ボルクはやはり八辻の剣が苦手で、また山幽の方が足が速く山に慣れている。結句見廻りはボルクが一人ですることにして、恭一郎はキジルの監視のもとで剣術の稽古《けいこ》に勤しむことになった。

木刀を手作りし、夏野も毎日一刻《いっとき》ほど差しで稽古《けいこ》をつけてもらっているが、夏野や蒼太がいる間はキジルは黙って監視役に徹している。

「太郎にも剣術を教えているのですか？」

「うむ。なかなか筋が良い。目端が利いて身が軽いゆえ、俺にもいい稽古になっている」

道場では引っ張りだこの恭一郎を、ここでは独《ひと》り占《じ》めしていると密《ひそ》かに悦に入っていた夏野は何やらがっかりしたが、剣術仲間が増えたのは喜ばしいと気を取り直した。

「一言言ってくだされば、私も相手をしますのに」

「そうとも」

大きく頷いたのは伊織である。

「何ゆえ黙っておったのだ。俺も太郎と話してみたい。俺にも太郎の言葉が聞き取れるかどうか——いや、これもお前の才ゆえか？　黒川はまだ話せぬのだろう？」

「そうですね。まだ……」

夏野も既に何度も山幽の言葉を真似《まね》ているのだが、蒼太にもなかなか通じず、リエスは首を振るばかりだ。時折——シダルを討ち取った時のごとく——主に名前が一つ二つ通じるのみである。

——お前はもしや「やつじ」の生まれ変わりか？——

そう、リエスは夏野に問うた。確かに八辻は「ムベレト」という槙村孝弘の山幽の名を平然と口にしていたが、通弁者がいなくともキジルと打ち解けた恭一郎こそ、八辻の生まれ変わりではないかと夏野は思った。

「一体お前の喉《のど》はどうなっておるのだ？」

「しるか。俺はただ聞いたままを真似ているだけだ」

「む……」

「しかし、それなら蒼太から学ぶことができぬでしょうか？」

夏野が言うと、恭一郎は嬉《うれ》しげに目を細めた。

「そうだな。これから少しずつ教えてくれ、蒼太」

「ん」

　頷いてから、蒼太が付け足す。

「おれも、もと、ことば、おぼえう。もと、きょうと、はなして、まなぷ」

「うむ。もっと話そう。――ところで伊織、いつになったら都へ帰るのだ？　じきに一月《ひとつき》になるぞ」

　旅の無事は外へ出かけるムベレトに託した文《ふみ》で知らせてあったが、恭一郎が言う通り、もう三日もすれば晃瑠を出て一月が経《た》つ。

「まだ……しばらく帰りたくない」

「何を子供のようなことを言うておるのだ」

　歯切れの悪い伊織の返答に恭一郎が噴き出した。不敬にあたると夏野はこらえたが、蒼太は恭一郎につられて口角を上げた。

「虚空とやらの寝たきりの者は言わずもがな、翁でさえもこの刀に触れられぬのだ。この森に安良様の求める者がいるとは思えぬ」

　恭一郎の言い分はもっともで、この森の「理に通じる者」のほとんどは虚空で寝たきりで、平常に暮らす者たちはリエスやイシュナほど理を知らぬようだ。

「だがまだ学びたいことが山とあるゆえ、もうしばらく――」

「山とあるなら、『しばらく』ではどうせ学び切れぬ」と、恭一郎はにべもない。「西原はもっと手下を得たい筈だ。そろそろまた凶報が届いてもおかしくないぞ」

ムベレトから聞く限り、襲撃は能取州の一件のみだが、平穏はそう長くは続かぬだろう。

西原が反旗を翻してから、もう一月――

ふと不安を覚えた夏野をよそに、恭一郎は付け足した。

「それに俺はいい加減飽きた」

「森の暮らしにか？」

「そうだ」

「だが、お前は以前、四年も人里を離れて山の中で暮らしていたではないか」

「あれはまた別だ。あの時は結界も見張りもなく、狩りも散策も、剣を振るうのも自由だった」

何より、奏枝が一緒だった――

そんな恭一郎の言外の想《おも》いを聞いた気がして、夏野は目を落とした。

「ここは都と同じで、どうも窮屈《きゅうくつ》でいかん」

「都と同じ――か」

伊織が微苦笑を浮かべると、「かえう」と蒼太も口を挟んだ。

「みあこ、に、かえて、さよの、めしと、かし、くう」

「そうだ、蒼太。帰って旨《うま》い物を食おう」

日替わりとはいえ、森では一日三食が同じである。量は充分あるため夏野はさほど気にしていなかったが、言われてみれば都の味が恋しくなった。

「なつのも、あき、た」

「そ、そんなことはない」

だが、夏野は伊織ほどこの地に未練がない。森での瞑想《めいそう》や過去見を経《へ》て蒼太との絆《きずな》は一層深まったが、伊織やリエスが語り、試す術は半分も理解できておらず、さりとて二人の邪魔をするのは忍びずに、通弁者に徹している。

それゆえではないのだが、夏野もまた「窮屈さ」を森に感じていた。

潜《もぐ》り込む度《たび》、「中」にいる山幽たちとの交流よりも、「外」の広大な——開かれた自然そのもののから感ぜられる「大いなる意」とでも呼ぶべきものに惹《ひ》かれて、圧倒される。

夏野たちをぐるりと見回して、伊織が小さく溜息をつく。

「三対一か……致し方ない」

†

二日後の朝の五ツ頃、夏野たちは森を後にした。
リエスが用意した餞別《せんべつ》は三つの小さな袋で、どうやら守り袋らしい。
『「いおり」がシェレムに作った物を真似てみた』
薄い樹皮を人形《ひとがた》に削り、隠れ蓑《みの》の木汁《きじる》にリエスの血を混じえて術を施《ほどこ》したという。
「森への手形か」『痛み入る』
恭一郎が人語に続けて山幽の言葉で礼を伝えると、リエスと共にキジルとボルクも微笑《ほほえ》んだ。

見送りの三人に結界の外で別れを告げると、夏野たちはムベレトの案内で麓《ふもと》へ向かった。

問うても応《こた》えてもらえぬだろうと夏野と伊織、蒼太の三人は沈黙を守ったが、恭一郎はムベレトに話しかけた。

「残念だったな、槙村。なんの収穫もなくて」

「そうでもない」

「そうか？」

「おそらく」

「ところで、翁はお前が人の妻を娶ったことを知らなかったぞ」

「吹聴するようなことではないゆえ」

そっけなく応えて、ムベレトは恭一郎へ問うた。

「後妻のあてはないのか、鷺沢？」

「お前こそ。もしや、妻女の生まれ変わりを探しておるのではないか？」

「……くだらぬ。たとえ生まれ変わっておっても、私に判るとは思えぬ」

「妻女の方でお前を認めるやもしれぬではないか」

「くだらぬ」と、ムベレトは繰り返した。「安良様ではあるまいし、よしんば生まれ変わったとしても、その者は妻とは別人だ。生まれ変わるとはそういうことだ」

「成程」

頷いてから恭一郎は更に問うた。

「お前は本当はいくつなのだ？」

「なんだ、急に？」

「翁はお前は国と同い年だと言ったが、お前は本当は翁よりも年上なのではないか？」

ムベレトは足を緩めなかったが、束《つか》の間《ま》の沈黙が恭一郎の言葉を認めていた。

「……翁を立てておきたかったのだ。翁はこの森の――否、山幽の長《おさ》だ。皆にとってもその方が都合が良いゆえ、黙っていてもらえるとありがたい。どのみち千年も生きれば、多少の年の差なぞ取るに足りぬ」

「多少か……お前が人を娶ったというのはいつの話だ？」

「何ゆえそんなことを知りたがる？」

「いつになったら忘れられるものかと思ってな」

「気の毒だが、鷺沢」

振り向きもせず、低い声でムベレトは言った。

「人の命は、何を忘れるにも短過ぎる」

鷺沢殿こそ、奏枝殿の生まれ変わりを待っているのではないか――？

締め付けられる胸を持て余しつつ、夏野は黙々と足を動かした。

道中で一度苑の笛を吹き、昼頃に駕籠《かご》を置いた場所まで来ると、ムベレトは言った。

「私はこれにて」

「待て。伊紗を介さず、もっと早くお前につなぎをつけられぬか？」

「伊紗とは万屋《よろずや》を通じてつなぎを取っているのだが、先方の都合もあるゆえ、考えさせてくれ。安良様とはいくつかすべがあるが、金翅の笛のようにはいかぬゆえ、伊紗に頼んだところでそう変わらぬだろう」

「そうか」

恭一郎と短いやり取りを交《か》わして去っていくムベレトを、夏野は蒼太と並んでじっと見送った。

麓に着いてから再び笛を吹いたところ、苑は半刻余りでやって来て、夏野たちを驚かせた。連れて来たのも佐吉《さきち》ではなく、苑よりもやや大きな金翅だ。

「早かったな。少なくとも一刻は待たされると思っていたが……」

夏野が言うと、苑は金翅の姿のまま「ふん」と鼻を一つ大きく鳴らした。

「お前たちに恩を売れぬものかと、笛を聞く前に発《た》ったのだ」

「恩？」

「鹿島――いや、稲盛が今夜、自ら能取の人里を襲うそうだぞ」

「それは確かか？」

「この――影行《かげゆき》が聞いたことだ」

顎をしゃくって苑はもう一羽の金翅を示した。

夏野たちは影行と呼ばれた金翅を見やったが、影行は恭一郎一人をじろりと睨む。

「なんだ？」

恭一郎には応えずに、影行は今度は蒼太を見つめて言った。

「鴉猿どもがそう話すのを聞いた。十日夜に稲盛が井高《いだか》を襲う、と」

「いだ、か？」

己を見上げた蒼太に夏野は応えた。

「井高は能取の州府の名だ。私の故郷、葉双《はふたつ》からもそう遠くない……十日夜は神無月《かんなづき》十日の夜――つまり今夜だ」

「おれ、ゆく」

夏野を見つめて、蒼太は山幽の言葉で続けた。

『行って、今度こそ「いなもり」の息の根を止めてやる』

「下っ端どもは俺が引き受けよう」と、恭一郎。「よいな、伊織？」

「よいも悪いも、我らは蒼太のおまけゆえ、蒼太がゆくと言うならついてゆかねばなるまい。それにこれで稲盛とかたがつくなら物怪《もっけ》の幸いだ」

「ならば、此度《こたび》は樋口は私の背中に乗れ。駕籠は影行に運んでもらう」

佐吉では夕刻までに能取州までつけぬと判じて、影行を連れて来たという。

「俺はどうも、こいつに嫌われておるようだが……」

恭一郎がつぶやくのへ影行がそっぽを向くと、苑が苦笑しながら言った。

「お前は数年前、那岐で影行の足を斬ったそうだな」

「俺が？――ああ、玖那《くな》でそんなことがあったか」

まだ賞金首だった蒼太が襲われた際、飛んで来た曲者《くせもの》の足を斬り放ったそうである。

「あの時は姿が見えなかったが、やはり金翅だったのか」

「影行は人に化《ば》けるのは不得手なのだが、何故《なぜ》だか姿を消す術を物にしていてな。金翅では影行にしかできぬことだ」

その特技を活《い》かして、近頃ずっと鴉猿たちの動きや稲盛の行方を探っていたという。

「ふむ。それで『影行』か。苑の名といい、誰の名付けだ？」

恭一郎は問うたが、影行はそっぽを向いたままだ。

影行の代わりに苑が応えた。

「その昔、我らには人の――術師の知己《ちき》がいた。人語もその者から教わった」

「ほう。では宮本《みやもと》は術師の姓か」

「余計な話はいい。早く駕籠に乗れ」

影行に急かされ、夏野たちは駕籠に乗り込んだ。

†

影行は軽々と駕籠を持ち上げ、二羽の金翅は重なるようにして飛んだ。

夏野たちは白玖山から南下し、日高《ひだか》州と増戸《ますど》州を通り過ぎると海上へ抜けた。津垣《つがき》州、小樋《ことい》州、長見《ながみ》州を右手に見ながら、南都・貴沙《きさ》を回り込むようにして能取州へ入る。

佐吉よりもずっと強い影行の翼のおかげで、三刻ほどで能取州へ着いたが、既に陽は落ち、襲撃は始まっていた。

　能取州府の井高は斎佳と貴沙をつなぐ西南道上にある。町外れの、結界からほど近い草原に降ろしてもらうと、真っ先に駕籠から出て蒼太が言った。

「いなもい、さがす。ひといで、ゆく」

「あっ、蒼太！」

　夏野が止める前に蒼太は駆け出し、あっという間に姿を消した。

「蒼太は我らが空から追おう」

「かたじけない。頼んだぞ」

　苑たちが飛び去ると、夏野たちは結界を越えて耳を澄ませた。

　気を凝らすと、いくつかの狗鬼の気配を感じた。

「こちらです！」

　井高と氷頭《ひず》州府の葉双は似通っていて、共に街道沿いは栄えているが、盛り場や武家のある一画を少し離れると田畑が広がる田舎町《いなかまち》だ。

　町中の半鐘を聞きながら、夏野は狗鬼の気配を追って畑を走った。

　蒼太の目を持つ夏野は夜目が利く。恭一郎や伊織の足は幾分鈍《にぶ》いが、西の空にはまだ少し明るさが残っており、ちらほらと家屋が燃える炎が辺りを照らしている。火を恐れる妖魔の習性を利用して、家に火を放った者が少なからずいたようだ。

　一匹目の狗鬼は、燃える家を背後にした一家をじりじりと追い詰めていた。

夏野が近付くと身を翻して襲いかかって来たものの、夏野は足を止めずに左手を柄《つか》に添えた。すれ違いざまに少しだけ身を落とし、下段から左の前足を斬り放ち、そのまま胸から背中へと斬り上げる。

剣先が心臓を斬り割ったのが判った。

血振りをしたところへ、恭一郎が追いつきにやりとする。

「お見事」

「鷺沢殿の稽古の賜物《たまもの》です」

「いや、黒川の修業の賜物さ」

恭一郎の言葉は嬉しかったが、余韻《よいん》に浸《ひた》る暇はない。

やや遅れて来た伊織の姿を確かめてから、夏野は再び走り出した。

走りながらでも狗鬼の――人ではないものの息遣いと足音が、以前より鮮明に聞こえるのは、それだけ己が蒼太の目に慣れたからか。

離れてはいるが、蒼太とのつながりはしかと感ぜられる。

二匹目の狗鬼は夏野たちとは別の方向から町中へ向かっていたが、夏野に気付くと足を止めた。

一町ほども先にいるのに、薄闇《うすやみ》の中でも狗鬼の赤い目や白い牙《きば》がよく見える。

狗鬼が威嚇《いかく》の唸《うな》り声を上げると、もう一つ、闇に近付いて来る気配――鴉猿――に夏野は気付いた。

言葉は微《かす》かで聞き取れぬが、鴉猿は狗鬼をけしかけたようだ。

向かって来た狗鬼は夏野の剣はかわしたが、後ろに控えていた恭一郎の剣に死した。

鴉猿の背後から三匹目が近付きつつあったが、恭一郎の——八辻の剣を感じ取ったのか足が止まった。

恭一郎が鴉猿に向かって声を上げた。

「おい！　俺は樋口理《り》一《いち》位《い》の用心棒だぞ！　狗鬼の一匹や二匹、恐るるに足らん！」

「樋口……理一位、だと……？」

どうやら恭一郎は伊織を餌《えさ》にしようという肚《はら》らしい。

「そうだ。さあ、樋口様はどうか後ろに控えていてください」

鴉猿が指笛を吹いた。

やや癖《くせ》のある吹き方は、どうやら狗鬼たちへの合図らしい。

ひとときと待たずに何匹もの足音が近付いて来る。

鴉猿の傍らで攻撃を躊躇《ため》っていた狗鬼が、駆けて来た仲間を認めて共に走り出す。

やがて五匹となった狗鬼たちは、伊織を背中に挟んだ夏野と恭一郎の周りを群れとなって回り始めた。

「伊織、刀を貸せ」

「うむ」

「お前は風針《かざばり》でもなんでも使って、助太刀してくれ」

「うむ」

空合《そらあい》を語るかのごとき落ち着いたやり取りののち、恭一郎は二刀を手にして狗鬼たちに向き直った。

「いつでもよいぞ?」

その言葉を待っていた訳ではなかろうが、狗鬼たちは二匹と三匹に分かれ、だが一息に仕掛けて来た。

飛び交いながら向かって来た二匹の内、一匹目は前足に斬りつけたのみで終わったが、二匹目は脇腹《わきばら》に深手を負わせた。

一匹目はすぐさま反転して飛びかかって来たものの、伊織の風針に片目を射抜かれ、のけぞったところを夏野が仕留めた。

恭一郎の刀を逃れた一匹が夏野たちへ襲いかかって来たが、伊織と身を入れ替えた夏野の構えを見て、すんでに身を返して横へ飛んだ。

恭一郎の傍らには二匹の首のない屍《しかばね》が転がっている。

残った二匹の内、無傷の一匹は深手を負った仲間を庇《かば》うように前に出たが、窺《うかが》ようにうろうろするだけで仕掛けて来ない。

鴉猿も分が悪いのを見て取ったのか、踵《きびす》を返して狗鬼たちへも逃げるように促《うなが》した。

——と。

ちりっと左目が疼《うず》いたかと思うと、鴉猿が胸を押さえた。

地面に転がり、胸を掻《か》きむしることほんのしばしで息絶える。

鴉猿が死して符呪箋《ふじゅせん》から自由になった二匹の狗鬼たちも、逃げ出して一町も行かぬうちにばたりと倒れて動かなくなった。

薄闇の中を、蒼太がゆっくりと近付いて来る。狗鬼たちに気を取られていて気付かなかったが、いつの間にやら近くに来ていたらしい。

「いなもい、にげあえた」

「そうか……」

結界に沿って走り、破られたところの近くに稲盛の気配を感じたのだが、稲盛の方も蒼太に気付いて身を隠したようだ。蒼太はしばらく稲盛を探したが、鴉猿の指笛と共に狗鬼たちが揃って夏野たちのもとへ駆けて行くのを知り、稲盛を諦《あきら》めたという。

むすっと不満も露《あら》わな蒼太を、恭一郎が慰《なぐさ》めた。

「稲盛に逃げられたのは惜しかったが、お前が一息にかたをつけてくれて助かった」

†

すぐにでも井高を出て晃瑠へ向かいたかったが、そうは問屋が卸《おろ》さなかった。

ばらばらに町を襲っていた狗鬼たちが、急に一所に集まって死したのだ。駆けつけて来た剣士たちに誰何《すいか》され、夏野たちは身分を明かさざるを得なかった。

伊織と恭一郎は結界を直しに向かい、夏野と蒼太は荷物を取りに行くという名目で結界の外に出た。

苑たちと落ち合い、事の次第を告げる。

「今宵は州屋敷泊まりになりそうだ」

「ならば駕籠は持ってゆこう。ちと笛を貸せ。常に駕籠が入り用とは限らんだろう。駕籠がいる時はこのように、短く三度続けて笛を吹け」

笛を一旦苑に返して、互いに合図の笛の音を確かめた。

影行は逃げた稲盛の行方が判らぬか、しばらく辺りを探るという。

駕籠から荷物を取り出して背負うと、夏野たちは苑たちと別れて州屋敷へ向かった。

「先日、竹中村が襲われたので、お忍びで能取州の様子を見にいらしたのです」

恭一郎がもっともらしい嘘をつき、蒼太が妖力を使って殺した鴉猿と狗鬼は伊織の理術によるものとした。

町中では侃士《かんし》たちが善戦したようだ。合わせて三十人ほどの死傷者を出したが、狗鬼が六匹もいたことを考えれば被害は少ない方である。竹中村が襲われたことで侃士たちは気を引き締めていて、迷わず家に火をつけた農民が多かったのも幸いした。

「竹中村があの有様でしたから……」

州司の朝倉和人《あさくらかずと》が痛ましげに顔を歪《ゆが》める。

竹中村は二百人に満たない村人の半分を一晩で失い、その後も怪我《けが》がもとで五十人ほどが死したという。結界は貴沙に住む理術師が直したが、村に残っているのはほんの数人で、生き残った者たちは他の町村へ身を移している。

「御自ら囮《おとり》になってくださったとは、御礼《おれい》の申しようがございませぬ」

深く頭《こうべ》を垂れて朝倉は謝意を述べたが、伊織が斎佳からの支援について訊《たず》ねると歯切れが悪くなった。

どうやら、朝倉様は西原につきたいらしい——

そう夏野は判じたが、政の話は伊織に任せて口出しは避けた。

翌日、貴沙の清修寮《せいしゅうりょう》から理術師が二人やって来た。

伊織に出迎えられて二人とも仰天《ぎょうてん》したものの、理一位と直に話せたことは大分励《はげ》みになったようだ。結界を確かめたのち、貴沙の閣老と清修寮の寮頭に宛《あ》てた文を嬉々《きき》として持ち帰った。

伊織は颯《はやて》を飛ばし、葉双に寄ってから帰る旨を晃瑠に伝えた。

「兄が喜びます」

夏野が言うと、蒼太がくすりとした。

「なつの、も」

蒼太に言われるまでもなく、束の間でも故郷に帰れるとあって夏野は喜びを隠せない。

州屋敷に二晩泊まり、襲撃から二日後の朝、夏野たちは井高を発って葉双へ向かった。

第六章 Chapter 6

能取《のとり》州府・井高《いだか》の襲撃から三日目。

天井町《あまいちょう》の料亭・酉井屋《とりいや》で、西原利勝《さいばらとしかつ》は稲盛《いなもり》と会した。術師の小林隆史《こばやしたかし》も一緒である。

田所留次郎《たどころとめじろう》から話を聞いて、小林はすぐに稲盛につなぎを取ろうとしたが、稲盛は井高襲撃に備えるべく身を隠していて、結句、襲撃後に相まみえることになった。

昨年、稲盛は理二位《りにい》だった鹿島正祐《かしましょうすけ》の身体《からだ》を乗っ取ったが、鹿島の面影《おもかげ》はほんの僅《わず》かしか残っていない。同時に鴉猿《あざる》を取り込んだこともあって、顔や手足は毛深く浅黒く、身体つきもがっちりしている。

「おぬしはまこと、大した術師だ」

新しく持たせた手形には「稲盛文三郎《ぶんざぶろう》」と書かれている。

もとの名は文四郎《ぶんしろう》、晃瑠《あける》での直訴《じきそ》に失敗してから昨年までは文五郎《ぶんごろう》を名乗っていた。

稲盛が清修塾《せいしゅうじゅく》の試験に三度落第《らくだい》し、己こそ理一位《りいちい》の器だと御城《おしろ》に直訴に乗り込んだのは百三十年も前のことだ。現在百五十一歳の稲盛は、人としては間違いなく最高齢だろう。

だが、稲盛は世間ではとうに死したと思われていて、その所業はいまや閣老や清修寮《りょう》の寮頭など要職に就《つ》いている者しか知らず、名をそらんじている者は更に少ない。

それでもまったく別の名を使う方が安心だろうに稲盛の名を捨てぬのは、つまらぬ見栄《みえ》か矜持《きょうじ》かと、西原は内心嘲《ちょうしょう》笑した。

こやつはまだ、いつか日の目を見ることを諦《あきら》めておらぬ――

稲盛の術や生命力には感心せざるを得ない。また、執着《しゅうちゃく》や執念も西原はよしとしているものの、稲盛が理一位の器だとは思っていなかった。国が与える位なれば、理一位には実力の他、人の上に立つ風格と人格が必須だからだ。

「井高の襲撃を阻《はば》んだのは樋口《ひぐち》だそうだ」

西原が告《つ》げると、稲盛は顔を歪《ゆが》めた。

「樋口も一緒だったのか」

吐き捨てるように言ってから、稲盛は三日前の次第《しだい》を語った。

竹中村《たけなかむら》の時と同じく、稲盛は己の血を用いて結界の一部を破って鴉猿たちを導いた。だが鴉猿たちの首尾《しゅび》を結界の外で見守っていたところ、大老の孫にして伊織《いおり》の直弟子《じかでし》である蒼太《そうた》がやって来た。

「とっさに身を隠したが、それは凄《すさ》まじい殺気だった」

「神里《かみさと》でもお前を阻んだのだったな。鷺沢《さぎさわ》蒼太はまだ十三歳らしいが、侮《あなど》れぬ小僧よ。八《や》坂《さか》家で、本庄《ほんじょう》に毒を盛った者を見破ったのもあの者だった」

西原が蒼太と顔を合わせたのはほんのひとときで、言葉を交《か》わしもしなかったが、伊織と共に斎佳《さいか》に逗留《とうりゅう》していた際の様子は聞き及んでいる。

田所から聞いたことを明かす前に、西原は井高での首尾について更に訊《たず》ねた。

蒼太は鴉猿が狗鬼《こうき》たちを呼んだ後に去ったらしいが、金翅《こんじ》が辺りを窺《うかが》っていたと稲盛は言った。

「神里で見かけた金翅と同じやつだと思う」

「とすると、金翅は樋口に――安良《やすら》についたのか？」

「神里でも井高でも手出しはなかったゆえ、樋口を見張っているだけやもしれぬ。それにしても樋口が能取にいたとはな……それだけ鷺沢とその息子を買っているからか」

「もう一人の直弟子もだ。黒川《くろかわ》は理術の才のみならず、女だてらに侃士《かんし》号を持っている」

「黒川か……」

つぶやいて稲盛は沈思した。

夏野《なつの》の存在も西原には謎《なぞ》のままだった。

閨《ねや》の相手も務《つと》める伊織の端女《はしため》かと邪推《じゃすい》したのも束《つか》の間《ま》で、夏野が氷頭《ひず》州司である卯月義忠《うづきよしただ》の腹違いの妹だということはすぐに判《わか》った。だが、夏野は三年前まで理術とはまったく無縁に育ち、蒼太と違ってこれといった才は見せていない。

己の自治の意向に清修寮は異を唱《とな》えているが、蒼太や夏野の待遇《たいぐう》には不満を抱いている者がいなくもない。よって何か弱みでも握れぬものかと、西原家の隠密《おんみつ》である「西の衆」

に探らせているのだが、いまや直弟子となった二人には近寄り難《がた》いらしい。二人が伊織と共に晃瑠《るす》を留守にしているようだというのも、つい十日ほど前に知ったばかりだ。

「黒川は狗鬼を二匹討《う》ち取ったとか。術はともかく、剣の腕は確かなようだ」

西原が受けた知らせには、六匹の狗鬼を恭一郎《きょういちろう》と夏野が二匹ずつ剣で討ち取り、残る二匹と鴉猿を伊織が術で始末したとあった。

「樋口が術で？」

「うむ」

西原が頷くと、稲盛は眉根《まゆね》を寄せた。

「信じられぬか？」

「信じられぬな」

「だが、樋口は理一位だぞ？」

「ならば何ゆえ、斎佳でその力を使わなかったのだ？」

「それもそうだな」

斎佳の堀前《ほりまえ》である葦切町《よしきりちょう》での戦いで、伊織は防壁の上から風針《かざばり》で応戦したと聞いた。理術を使って鴉猿や狗鬼の息の根を止められるのなら、斎佳でもそうした筈《はず》である。

「新たな術を身につけたのではないか？　樋口は——あれも侮れぬ男だぞ」

伊織の目を思い出しながら西原が言うと、稲盛の眉間《みけん》の皺《しわ》が一層深くなる。

国民の不安を煽《あお》り、安良の権力を削《そ》ぐために、理一位暗殺を提案したのは西原だが、稲盛は嬉々《きき》としてことに移し、土屋昭光《つちやあきみつ》理一位を死に至らしめた。

妖魔《ようま》を取り込んだり、人を乗っ取ったりと、術師としての稲盛は理一位に遜色《そんしょく》ないように思われる。だがもしも選べたなら、西原は稲盛よりも伊織を味方に選んだだろう。

己が人の上に立つべき者であることを、西原は物心がついた頃《ころ》から「知っていた」。そのための頭脳にも、見目姿《と》にも恵まれた。

十二歳で兄殺しを成し遂げたことで、その自信は深まった。

もしも選べたなら……

神月《こうづき》家の嫡男《ちゃくなん》に生まれていたならば――と、思い巡《めぐ》らせたこともあったが、都度《つど》打ち消してきた。

もしも己が神月家の嫡男だったなら、兄殺しはせずに済んだ。だが、己はやはり大老に甘んずることができずに、国皇を目指して誰《だれ》か他《ほか》の「邪魔者」を排したに違いない。

稲盛と出会ったことは、西原には天の配剤と思われた。

似た者同士だという自覚はある。自分たちは結句、己が誰よりも秀《ひい》でているという証《あかし》を立てたいだけではなかろうか――とも。

稲盛に出会わなければ、己は先祖が手放さざるを得なかった大老職に返り咲くことで満足していたやもしれぬ。「人」としてまっとうできる栄華は、せいぜい大老職だと思い込んでもいた。だが稲盛と、稲盛が説《と》いた「取り込み」やら「乗っ取り」やらを始めとする理術の可能性を知った西原は、更なる野心を抱かずにいられなかった。

理術の才はないものの、人を丸め込むことは得意中の得意だ。稲盛はさておき、己の傀《かい》儡《らい》となる術師を――稲盛と同等か、尚《なお》一層上の者を――見出し、丸め込む。さすれば己もまた安良のごとく、「人」の運命《さだめ》を越えて国を治めることができるように思われた。

まこと、人の欲は果《は》てがない――

だが欲は悪ではない。稲盛と二人してまずは安良国を手に入れる。その上で、国皇によりふさわしいのは己の方だと西原は信じている。

人も妖魔も使いようだ。

この稲盛さえも……

野心を胸中に押し留め、西原は黙り込んだ稲盛に問うた。

「鴉猿が一匹、行方《ゆくえ》知れずになったそうだな？」

「……どうしてそれを？　お前か、小林？」

稲盛に睨《にら》みつけられて小林が慌てる。

「鴉猿どもがこぼしておりましたので……その、仲間が一人、山幽《さんゆう》の森を探しに行ったきり戻らぬ、と。一緒に連れて行った三匹の狗鬼も……」

鴉猿たちとの折衝《せっしょう》役は稲盛に任せてきたが、鹿島を乗っ取ってからこの一年ほど、稲盛は斎佳へ来ることを拒《こば》んでいた。

どうも身体が優れぬようだ――というのが、つなぎ役となった小林の見立てであった。

小林を――自身と同じく清修塾への入塾が叶《かな》わずに腐《くさ》っていた術師を――見出《みいだ》したのは

稲盛だったが、つなぎ役を務めるようになった小林を西原はすぐに懐柔《かいじゅう》した。術師としては稲盛の方が小林より数段上手《うわて》だと理術をよく知らぬ西原にも判っていたが、それだけに稲盛のみに鴉猿たちを任せているのは不安だったからだ。

「山幽を追って、北へ向かったと聞いたきりだ」

観念したのか稲盛が言った。

「何ゆえ、山幽の森を探しておるのだ？」

――紫葵玉《しきだま》か、あわよくば翁《おきな》を手に入れようとしている――

答えは既に小林から聞いていたが、隠されていた腹いせに西原はあえて問うた。

「紫葵玉をまた手に入れられぬかと思ってな。もしも翁を捕らえることができれば、紫葵玉の作り方を盗むこともできる」

「そんなこともできるのか？」

「今の儂《わし》ならできる」

「ほう」

伊織に張り合うような物言いが可笑《おか》しいが、稲盛の虚栄心を満たすべく西原はただ感心してみせた。

にこやかな顔はそのままに、西原は再び稲盛に問うた。

「小林が聞きかじったところによると、金翅には『妖魔の王』――黒耀《こくよう》がついていると鴉猿どもは噂《うわさ》しているようだが？」

「聞いている。だが、老いた鴉猿の中には黒耀は鴉猿だという者がいる。先だって得た文《ぶん》献《けん》にもそのように書かれてあった」

「文献？　初めて聞くぞ」

「つい先日読んだばかりゆえ」

しれっとして稲盛は応えた。葉月《はづき》に神里の八辻《やつじ》宅から盗んだ書物の中に、日付からして三百年余りを経《へ》ている文献があったという。

「昨今、妖魔の屍《しかばね》の知らせがよく届く。どうやら気が触れた鴉猿が一匹暴れているようで、夜な夜な見境なく、同胞をも殺して回っているらしい——と、そのようなことが記されていた。気が触れているかどうかは判らぬが、黒耀が気まぐれなのは確かだ。同胞を——鴉猿を躊躇《ためら》わずに手にかけることも……黒耀の正体が鴉猿ならば、金翅につくとは考え難い。否、よしんば黒耀が気まぐれを起こしたとしても、金翅が鴉猿を王と仰《あお》ぐことはない」

金翅と鴉猿が互いを嫌っていることは、西原も聞き及んでいる。

人間を敵視し、稲盛が現れる前から隙《すき》あらば人里を襲ってきた鴉猿には、山幽や金翅ほど長生きしている者がいないらしい。ゆえに「老《お》いた」といってもせいぜい三、四百年ほどなのだと、以前聞いた覚えがあった。

それでも、人よりずっと長生きだがな——

「黒耀が鴉猿なら、是非ともこちらの味方になって欲しいものだが」

といいつつ、妖魔特有の不老や治癒力《ちゆりよく》の他、鴉猿には羨《うらや》むべきところが見当たらない。

猿よりは賢いが、所詮《しょせん》やつらも猿に過ぎぬ……

「手隙《てすき》の鴉猿に行方を探らせたいが、どうもやつらは及び腰でな。儂も今はそれどころではない」

「次は、石動《いするぎ》より先に間瀬《ませ》を狙いたいが」

「井高で手駒を失ったゆえ、狗鬼や蜴鬼《やくき》を捕らえるのに時がいる。結界を破るにも、儂一人では手間がかかる。それとも理術師を都合してくれるのか?」

昨年の草賀《くさか》州府・笹目《ささめ》と斎佳の襲撃を受けて、州府はもちろん、竹中村のような小さな町村でさえ結界の見廻《みまわ》りを強化しているところが増えていた。

稲盛曰《いわ》く、術のみで結界を「ほどく」のは難しく、時がかかる。ゆえに急ぎの折には致《いた》し方なく、「結界を破ることができる」己の血を——徳利にして三、四本ほども——使って半《なか》ば無理やり結界を「押し開いて」いるという。

「一人都合してもらえれば、四、五回は続けてやれるだろう」

つまり、殺して血を抜き取ろうというのである。稲盛は前にも似たような手口を使うために、旅中の理術師や術師を攫《さら》って殺していた。

「……約束はできぬ」

「ふん」

鼻を鳴らした稲盛が小林をちらりと見やると、殺されてはたまらぬとばかりに小林がみるみる青ざめる。

いずれ清修塾を通さずに術師を募《つの》ることができるようになれば、稲盛に「都合」できる者ばかりか、稲盛に代わる者も出てこよう。だが今はまだ道半ば——否、始まったばかりであった。

思っていたよりも早く安良に反旗を翻《ひるがえ》すことになったが、致し方ない。二年前に四十路《よそじ》を迎えて少々焦《あせ》りが出てきたところへ、斎佳の惨事が起きた。事の発端《ほったん》となった稲盛は許し難いが、今死なれては己が困るばかりだ。

稲盛が葦切町であわや死にかけたと聞いた時は、その浅慮《せんりょ》を責め立てたくなった。されど災い転じて福となし、「乗っ取り」や「取り込み」の術に磨きをかけることができたと知って、ひとまず鬱憤《うっぷん》は収めることにした。

「——次の支度《したく》を整える間に、金翅を殺《や》るというのはどうだ？　鴉猿を嫌っているのなら、やつらが我らにつくことはあるまい。だが、やつらが安良についているのなら、なんらかの動きがあろうし、うまくすれば黒耀も姿を現すやもしれぬぞ」

「それも一案だな」

口角を上げて稲盛は言ったが、つい先ほどより顔色が悪くなっているように見えた。

「どうした？　飲み過ぎたか？」

「少し疲れておるだけだ。井高からここまで急いだゆえ……」

もっともらしいことを言ったが、真の理由は身の内に取り込んだ鴉猿だろう。ただでさえ斎佳の護《まも》りは固く、また結界は伊織の手によって昨年入念に張り直されている。器は鹿島という人間でも、妖魔を取り込んだ今の稲盛には都にとどまることが負担なのだ。

稲盛をどこまで信じ、利用できるか、まだなんとも判じ難かった。しかしながら、いずれ稲盛が会得《えとく》した術を活かして己《い》も不老不死にと望む西原としては、今は稲盛の身を案じずにはいられない。

「長く引き留める気はないが、帰る前に少し聞いてくれ」

「なんだ？」

「鷺沢蒼太のことだ。一つ面白い話を聞いた……」

†

北門を出た途端に身が軽くなり、稲盛は思わず大きく息を吸い込んだ。

久しぶりに人里で夜を過ごすべく、堀前の葦切町で宿屋を物色し始める。

狗鬼と蜴鬼による大規模な襲撃に加え、火事と洪水で壊滅的な被害を負《お》った葦切町だが、一年を経た今、町は何事もなかったかのごとく建て直されている。

人もなかなかしぶといものよ……

にやりとしたのは嘲笑ではない。己が「しぶとい」人間の最たるものだという自覚が稲盛にはある。

西原からたっぷりもらってある金を使おうと、稲盛は高そうな宿屋を選んで店先の番頭に声をかけた。

以前は「老隠居」であったが、鹿島の身体を乗っ取った今は「ぼんぼん」の扱いだ。

「お望みでしたら、芸妓《げいぎ》もお付けいたしますが……」

女と酒は断ったが、夕餉《ゆうげ》には贅《ぜい》を尽《つ》くした膳《ぜん》を頼んだ。

斎佳はそこここに、幾重《いくえ》にも術が張り巡らされていて息苦しいが、葦切町には周囲の結界しかない。都内の料亭ではろくに飲み食いできなかったが、少しずつ食欲が戻ってきていた。

内湯を使わせてもらって一息つくと、稲盛は部屋に寝転がって天井《てんじょう》を睨《にら》んだ。

どこまでも目障《めざわ》りな――

那岐《なぎ》州の神里に続いて能取州でも州府への襲撃が、伊織たちによって阻まれた。竹中村は州府を狙う前の小手試しだったが、初めから州府の井高を狙えばよかったと、今になって後悔しきりだ。

神里では町が狗鬼たちにあたふたしている間に、八辻の家から希書を吟味《ぎんみ》して盗み出すつもりだった。かねてから野々宮《ののみや》が国中を旅して希書を集めていることを耳にしていたからだが、何より安良が生まれたという神里から、新たな始まりの狼煙《のろし》を上げたかった。

襲撃は結界沿いで阻まれてしまったが、のちに鴉猿を連れて八辻の家に忍び込み、目当ての希書の他いくつか書物を盗み出して残りを燃やした。

山幽の翁のことを知りたくて盗んだ希書であったが、山幽の他、鴉猿についても多く記述されていた。

西原に告げたことは嘘《うそ》ではないものの、記述が信じられるかどうかは別の話だ。

黒耀は本当に鴉猿なのか……？

八辻の家から逃げる際、蒼太を捕らえようとした己を黒耀は止めた。

が、のちに蒼太が念力をぶつけてきた時には、反対に己を救ってくれた。

ただの気まぐれか、それとも考えあってのことか……

西原に言われるまでもなく、黒耀を己の味方とするべくその行方を探ってはいるのだが、
西原に告げた通り鴉猿たちは及び腰で、黒耀の居所は杳《よう》としてしれないままだった。

それにしても。

鷺沢蒼太が妖《あや》かし、それも山幽とは……

目を閉じて、稲盛は西原から聞いた話を反芻《はんすう》した。

田所が持ち込んだ話で、西原も言ったように鵜《う》呑《の》みにはできぬ。

稲盛は神里にて蒼太の念力を目の当たりにした。蒼太が並ならぬ力を持つことは確かで
あり、そうでなければ伊織が直弟子に取り立てたりしないだろう。

だが、触れるほど間近で見ても、蒼太が妖魔だとは稲盛には感ぜられなかった。

樋口がなんらかの細工《さいく》をしているのだろうか……？

だとしたら、それを見抜けなかったことが口惜《くちお》しい。

伊織とは間瀬州の山名村《やまなむら》で対峙《たいじ》した。

西原よりも、己の方がひしひしと、伊織を「侮れぬ」と感じている。

理を知る者として伊織が妖魔に興を覚えることはなんらおかしくないが、蒼太が妖魔で

あれば、伊織と大老の失脚は免《まぬか》れまい。山幽を手元に置きたいのなら、何も大老の孫としなくてもよかった筈《はず》だ。

田所とやらの思い違いか、はたまた樋口は余程己の術に自信があるのか……

『……蒼太という者は、私も斎佳で見たことがあります……』

おもねるような鹿島の声が身の内から聞こえた。

『新坂《あらさか》神社を黒川と参拝しておりました。ゆえに、妖かしというのは眉唾《まゆつば》かと……』

『うるさい』

念じて鹿島は黙らせたが、都内どころか神社にまで足を踏み入れていたのなら鹿島の言い分には一理ある。

ゆっくりと夕餉を食すと、稲盛は早々に横になった。

井高の結界を破るのに血を抜いたせいでもあるが、不調の原因は鹿島やティバ——取り込んだ鴉猿——にあった。

夏野に首筋を斬《き》りつけられた時、稲盛は半ば死を覚悟した。

だが、駆け寄って来た鹿島が己に触れた途端、気力と知る限りの術を尽くして稲盛は鹿島の身体を乗っ取った。続いて己の死を確かめようと近付いて来た鴉猿を取り込んだのは、鹿島の——人の身体だけでは長くは持たぬと恐れたからだ。

とっさのこととはいえ、ことを成し遂げて自賛したのも束の間、不調はすぐに表れた。

瓜魅《しきみ》の娘を取り込んだ時も慣れるまでに数箇月《すうかげつ》を要したが、此度《こたび》は大分勝手が違った。

鹿島とティバの自我を押さえつけ、身体の自由はすぐに得たものの、一年を経てもどこかしっくりこない。それどころか頻繁《ひんぱん》に病に寝込むようになった。仄魅を「飼って」いた頃は老いても風邪《かぜ》一つ引かなかったのに、今の身体はふとすると発熱してだるくなり、割れるような頭痛や眩暈《めまい》に見舞われることもしばしばだ。

鹿島にもティバにも「無理」があるのだと悟ったものの、新しい身体はそうそう見つかるものではない。

己が人間ゆえに、乗っ取るなら同じ人間の方が弊害《へいがい》が少ないように思われる。だが、人の身体のみではふとしたことで死に至ってしまうという不安があった。

山幽ならば――

人に非《あら》ずといわれていても、人に似ている分、御しやすいのではないかと稲盛は望みを抱いている。

もう一つ、乗っ取りを試せるものなら試したいのが安良であった。しかしながら、安良は東都どころか御城からも滅多《めった》に出て来ることがない。

百三十年前の失態《しったい》を思い出して、稲盛はぶるりと身を震わせた。

余程の秘策がなければ、安良には近付くどころか、御城にも入れぬだろう。秘策を得るまで今の己の身体が保《も》つとも思えなかった。

安良の理さえ暴くことができれば……

転生の理こそが真の不死への道だと、稲盛は決意を新たにした。

百三十年前、御城に直訴に乗り込んだ時はただ清修寮に――安良に認められたかった。仄魅を身の内に宿した己なら、新たな理を人にもたらすことができると思ったのだ。その信念は今もって揺らいでいない。

頭はともかく、身体は妖魔の方が優れていると判り切っているのだから、妖魔の理を身をもって解き明かすのは、学者として当然のことと思われた。

直訴に至る前に曲者《くせもの》とみなされ、命からがらに御城から逃げた稲盛は、そののちも独学で理術を極め続けた。

稲盛は西原ほど統治者の座を欲していない。ただもしも、己が理一位よりも安良よりも理を極めたならば、己が国の頂点、つまり国皇となるのは必然だと信じている。

間瀬州府・牛伏《ごふく》の襲撃に備えて早々に草賀州の隠れ家に帰るつもりだったが、思い直して稲盛は翌朝再び北門をくぐった。

御屋敷からほど近い、中町《なかまち》の長屋に住む小林を訪ねて、田所を葦切町の宿屋へ寄越《よこ》すよう言い付ける。

田所は双見《ふたみ》神社がある阿部町《あべちょう》の武家で中間《ちゅうげん》をしているそうで、稲盛が宿屋に戻って二刻《ふたとき》と経《た》たぬうちに小林が田所を伴って現れた。

「所用があるので、そう長居はできぬのですが……」

「ならば、お前だけ先に帰れ。ここでの話は後から田所に聞けばよかろう」

己が見出してやったにもかかわらず、小林は西原の犬に成り下がった。嫌み交《ま》じりに稲盛が言うと、小林は恐縮しながら暇《いとま》を告げた。

田所から直に詳しく話を聞くうちに、西原が明かさなかった――もしくは西原も知らぬと思《おぼ》しきことを田所が漏らした。

蒼太が捕らわれていた屋敷でかつて、恭一郎の妻と村瀬《むらせ》家――西原家縁《ゆかり》の武家――の者が死したというのである。

「それはまことか?」

「人死にが出た屋敷だと村人から聞いていましたが、西原様に縁のある者だったということは、斎佳で働き始めてから知りました」

世間話として維那《いな》の前は那岐州にいたと中間仲間に言ったところ、村瀬昌幸《まさゆき》が玖那村《くなむら》で大老の息子・鷺沢恭一郎に殺されたと教えられた。

「あの村にそんな屋敷が他にあるとは思えません」

委細が知りたいと金を握らせると、田所は早速あちこちで訊き込んだ。

三日のうちに田所は恭一郎がいた斉木《さいき》という剣術道場を探り当て、恭一郎の妻が殺されたいきさつを突き止めてきた。

恋情に狂った富樫永華《とがしえいか》と村瀬昌幸が引き起こした一連の出来事よりも、恭一郎や妻の過去に稲盛は興を覚えた。

「妻女の名は奏枝《かなえ》といったのか」

ふと、その昔出会った「叶恵《かなえ》」という名の女を思い出しながら稲盛はつぶやいた。

「ええ。六十年余り前に御前仕合で安良一となった三國正右衛門《みくにしようえもん》の孫だそうで、鷺沢は若き頃、晃瑠で一度顔を合わせたことがあったとか。斎佳で思わぬ再会を果たし、鷺沢の方が熱を上げて何度もくどいたのち、ようやく三國から夫婦となる許しを得たそうです」

「永華は鷺沢に一目惚《ひとめぼ》れしたのだったな。儂もちらりとだが、鷺沢の顔を見たことがある。あの鷺沢がそこまで惚れ込んだとは、奏枝とやらもさぞ見目好《よ》い女だったのだろうな」

「それが、そう際立った美女ではなかったようで……斉木道場に絵心のある者がおりまして、一枚似面絵をしたためてもらいました」

恭一郎が稽古《けいこ》もそぞろに奏枝に夢中になっていたため、当時その門人は、道場の者たちに頼まれて、恭一郎が奏枝を待ち伏せているという橋まで出向いた。こっそり奏枝の顔を確かめたのち、皆に見せるために似面絵を描いたそうである。

差し出された似面絵は新しく描き直されたものであったが、女の顔を見て稲盛は思わず息を呑《の》んだ。

記憶の中の叶恵に酷似《こくじ》している。

「ご存じで……？」

おそるおそる問うた田所には首を振ったが、似面絵を預かり、田所を帰してしまうと稲盛は遠い昔——己がまだ十代だった頃に思いを馳《は》せた。

稲盛は十六歳で、一度目の清修塾の試験に落ちたばかりであった。

生田《いくた》州の武家に生まれた稲盛は、武芸は今一つだったが、学問所で理術の才を認められ、周囲の期待を背負って入塾を目指していた。

――此度は惜《お》しかった。是非また出直せ――

晃瑠の清修寮でそう告げられて、落胆と希望が交錯《こうさく》する中、故郷への帰り道で叶恵に出会った。

女の一人旅は珍《めずら》しい上、叶恵は二十歳そこそこで、やはり一人旅と思しき二十代の剣士に絡まれていた。己は荒事《あらごと》には自信がなく、相手は刀を持っている。だが、見て見ぬ振りもできずに稲盛は剣士に声をかけた。

――往来でそのような真似《まね》は控えられた方が……――

――そのようなとは、どのような真似だ？　往来といっても、俺とお前、この女しかおらぬではないか。それともなんだ？　お前も一緒に楽しみたいか？――

――いえ、そんな――

――ならば黙って、今すぐ立ち去れ――

言いながら、剣士は刀を抜いて稲盛を脅《おど》した。

稲盛と叶恵の声が重なった。

――おやめください！――

叶恵を庇《かば》うべく稲盛は叶恵の前に出たが、叶恵は首を振って反対に稲盛を庇おうとする。

――小賢《こざか》しい真似を――

嘲笑と共に脅しで剣士が振るった刀が、叶恵の腕を浅く斬った。

――何をする！――

――お前こそ、女の後ろに隠れて何をしているのだ？――

剣士に慄《おのの》きつつも、既にそこそこ幻術を会得していた稲盛は頭を巡らせた。

何か――こいつが恐れる「もの」がないか――？

己と叶恵を交互に見やって笑う剣士の目を怯《ひる》まずに覗《のぞ》き込み、書物の挿絵で見た鴉猿を幻術で「映して」見せた。

剣士が「ひっ！」と小さな悲鳴を上げた。

――妖かしだったのか！――

刀も収めずに、剣士は身を翻《ひるがえ》して逃げ出した。

――怪我《けが》の手当を――

叶恵へ手を差し伸べて、稲盛ははっとした。

浅手とはいえ、二寸ほどの傷が己の目の前でみるみる薄くなる。

――お、お前はもしや仄魅という妖かしか？――

稲盛の問いに叶恵はゆっくり微笑《ほほえ》んだ。

俗に聞く仄魅の「男をたぶらかす魔性」の笑みとはかけ離れた、温かな慈愛に満ちた笑みだった。

――そういうあなたは、お若いのに理術師でいらっしゃる……？――

――いや、私はまだ、その、理術師の名は賜《たまわ》っておらぬ――

何故《なぜ》かは判らぬままに、稲盛は慌てて叶恵に応えた。

——さようですか。腕のある術師とお見受けしましたが……ですが、いずれ都で入塾されるのでしょうね——

——む、無論だ。次は必ず——

——あなたならきっと、安良様の覚えめでたき理術師になられましょう。では、私はこれにて——

——ま、待て。まだ正体を——名を聞いておらぬ——

——叶恵、と申します。望みを叶えて恵む……助けていただいたお礼にあなたの望みが叶うよう、陰《かげ》ながらお祈りいたします——

——叶恵……さん。あなたは、その——

稲盛は尚も問い質《ただ》したかったが、叶恵はやんわりと小さく首を振った。

——どうか、目こぼしくださいませ——

一礼すると、叶恵は街道をそれて山の方へ去って行った。

追いかけようと数歩足を踏《ふ》み出して、稲盛は思いとどまった。既に七ツを過ぎていようという時刻で、次の町村までまだ一里はあった。街道を離れて、妖魔が潜《ひそ》んでいるやもしれぬ山へ向かうにはどうにも不安だったのだ。

恐れずに山に向かったことから、妖かしなのは間違いない。のちに仄魅ではなく山幽だったのではないかと思い返してみたものの、確かめるすべはもはやなかった。

やはり山幽だったのか……？

証はないが、奏枝が叶恵だと己の勘が告げていた。

改めて似面絵を見つめるうちに、何やら嫉妬《しっと》めいた感情を恭一郎に抱いた。

殺された奏枝は身籠《みごも》っていたという。

村瀬の凶行により赤子は流れたと田所は言ったが、もしや生きていたのではないか？

奏枝が殺されたのは八年前だが、妖魔は得てして早熟ゆえに、蒼太が歳《とし》を偽《いつわ》っていてもおかしくはない。

ならば鷺沢蒼太は、人と山幽の合の子か……？

そう思い至って、今度は伊織への嫉妬が胸に芽生《めば》えた。

樋口め。黒川のみならず、合の子までも手元に——

西原は夏野の起用を不思議がっていたが、稲盛は夏野が左目に何かを宿しているのを知っている。

あれはもしや、蒼太の左目……？

二年前の山名村では夏野に庇われ蒼太がよく見えなかったが、二月《ふたつき》前に神里で対峙した蒼太の左の瞳《ひとみ》は暗闇《くらやみ》の中で青白く濁《にご》っていた。

蒼太が人と山幽の合の子で、夏野が蒼太の片目を宿しているのなら、伊織が二人を直弟子として身辺に置くようになったことが腑《ふ》に落ちる。

ふっと、稲盛は口角を上げた。

鴉猿に山幽の森を探させているのは、まずは紫葵玉、あわよくば翁を手に入れたいからだ。水の恵みを凝縮《ぎょうしゅく》させた紫葵玉は、山幽たちが「命の糧《かて》」とも呼ぶ秘宝である。これも神里から盗んだ書物に書かれていたことだが、山幽たちは他にも紫葵玉に似た丸薬を持っているらしい。この丸薬を用いることで不調が治せぬか、はたまた翁を捕らえて、とっとと身体を「乗り換え」られぬかと考えていた。

以前、久峩山《くがやま》の森を襲った時は、翁どころか並の山幽も逃してしまった。後でゆっくり吟味しようと術で足止めしていた者たちは、皆、胸を刺されて死していたのだ。

久峩山の一件で山幽たちは警戒《けいかい》を強めたのだろう。今に至るまで新たな森は見つかっていないが、一筋の光明が見えてきた。

翁でなくとも、蒼太でよいではないか――

山幽の森を探し出し、結界を破って翁を攫《さら》うよりも、お忍びだろうが都外をうろついている蒼太を捕らえる方が幾分易《やさ》しいと思われる。

村瀬家や恭一郎の過去など、己が聞いたことは田所から小林、西原へと筒抜けだろうが、蒼太が合の子やもしれぬことや、夏野と蒼太の「絆《きずな》」は己しか知らぬことだと、稲盛はほくそ笑んだ。

西原には昨年、堀前町への襲撃や紫葵玉のことで――斎佳に思わぬ水害を及ぼしたことで――随分《ずいぶん》嫌みを言われていた。

やつは儂を手駒の一つとしかみなしておらぬが、やつとて同じこと――

やつは所詮「人」に過ぎぬ。

儂はやつの上に立ち、やつの死後もこの国と共に生き続けていく……

†

「ば、莫迦者《ばかもの》！」

兄の卯月義忠が声を高くするのへ、夏野は首をすくめた。

「茶屋というと――あの、番所のすぐ手前の店か？」

「はい……」

理一位の来訪を知らせるために、夏野は三人を道中の茶屋に置いて州屋敷まで走って来た。茶屋に置いてきたのは、蒼太が葉双《はふたつ》の名物菓子の「ふたつ餅《もち》」を覚えていたからだ。

能取州から南北道を北に向かって来たために、以前辻越町《つじこしちょう》からの道中で寄った茶屋とは別の茶屋だが、仮名だけでなく「大福」「饅頭《まんじゅう》」「餅」といった菓子に関する漢字を蒼太は既に学んでいて、「ふたつ餅」と書かれた幟《のぼり》に目を留めたのだ。

――ふたもち、くう――

そう言って足を止めた蒼太に、夏野はこれ幸いと、もてなしの支度を整える時を稼《かせ》ぐつもりで兄のもとへ急いだ。

「ですが、蒼太――鷺沢殿のご子息がふたつ餅を所望《しよもう》されまして……」

「大老様のお孫様だぞ。ふたつ餅ならもっと旨《うま》い店があろうに――いや、すまぬ。つまらぬことを言った。莫迦者は私だ。――おい、誰か！　今すぐ女中頭を呼べ！」

「あ、兄上、まずは湯を使わせてもらえると助かると、樋口様が――」

「湯だ！　湯を沸《わ》かせ！」

能取州で身分を明かしたからには、ついでに稲盛や西原を始め、国中――殊《こと》に近隣の州に己が「見廻っている」ことを知らしめたいと伊織が言うので、氷頭州入りは「お忍び」ではない。

「そうだ。乗物を――」

「徒歩でよいと、樋口様から言われております」

「では、私が迎えに」

「案内役は私一人で充分だと、これも樋口様が」

落ち着かぬ義忠を伊織の名を出してとどめると、夏野は茶屋へ引き返した。

都とは比べものにならぬ田舎町だが、街道沿いは栄えていて人通りもそこそこある。

六尺には満たぬが伊織も恭一郎も長身で、殊に恭一郎は面立《おもだ》ちがいい。人目を惹《ひ》かぬよういつもは笠《かさ》を被《かぶ》っているのだが、此度は噂が広まるよう、二人とも笠を取っていた。

蒼太は笠を被っているが、鍔《つば》でできた眼帯をつけていて、夏野と共に二人の前を歩いているため、ちらほらこちらを盗み見る目を夏野は感じた。

「樋口理一位。ご尊顔を拝し、恐悦至極《きょうえつしごく》に存じ奉りまする」

「卯月殿。私の方こそ、改めて大事な妹御を預けてくれた礼を申し上げる」

二つだけだが伊織の方が義忠より年上で、身分も州司の上の閣老に匹敵《ひってき》する。

玄関先で迎えた義忠と挨拶《あいさつ》を交わすと、それぞれ旅の汗を流したのちに座敷に集った。

「氷頭、間瀬、黒桧《くろべ》は西寄りの州より多く侃士を抱えております。先月の——斎佳閣老の謀反《むほん》の知らせを受けて、間瀬と黒桧の両州司とは牛伏にて顔を合わせました。我らが西方につくことはございませぬ。大老様にもその旨知らせてあります。矢岳《やたけ》や吉守《よしもり》とは文《ふみ》のやり取りのみですが、この二つの州は東都に近いゆえ、寝返ることはないかと存じます」

間瀬州は氷頭州の北、黒桧州は間瀬州から北都・維那を挟んで更に北にある。矢岳州は氷頭州の東に位置し、吉守州は矢岳州と晃瑠に挟まれている小さな州だ。

「能取の朝倉《あさくら》様はいかがでしたか？」

義忠の問いに、伊織は微苦笑を漏らした。

「大分弱気になっていらした」

「さようで……近々、石動と長見《ながみ》の州司を探って参りましょう。長見の州司とは気心が知れているのですが、還暦《かんれき》に近いお方ゆえ厄介事《やっかいごと》を好みません。ですが、貴沙《きさ》閣老とは昵懇《じっこん》の仲と聞いております」

「貴沙には既に大老が遣いを送っている筈だ。戻ったら首尾を訊ねてみよう。維那とは勝手が違うだろうからな」

維那の閣老・高梁真隆《たかはしまさたか》は神月家の縁故だが、貴沙の閣老・館山雅臣《たてやままさおみ》は前閣老家の不祥事により、目付から成り上がった老練だ。

「そう言えば、昨年は鹿島のことをいち早く知らせてくれて助かった」

義忠は稲盛の存在を知らないが、鹿島、ひいては鹿島家の主家の西原家が鴉猿に通じているようだという申し事を夏野から伊織へと伝えていた。

「鹿島は一人で罪を被った――否、被らされたようで」

鹿島家と両替商の筒井屋《つついや》は、表向きはとある不祥事がもとで取り潰されたことになっていたが、おそらく西原が裏で手を回し、鹿島が妖魔とつながっていたらしいという噂が広がり、国民はそれを信じた。

「斎佳では再び鹿島が悪者になっていると聞きました。昨年、鹿島の亡骸《なきがら》が見つからなかったことが蒸し返され、鹿島は実はあの災厄を生き延び、しばらく身を隠していたが、再び鴉猿と人里を襲い始めたのだ、と」

噂は的を射ているのだが、鴉猿と共にいるのは鹿島の身体を乗っ取った稲盛だ。

「鴉猿どもに術師がついているのは確かだ。此度も西原が一役買っているかどうかは判らぬが、噂を西原が利用せぬ手はない。だが、民人は騙《だま》せても州司や閣老の目は節穴ではあるまい。結句、西原は力で支配しようとしていることを、四州の州司を含め、皆承知しているると信じたいが、このままでは国民の命を護るために西原につく者が増えよう」

「昨年、我が氷頭の立塚村《たてづかむら》が襲われた時は肝《きも》を冷やしました。能取の竹中村はもう立ちゆかぬほどの有様とか。私には朝倉様の迷いは他人事《ひとごと》ではありませぬ。能取の次は石動か間瀬、それとも氷頭かと案じております」

兄上――

数年前の、まだ葉双を出たことのなかった己なら、声を上げて兄をなじっただろう。

鴉猿や西原の脅しに屈するのかと、武家の誇りはどこへいったのだと。

しかし、今の夏野には義忠の苦悩が充分理解できる。西原に楯突《たてつ》けば、民人に――己が護るべき者たちが襲撃によって失われるやもしれぬのだ。

「西原は清修塾の改革の他は、税を含む四州の処遇は当面そのままに、見直しは評議の上でと、安良様の政《まつりごと》となんら変わらぬことを言っておりますが、鴉猿と通じているのですから今更やつらとの折衝役《せっしょうやく》は不要でしょうが、西原が術師を増やそうとしているのは、安良様にあって己にない理術の知識を補《おぎな》うためかと思われます。民人はもちろん西原よりも安良様を慕《した》っておりますが、やつの評判は殊に西側では上々ですし、民人の多くは上に立つ者の人となりよりも日々の暮らしを案ずることで精一杯なのです。早急に手を打たねば西原の勢いは抑《おさ》え切れぬと思われますが、安良様はいかがお考えなのでしょう？」

「私も知りたい」

にっこり微笑んでから伊織は続けた。

「安良様や大老とは、佐内理《さない》一位がお話しされている。私は竹中村の知らせを聞いてすぐに晃瑠を発《た》ったゆえ、安良様がこれからどうなさるのか知らされておらぬが、安良様のなさることだ。抜かりはなかろう。おぬしが言うように、襲撃を抑えられねば西原の思う壺《つぼ》だ。まだ公《おおやけ》にはしておらぬが、佐内理一位は結界を新たに増補されるおつもりだ。しばし時はかかろうが、これを用いることで妖魔襲撃という脅しが利《き》かなくなるようにしたい」

「それは心強うございます」

「安由《あゆ》たちも探りの手を緩めておらぬ。鹿島だろうが誰だろうが、西原や鴉猿どもに通じている術師を捕らえるために尽力《じんりよく》している」

安由は東風《こち》――安由の風――にちなんだ神月家の隠密の別名だ。

「私ごときが差し出がましいことを申しました。私は――氷頭の民は――安良様を信じております る」

「私も安良様を信じている」

理一位の言葉に、義忠が安堵《あんど》の表情を浮かべた。

女中頭が手配した少し早めの夕餉を皆で済ませると、伊織たちは客間に引き取った。

「では、しばしお暇をいただきます」

家で一晩、母親のいすゞと過ごすつもりで夏野が客間を辞去すると、女中が玄関ではなく義忠の書斎に案内した。

「座敷では、ちと言いにくいことがあってな……」

珍しく歯切れが悪い義忠に、夏野は身を硬くして耳を澄《す》ませた。

安良様か樋口様の悪評か、それとも兄上も、氷頭の皆の命を護るために西原につこうというのか――

「その……美和《みわ》が懐妊《かいにん》したようだ」

「えっ？」

美和は義忠の妻で、二年前に祝言を挙げていた。夏野やいすゞはそうでもなかったが、なかなか懐妊の兆《きざ》しがないことに卯月家の家臣や黒川家の女中の春江《はるえ》は大層やきもきしていた。

「お——おめでとうございまする！」

「これ、声が高い」

「しかし、めでたい——実におめでたいことにございますれば、家に帰る前に美和様にご挨拶できましょうか？」

「あれもお前のことを気にかけておるゆえ、女中に様子を見に行かせたのだが、今は悪阻《つわり》のせいで床《とこ》に臥《ふ》せっているらしい」

「さようで」

「だが、その……明日は美和と共にお見送りをしたいのだが、樋口様は気を悪くされるだろうか？　もちろん、そそうのないよう万策を尽くす。何もいらぬのだ。お前も何も言うでないぞ。ただ……ただな、樋口様は莫迦莫迦しいとお思いになられるだろうが、理一位のお姿を近くで拝《おが》むことができれば、美和も嬉《うれ》しいだろうし、安心すると思うのだ」

これが——これも信仰か。

理一位が神でないことは、義忠も美和も承知している。

だが力ある、己が尊《とうと》ぶ者にあやかりたいという気持ちは夏野にもよく判る。

ただその者の姿を眺め、言葉を聞くだけで、崇《あが》める者には心の糧となることも——

「樋口様は愛妻家であられます。美和様のお見送りに気を悪くされるなぞ、まずないでしょう」

夏野が言うと、義忠は嬉しげに口元を緩めて、大小の包みを差し出した。

「こちらの風呂敷包《ふろしきづつ》みはいただき物の蜜柑《みかん》だ。いすゞ様に差し上げてくれ。小さい方は晃瑠に帰ったら由岐彦《ゆきひこ》に届けてくれ」

「由岐彦殿へ、ですか？」

晃瑠の州屋敷に州司代として詰めている椎名《しいな》由岐彦は、義忠の幼馴染《おさななじ》みにして政務上の右腕でもある。一昨年、夏野は由岐彦から求婚されたが、剣術や学問を理由に返答は避《さ》けたままで、義忠もそれを知っている。

「急ぎではないが、ちと、やつを見込んで頼みごとがあるのだ。私事だが密書と思うて、由岐彦にはお前から直に渡すように」

小さい包みは油紙に包まれており、手触りから文と金だと思われた。

「承知いたしました」

由岐彦との仲を問いたそうな義忠の視線が居心地悪く、夏野は一礼して荷物を受け取るとそそくさと御屋敷を後にした。

第七章

Chapter 7

「樋口様、先ほどはお気遣いありがとうございました」

「うん？　――ああ、なんの。苦しゅうない」

ややおどけて、伊織が微笑《ほほえ》む。

葉双の東の番所を抜けたところであった。

今朝の見送りは、御屋敷の前で済ませてもらった。

夏野は何も言わなかったのだが、伊織は美和の懐妊を知っていて、義忠の堅苦しい挨拶《あいさつ》を聞き終えたのち、気さくに問いかけた。

――ところで卯月殿、奥方はもしやおめでたなのでは？――

――えっ？　はっ。あの、夏――妹が余計な口を――

――いや、黒川は何も。盗み聞きをするつもりはなかったのだが、朝方小用に立った折、女中たちの話を小耳に挟んでな――

温かい微笑と共に、伊織は美和を労《ねぎら》った。

――見送り大義であった。冷えては身重の身体《からだ》に障《さわ》る。さ、早く中へ。母子共に無事の

出産をお祈りいたす──

「何分初めてのおめでたですから、樋口様のお言葉は心強うございます。義姉《あね》にも、兄にも、私にも……」

「俺には祈ることしかできぬが、言霊《ことだま》も侮れぬものだ」

「言霊か」と、恭一郎がくすりとした。「州司を相手に安請《やすう》け合いしおって……」

安良が大老や他《ほか》の要人と対策を練っているのは確かめるまでもないが、佐内が新たな結界を考えているというのは伊織の方便で、安由たちの働きに関しても想像に過ぎない。

「兄上に嘘《うそ》をついて悪かった」

「いえ。だって、樋口様は新しい結界をお考えなのでしょう?」

「まあな」

リエスとの交流で得た知識を活《い》かして、晃瑠に帰ったら新しい結界について佐内と話し合うつもりなのだ。

先走って口にしたのは嘘といえぬこともない。だが普段政《まつりごと》に関与していなくとも、閣老に匹敵する身分の理一位《りいちい》なれば、民人にとっては「御上《おかみ》」であり、けして弱みは見せられぬ立場である。

人々の理一位への信頼と期待の大きさを、井高や葉双で夏野は改めてひしひしと感じた。

義忠と美和とは御屋敷の前で別れたが、伊織が葉双にいることは昨晩のうちに広まっていて、番所までは通りに見送りの者が鈴なりになっていた。これは井高でも同じで、滅多《めった》なことでは目にできぬ国の要人への興味も多分にあっただろうが、多くの者は敬慕の眼差《まなざ》しを向け、手を合わせて伊織を拝んだ。

　愛想を振りまくことはなく、伊織が凛《りん》としてまっすぐ歩いて行くのへ夏野も倣《なら》い、蒼太と共に黙って後をついて行った。伊織は番所の番人には一言「大儀である」と声をかけたが、それだけである。

「あの番人は実はうちの道場の門人でして、今頃、皆に自慢したくてうずうずしておりましょう」

　突然の夏野の帰郷と伊織たちの訪問に、実家のいすゞや春江はもちろん、黒川道場の門人たちも驚き、色めき立った。

「はは、道中には、恭一郎の見物客も多かったようだ」

「当然です。樋口様は無論のこと、鷺沢殿のような方には葉双ではまずお目にかかれませんゆえ、余程の理由がない限り、うちの道場の者は皆、道中にいた筈《はず》です」

　夏野が伊織の直弟子《じかでし》となったことで、伊織の護衛役を担《にな》っている恭一郎のことも葉双では知れた。安良一の称号を賜《たまわ》った剣士を弱冠十九歳で打ち破ったと聞いて、黒川道場の門人たちを始め、葉双中の剣士が恭一郎を一目拝んでおきたいと道中に集まっていた。

　姿をさらしたからにはひとっ飛びに晃瑠に戻る訳にいかぬと、夏野たちは葉双から南北道を使わずに北東に進み、矢岳州の中ほどで東西道に出て東都へ向かった。

　晃瑠に着いたのは、葉双を発《た》ってから三日後の夕刻だ。

堀前《ほりまえ》には泊まらずに東門をぐるると、夏野は伊織たちと別れて間借りしている駒木町《こまきちょう》の戸越家《とごし》へ帰った。

翌日は、暮れ六ツ前に州屋敷の由岐彦を訪ねた。

「疲れておるところ、二度も足を運ばせてすまなかった」

二度、と由岐彦が言ったのは、夏野は朝のうちに由岐彦の予定を伺《うかが》うべく、一度州屋敷を訪れていたからだ。

「とんでもない。由岐彦殿はお忙しい身ゆえ、今日のうちにお目にかかれるとは思っておりませんでした」

「急ぎではないと聞いたが、久しぶりに夕餉《ゆうげ》を共にできれば嬉《うれ》しいと思ってな」

州屋敷には月に一、二度顔を出し、由岐彦と夕餉を共にしているのだが、最後にそうしたのは文月《ふづき》の頭で三月《みつき》余り前である。

由岐彦の温かい笑みに恐縮しながら、夏野は能取州へ行った帰りに葉双に寄ったことを話した。

「樋口様のお伴で晃瑠を留守にしているとは聞いていたが、まさか能取までのお忍び旅だったとはな」

能取州までは白玖山《はくさん》への道のりの三分の一ほどしかないが、白玖山行きは極秘である。

曖昧《あいまい》に頷《うなず》きながら、夏野は義忠から預かった文《ふみ》を差し出した。

「何やら、由岐彦殿に内密に頼みごとがあるそうで」

「内密の頼みごと?」

微《かす》かに眉《まゆ》をひそめて由岐彦は文を開いたが、ものの一瞬で噴き出した。

「いかがされました?」

「読めば判《わか》る」

「よいのですか?」

「もちろんだ」

くすくすしながら由岐彦は文を夏野に返した。

《由岐彦
どうかこの金で着物と小間物を見繕《みつくろ》って、年玉代わりにやってくれ。

夏野は相変わらずひどい身なりだ。　　　　義忠》

「あ、あれはお忍びだったからです。私だけではありません。樋口様や鷺沢殿とてご浪人のような身なりをされていました。蒼太は袴《はかま》すら穿《は》いておらず……鷺沢殿がついているといっても、どこに刺客《しかく》がいるのかしれたものではありませんから、女子《おなご》の身なりなぞもっての外《ほか》なのです」

己が想《おも》いを寄せる恭一郎の名を、己に想いを寄せている由岐彦の前で口にするのは気まずいが、恭一郎が伊織の護衛役なのは周知の事実だ。下手《へた》に避《さ》ける方がもっと気まずい。

「もっともだ。だが、どうか義忠の兄心を汲《く》んでやってくれ。年の瀬までに折を見て呉服屋と小間物屋を呼ぼう。いや、日を見繕ってこちらから出向くか。どの店がよいのか、お紀世《きよ》に聞いておこう」

「は、あの、ではそのように……」

義忠も由岐彦も、互いに己のためというより親友への気遣いらしいが、夏野は二人に深い恩がある。よって恩返しのつもりで頷いたものの、由岐彦の嬉しげな笑顔が面映《おもは》ゆい。

「ところで、朝方知らせがあったのだが、能取は西原につくらしい」

「えっ？」

「昨晩、安由からその旨したためた颯《はやて》が御城《おしろ》に着いたそうだ。追って州司か西原から公文が届くだろう――と。ちょうど実岐彦《みきひこ》からも似たような知らせを受けたところでな。能取の次は石動か氷頭、間瀬が狙《ねら》われ、寝返るのではないかと皆浮足立っていて、明日早速、石動と間瀬、他幾人かの州司代と急遽集《きゅうきょつど》うことになった。それで今日はてんやわんやだったのだ」

実岐彦は由岐彦の弟で、各地を巡見する使役を務めている。

「兄上も似たようなことを言っていました。しかし、そんなにあからさまに近隣の州を狙いましょうか？」

「そうだな。西原のことだから、次は怪しまれぬよう少し遠くの州を狙うやもしれぬ。だが、どこが狙われようと早々に何らかの手立てが必要だ。話を聞くに、樋口様や鷺沢、夏野殿の働きがなければ、井高は竹中村と変わらぬ被害を受けていただろう。さすれば能取州司の決断も判らぬでもない……」

　昨年の葦切町での惨事を思い出したのか、由岐彦は言葉を濁した。

「……あの、改めて、斎佳では大変お世話になりました」

「うん？」

「葦切町の町役場にかけ合ってくださったり、皆を逃がすために一芝居《ひとしばい》打ってくださったり、また、のちには新坂神社に流れ着いた私を見つけてくださって……もう、どうにも起き上がれずにいたところ、由岐彦殿が――」

「鷺沢だ」

「……えっ？」

　はっとした夏野をまっすぐ見つめて、由岐彦は再び口を開いた。

「新坂神社で、倒れていた夏野殿を見つけたのは鷺沢だ。私は二条橋《にじょうばし》で、鷺沢からそなたを託《たく》されただけだ」

「そう……そうだったのですか」

　だから神里で、「相変わらず重い」と仰《おつしや》ったのか――

「うむ」

　小さく頷いてから、由岐彦は静かに続けた。

「隠していてすまなかった。……どうにも悔しかったのだ。狗鬼《こうき》たちに気を取られて、そなたを護《まも》ることも、見つけ出すこともできなかった」

「ですが、あの有様では致し方ないこと――」

「鷺沢を妬《ねた》んでいたのだ」

穏やかだが、やや困った笑みを浮かべて由岐彦は夏野を遮《さえぎ》った。

「剣では鷺沢には到底勝てぬ。男振りも女性の扱いも鷺沢の方が上であろう。だが、夏野殿、私の気持ちは変わらぬ。私はそなたが心決めるまでゆるりと待つ。否、ゆるりと待たせてくれ。願わくば――そう急がずに、時をかけて考えて欲しい」

†

晃瑠に戻った六日後。

恭一郎は伊織の伴をして、幸町《さいわいちょう》の料亭・津久井《つくい》へ向かった。

約束の七ツの鐘が鳴る前に着いたにもかかわらず、人見《ひとみ》と一葉《かずは》は既に待っていた。

「私どもも、つい先ほど着いたばかりだ」

伊織が口上を述べる前に人見が言った。

一礼した伊織に続いて二人の向かいに座ると、人見が更に言った。

「堅苦しい挨拶は省《はぶ》くとしよう。そなたたちにはちと早いだろうが、まあ食ってゆけ」

ちょうど捨鐘が聞こえ始め、仲居が四人、心得たように無言で膳《ぜん》を運んで来てそれぞれの前に置き、これまた無言で立ち去った。

まずは白玖山での首尾を伊織が話した。

「無事にたどり着きはしましたが、安良様が求めている者は見つかりませんでした」

「さようか。しかし、白玖山から能取にまで足を延ばしていたとは驚いたぞ」

「竹中村襲撃の知らせを受けましたので、ついでに」

「ついでに、か」と、人見は苦笑した。「だが、助かった。氷頭の卯月を訪ねてくれたのも……どうせこちらもついでだろうが、そなたが目を光らせているとしれたのは、貴沙への特使よりも有用だった。矢岳と吉守の州司は不満やもしれぬがな」

「あまり寄り道すると、いつまでも晃瑠に戻れませぬゆえ」

よく言う。

帰りたくないと、白玖山で駄々をこねたくせに――

恭一郎はちらりと友を見やったが、伊織はしれっとしている。

人見が頷く横で、一葉がおずおず口を挟んだ。

「白玖山を訪ねたのは、山幽《さんゆう》という妖《あや》かしを探してのことでしょうか……？」

「これ、一葉」

微かに眉をひそめて人見がたしなめる。

――蒼太が山幽だと、一葉はまだ知らない筈だ。

再び横目で見やった伊織は微塵《みじん》も動じておらず、ゆっくりと一葉に問い返した。

「一葉様は山幽をご存じで？」

「はい。私も何かお役に立てぬかと、鴉猿《あざる》や狗鬼、蜴鬼《やくき》のことを学ぼうと書庫から妖魔《ようま》のことが書かれた書物を借りて読んでおりまする。山幽については書物ではなく、書庫番の相良《さがら》様からお話を聞きました」

「ほう、相良に」

理術師にして書庫番の相良正和《まさかず》は、夏野の理術の師でもある。

「はい。山幽というのは人に似て人に非《あら》ず、だが人と同じく知恵に長《た》けている、と」

どうやら蒼太が山幽だとまでは気付いていないようだ、と恭一郎は胸を撫《な》で下ろした。

真実を明かしても、一葉なら人見と同じく受け入れてくれることだろう。だが、事が事だけに、人見に対してそうであったように、少しずつ「慣らして」いかねばならぬと考えていた。

「いかにも、我らは山幽を探しに白玖山へ行きました。山幽は樹海の『森』と呼ばれる結界の中に住み、そこには『翁《おきな》』と呼ばれるまとめ役がおります」

穏やかに伊織が応《こた》えるのへ、一葉は目を輝かせた。

「そのようにお聞きしました」

「森に結界を施《ほどこ》すのも翁の役目ゆえ、安良様や私どもは翁は理術に通じる者だと判じ、此《こ》度《たび》山幽の森を探しに白玖山へ向かったのです」

「何ゆえ、白玖山に？　森なら他の山にもありましょう？　西原は鴉猿を味方にしているそうですが、安良様は山幽を味方にしようとお考えなのですか？」

「これ、一葉」

矢《や》継《つ》ぎ早に問うた一葉を、人見が再びたしなめた。

「勅命《ちよくめい》ゆえ、これより先は私の口からは明かせませぬ。いずれ大老か、もしかしたら安良様ご自身からお話がありましょう」

伊織の言葉に、不満げというよりも悲しげな目をして一葉は押し黙った。

人見に向き直って伊織は問いかけた。

「昨日、能取から公な文が届いたそうですが、安良様のご意向はいかに？」

「それが……斎佳他四州と同じく、好きにさせよ、しばらく捨て置け、と」

「さようで」

「何やらお考えはあるそうなのだが、しかとした指示はいただいておらぬ。それでは襲撃も西原も止められぬと申したところ、私の裁量で善処せよとの仰せであった」

「善処、ですか」

「ゆえに、そなたにこうして来てもらった次第だ。佐内様もお呼びしたのだが、ご多忙のようだ。用向きは樋口が承《うけたまわ》る、との返事だった」

微苦笑を浮かべて伊織が口を開いた。

「安良様の望む者は見つかりませんでしたが、山幽の森の理を少々学んで参りました。山幽も他の妖魔から襲われぬよう、結界に苦心、工夫《くふう》しているのです。それらの理を活かして、新しい結界を今の結界に増補しようと佐内様と話しております。佐内様は今、その支度に専念されておられるのです」

「新しい結界とな？」

「一通り様式を整えましたら、すべての清修寮に通達いたします。国中に張るには時を要しますが、生半《なまなか》なことでは破られぬよう工夫を凝《こ》らします。つきましては、近々佐内様と共に安良様にお目通りできませんでしょうか？」

晃瑠に戻ったらすぐに安良のもとに参じねばならぬだろうと思っていたが、安良は白玖山での出来事はあらかたムベレトから聞いたらしく、伊織でさえ目通りしていなかった。

「頼んでみよう」

「お願い申し上げます」と、伊織が一礼する。

「森の理……」

再び目を輝かせてつぶやいた一葉に、恭一郎は言った。

「おかげで晃瑠に戻ってからのこの五日間、伊織は佐内様と一笠《いちかさ》神社に朝から晩までこもっておってな。だが、今日は父上のおかげで、やっとこあそこから抜け出せて、こうして旨《うま》い飯にありつけた」

「しかし、樋口様をお護りするのが兄上のお役目……ゆめゆめおろそかになされませぬよう。都の中とて油断はできませせぬ。当家に安由たちがいるように、西原家には『西の衆』という隠密がいて、晃瑠にも入り込んでいるそうです」

「一葉」と、恭一郎は思わず苦笑を漏らした。「やはりお前は父上似だな。案ずるな。役目はしっかり果たすゆえ、お前が大老になっても時には飯に呼んでくれ」

「それはもちろん。次は蒼太も連れて来てください。本日は蒼太はいずこに？」

「蒼太は今日は黒川と、どこぞに何やらの菓子を買いに出かけておる筈だ」

「黒川殿とですか……」

やや落胆した様子の一葉の隣りで、人見も小さく息をつく。

が、こちらは落胆からではなさそうだった。

「父上、どこか身体を悪くされているのでは？　顔色が優れないようですが……」

「胃ノ腑《ふ》の調子が悪いのだ。歳《とし》だ」

「歳のせいにするのはよくないですな。還暦までまだ八年もありますぞ」

「歳のせいでなければ、心労やもな。お前と樋口は同い年ではないか。友が国の大事に心を砕《くだ》いている隣りで、お前は飯の心配ばかり……そうだ。腹が減っているならば、私の分も食べてよいぞ」

「量より質の話です。神社に詰めるにしても、一笠じゃなくて志伊《じい》なら飯が旨いんですがね。まあしかし、そう仰るなら遠慮なくいただきます」

にこやかに応えて、恭一郎は人見の膳に手を伸ばした。

まだ六ツ前でさほど空腹ではなかったが、胃が悪いというのは本当らしい。人見の膳はまったく箸《はし》がつけられていなかった。

「私もお身体に留意してくださるよう、口を酸っぱくして言っているのですが」と、一葉。

「お前の小言は聞き飽きた」

一葉に微笑んでから人見は続けた。

「小言は典医からだけで充分だ。それよりも、お前にはこれから学んでもらわねばならぬことが山ほどある」

もしや……死病を患っているのだろうか？

探るように恭一郎は人見を見つめたが、死相が出ているとも、死期を悟っているとも読み取れなかった。

問うても明かしてはくれまい――そう判じて、恭一郎は代わりに一葉に声をかけた。

「一葉」

「はい、兄上」

「今度、二人で出かけぬか？」

「二人で、ですか？」

喜ぶかと思いきや、一葉は微かに眉をひそめた。

「そうだ。お前も屋敷では何かと気詰まりだろう？　構わぬでしょう、父上？　ああ無論、簾中様にはご内密に……」

「うむ、許す」

「ありがとう存じます。それなら父上と伊織が御城に出向いた折にでも。御城にいるなら私の警固は無用でしょう。なぁ一葉、滅多にない機会ゆえ、二人でゆっくり酒でも飲みながら――いや、酒は飲まずともよいのだが」

「参りませぬ！」

声を高くした一葉に、伊織までもが驚き顔になる。

恭一郎たち三人に見つめられて、一葉の頰《ほお》が赤く染まった。

「ち、父上の差し金ですか？　私は参りませんよ。国の大事だというのに、兄上と二人でそのようなところへ……」

「私は何も」と、人見。

「そのような、とはどのようなところなのだ？」

恭一郎が問い返すと、一葉ははっとして、ますます顔を赤くした。

恭一郎を見やって伊織がくすりとした。

「判らぬか？　俺も馨《かおる》もお前とは行きたがらぬ街のことさ」

つまり「花街」だと悟って、恭一郎はつぶやいた。

「成程。一葉もそんな年頃か」

「これ、恭一郎」

人見は恭一郎をたしなめたが、その顔には笑みが浮かんでいた。

†

安良様と再び直にお話ししたい――

大それた望みだと承知しているが、夏野はそう願わずにいられなかった。

――安良様がお応えくださらなくても、今一度安良様の前で鷺沢殿の刀を抜けば、また八辻の声が聞こえるやもしれません――

——はは。試してみたい気持ちは判るが、命じられねばそのような真似《まね》は難しいぞ——

——刀を抜かずとも、安良様のお傍《そば》で過去見を試みれば、槙村《まきむら》や八辻とお話しされた過去が見えるやも……いいえ、白玖山で蒼太や私が見たことを話せば、安良様から進んで私どもに秘密を打ち明けてくださるやもしれません——

——やもしれぬな——

安良に接見できぬか晃瑠への道中で伊織には話していたが、伊織は晃瑠に戻って以来、一笠神社に詰めていた。

蒼太と二人で一度一笠神社を訪ねてみたが、伊織と佐内は新しい結界を編《あ》みだすのに余念がなく、恭一郎と束《つか》の間《ま》言葉を交《か》わしただけだ。

恭一郎が留守の間、蒼太は夏野と共に戸越家で過ごしていた。だが、今日は昼過ぎに柿《かき》崎《ざき》道場と手習指南所へそれぞれ使いが来て、蒼太と二人して樋口家の離れにて、七日ぶりに伊織と顔を合わせることができた。

早急に、と言われて、稽古着のまま駆けつけた夏野へ、伊織は微笑と共に告げた。

「昨日、津久井で大老に申し入れたのだが、早速安良様との接見が叶《かな》うことになった。七ツに一笠にてお目にかかる。黒川はすぐに戸越家へ戻れ。こちらの支度が整い次第、迎えにゆく」

あたふたと夏野は戸越家へ帰り、汗を拭《ぬぐ》って、紋付《もんつき》の羽織《はおり》袴に着替えた。

身なりを整えて四半刻《しはんとき》と待たずに、やはり紋付羽織袴姿の蒼太が迎えに来た。

四人で駒木町から本町へ抜け、三条大橋《さんじょうおおはし》を渡って一笠神社に向かう。

接見――密会――は睦月《むつき》と同じく、人払いをした佐内の書斎で行われた。

佐内と伊織が新しい結界について語る間に、蒼太が夏野に目配せする。

『――安良様、聞こえますか？』

吐息のごとき微かな囁《ささや》き声かつ山幽の言葉で蒼太が語りかけたが、伊織たちの話に聞き入る安良にはなんの反応も見られない。

ムベレトは安良を「人」だと言い、人に化《ば》けた妖魔も「見える」伊織も安良は「人」だとみていた。だが安良が白玖山で生まれたのなら、かつては山幽だったのではないか、もしや今でも――途絶えることなき記憶を持つのなら――山幽の言葉を解さぬだろうかと夏野たちは考えていた。

やはり通じぬか……

それとも、通じぬ振りをなさっているのか。

『聞こえないみたいだ』

そうだな、と思わず応えそうになり、かろうじてとどめた。

『……「なつの」もデュシャの言葉が話せたらいいのに』

もっともだ――と、胸の中でつぶやくも、無論蒼太には聞こえない。

『潜《もぐ》ってみよう』

手をつなぐ代わりに蒼太が僅《わず》かに身を寄せて、胡座《あぐら》をかいている蒼太の膝《ひざ》が、袴《はかま》越しだが同じく胡座をかいている夏野の膝に触れた。

一緒に過去見を行うために、此度は二寸と離れずに並んで座っていたのだ。

目を閉じる代わりに、話に聞き入る振りをして畳《たたみ》を見つめたが、そのせいか見えたのは書斎で瞑坐《めいざ》をする佐内の姿だけであった。

『駄目だ。安良様とつながることができれば、もしかしたら』

とはいえ、夏野たちが試みているのはいわば「盗み見」だから、御手に触れさせてくれとは頼み難《がた》い。

夏野たちが白玖山の森で過去のムベレトや八辻を見たことを、安良はムベレトから聞いて知っているようだ。よって「明かしてもよい」ことがあるならば、夏野たちが問わずとも、安良の方から伝えてくれぬかという期待があった。

しかし安良は新しい結界について佐内に一任すると、大老を見やった。

「人見、貴沙への応対はお前に任せる。樋口、お前はまず佐内、それから人見を助けてやってくれ。貴沙の館山は曲者《くせもの》でな。のらりくらりと煮えきらぬことばかりしたためてきて、人見が手を焼いておるのだ」

「はっ」

「鷺沢親子と黒川は樋口を頼む。槙村から聞いたが、件《くだん》の者は見つからずとも、なかなか実りある旅だったようだな」

「はっ」

恭一郎が伊織と同じように頭を下げるのへ、夏野と蒼太も倣った。

顔を上げると、ちょうど安良と目が合った。

はっとして再び顔を伏せてから、夏野は口を開いた。

「お——恐れながら、安良様」

半分声を裏返した夏野へ、安良は鷹揚《おうよう》に応えた。

「なんだ、黒川？」

「今一度、御身の前で鷺沢殿の……や、八辻の刀に触れてみとうございます」

うつけ者！　と、城中なら側用人にでも怒鳴《どな》りつけられていただろう。

だが伊織と恭一郎はもちろん、人見も佐内も訳あってのことと推察して何も言わぬ。

「面《おもて》を上げよ」

僅かに口角を上げた安良が、愉《たの》しげに夏野を見つめて言った。

「私の前で、今一度あの刀を抜いてみようというのか？」

「はい」

頷いて、夏野は急いで付け加えた。

「黙っておりましたが、私は睦月にあの刀を抜いた折、八辻の声を聞きました。あの時は八辻の声とは気付かなかったのですが、白玖山にて過去見で八辻を見、声を聞いて確信したのです。しかし、白玖山では刀に触れても何も見えず、聞こえませんでした」

「……睦月にお前は何を聞いたのだ？」

「この刀こそ、あなたの願いを叶える一刀になるだろう――そう、八辻は言いました」

「そうだ。鷺沢の刀こそ、私が望んだ『陰《いん》の理を断ち切る剣』だ。そのことは今更確かめるまでもない」

「私と蒼太は白玖山で、感じ取る力を更に養いました。過去見や予知……白玖山で見た八辻は言っていました。『俺の打つ刀は必ず真の遣い手にたどり着く』、と。さすれば今なら、この刀を使って誰《だれ》がどう安良様のお望みを叶えるのか、見えるやもしれません」

過去見はともかく、予知は蒼太にも望んでできることではないのだが、安良の気を引くために口にした。

「言うではないか」

ますます愉しそうに微笑むと、安良は恭一郎へ命じた。

「鷺沢、黒川に刀を」

「はっ」

恭一郎から八辻の剣を預かると、夏野は蒼太を見やって言った。

「よいか？」

「ん」

ゆっくり鞘《さや》を払って置くと、空いた左手を蒼太に差し伸べた。蒼太が己の手を支えるように下に重ねると、夏野は刃《やいば》を手のひらに乗せた。

びくっと蒼太が身を震わせて、合わせた手に力を込める。

二人して刃を覗《のぞ》き込むと、自分たちの代わりに刃紋に一人の男の顔が揺らいで映った。

八辻――

転瞬、ごうっと一陣の風が書斎を吹き抜けた。

†

夏野たちが投げ出されたのは山頂だ。

だが、森で見た白玖山の山頂とは違うようだ。

『久峩山だ』

「久峩山？　というと蒼太の故郷か」

『もう、森はないけれど……』

麓《ふもと》の樹海を見下ろして、つぶやくように蒼太が応える。

夏野の手を握ったまま、蒼太が彼方《かなた》を指差した。

『あれが奈切山《なきりやま》。その向こうが白玖山だ』

奈切山の右手にはうっすらと日見山《ひみやま》が、左側にいる蒼太の斜《なな》め後ろにははっきりと残間《ざんま》山《さん》が見える。

再び北を見やると、ふいに陽が陰って辺りが暗くなった。

『この山は、生きているのだ』

蒼太とは違う、低い男の声が辺りに響いた。

『山は――大地は全《すべ》てつながっている……』

『ウラロク』

蒼太が口にしたのは、イシュナと共に久峩山の森を護っていた翁の名だ。

『全てが……つながっている――』

ウラロクの囁きと共に、ぱっと小さな橙《だいだい》色の火花が奈切山の向こうで散った。

否。

火花じゃない。

あれは――

ドン！　と、やはり遠くで太鼓《たいこ》のような音が一つ鳴ったかと思うと、禍々《まがまが》しい熱気がこちらへ向かって来るのが見えた。

『くる。地震だ』

蒼太の声と同時に地面が揺れる。

『白玖山だ。奈切山も――』

白玖山の噴火が奈切山の噴火を誘発し、奈切山で二手に分かれた巨大な力が火山脈を伝って大地を割りながら南下する。

地割れの一つは奈切山の真南から神里、空木村《うつぎむら》辺りを経《へ》て晃瑠へ、今一つは南西からこの久峩山へとやって来る。

晃瑠が――国が滅びてしまう――！

立っていられぬほどの揺れに、夏野は思わずしゃがみ込んだ。

放すまいと、蒼太の手を強く握り直すと、ウラロクの声が再び聞こえた。

『……お前の力が……この世を滅ぼす……』

か細く、悲痛な声だった。

†

「なんぞ見えたか、黒川？」

安良の声で、夏野ははっと我に返った。

蒼太が重ねていた手をさっと放した。

夏野は震える手で置いていた鞘を取り上げると、刃紋から目をそらして鞘に収めた。

まだ身体が揺れているような気がする。

久峩山で見た景色よりも、静まり返ったこの書斎にいる方が夢のようだ。

「黒川？」

伊織に促《うなが》されて、夏野は胸を落ち着かせるべく小さく息をついた。

「……噴火が見えました」

「ほう」

「白玖山が噴火し、つられて奈切山も……」

あれは——予知なのか？

蒼太を見やると、うつむいて口を結んだまま、山幽の言葉も聞こえない。

「火山脈を通じて、大きな地震が国中に伝って……その、山、いえ、大地は全てつながっておりますゆえ……」

――ウラロクの「予言」は口にできぬ。

蒼太がこの世を滅ぼすなどとは……

それよりも。

長月《ながつき》に防壁の上で蒼太がつぶやいた言葉を夏野は再び思い出した。

――もっと恐ろしいものがくる――

あれは――あれは「間違い」ではなかった――

「白玖山で翁が言っておりました。奈切山の噴火以来、地熱が少しずつ上がっている、と。近頃は潜り込む度に、微かなひずみを感じる、とも。晃瑠でも地震があったと聞きました。もしも――もしも今見たことが予知ならば、国の一大事となります」

「噴火や地震は人見や佐内も危惧《きぐ》しておる。無論、私も」

夏野をじっと見つめて、安良は問うた。

「国の一大事……か。お前たちが見たものが予知ならば、それがまこととならぬよう、私に力を貸してくれるか？」

「もちろんです。お……国のためならば、わたくし黒川夏野はこの身を惜しみませぬ」

御身のためなら――という言葉を飲み込み、夏野は言い直した。

「国のためなら、となｌ」と、安良はゆっくり微笑んだ。「お前は無欲だな、黒川夏野。お前にはなんぞないのか？　その身を――命を――賭《と》しても構わぬ望みは？」

「わ、私は……」

試されているのだろうか？

道場での昇段や、美和の無事の出産などいくつか望みが頭をよぎったが、命を「賭す」「賭せる」ようなものではない。

だが、もしも……

美和のみならず、いすゞや義忠、蒼太、恭一郎、伊織など、己が愛する——大切にしている者たちのためなら、惜しみなく命を懸《か》けられる。

「私は……太平の世を望んでおります。皆が——殊《こと》に私が大切に想う者たちが——妖魔や天変地異に怯《おび》えることなく、末永く、幸せに暮らせる世を……」

綺麗事《きれいごと》とも取れるが本心だった。

「ふっ」

安良は小さく噴き出したが、呆《あき》れたからではなさそうだった。

やや目を細めて、どちらかというと期待の眼差しを夏野に向ける。

「至極まっとうな望みだ、黒川。結句、国を護るのはお前のようなまっすぐな者たちなのだ。さすればお前とお前の望みが、いつかこの世を救うやもな」

「も、もったいないお言葉にござりまする」

夏野が一礼すると、おもむろに安良が立ち上がった。

夏野と蒼太の前に進み出ると、腰を下ろす。

「手を」

夏野たちを交互に見やって安良は言い、考える間もなく夏野も蒼太も誘われるように手を差し出していた。

安良の両手がそれぞれ夏野と蒼太の手をそっと握った。

――と。

安良の瞳《ひとみ》の中で白い小さな光が爆《は》ぜた。

「あっ！」

目の前が真っ白になり、無数の小さな光の粒が己を包む。

ぽっと己の中にも一つ小さな光が宿って、弾《はじ》けた。

己の内側から次々と小さな光が泡のごとく爆ぜていき、身体が光に融《と》けていく。

己が限りなく広い世界――「この世」とつながっていくのが感ぜられる。

言葉にし難い多幸感が夏野を満たしたが、それも束の間だ。

落日のごとく、白い世界に影が差した。

世界は徐々に明るさを失い、やがて漆黒《しっこく》の闇《やみ》となって夏野を――世界とつながり、身体を失った夏野の意識を――飲み込んでいく。

悲しみ。

痛み。

苦しみ。

絶望。

打って変わって陰の感情が夏野を蝕《むしば》み、慄《おのの》かせる。

昼と夜が繰り返すごとく、白と黒の世界は幾度も入れ替わった。

その度に少しずつ意識が薄れていき、喜びと悲しみ、幸福と不幸、希望と絶望が入り乱れ、時に白い世界に不安を感じたり、黒い世界に安堵《あんど》を覚えたりするようになった。

幾度目の入れ替わりか数えるのを諦めた頃、すっと再び世界は闇に包まれた。

恐怖はもう感じなかった。

白い世界でも黒い世界でも、全てのものはつながっていた。

この私も――

消えゆく己が感じている予感は「死」か「生」か。

安良様は……

どこに「在る」のか判らぬ「己」が、誰ともなしに宛《あ》ててつぶやいた。

この御方は紛《まご》うかたなき神だ。

この世のすべてを――この世もあの世も知り尽くした者――

†

夏野と蒼太が目覚《めざ》めた時、安良の姿は既になかった。

伊織曰く、安良と「つながって」もののひとときで二人とも気を失って、半刻ほど呼んでも揺すっても応えず眠り込んでいたという。

――この者たちを直に労《ねぎら》い、また私の思いを伝えられぬかと思ったのだが、どうも早まったようだ。佐内のおかげで「感じ取る」ことには長けてきたが、「伝える」ことはまだかくも難しい――

そう言いつつも、安良は上機嫌《じょうきげん》で一笠神社を後にしたそうである。

「急に倒れるものだから、まったく冷や冷やしたぞ」

「冷や冷やしたのは俺の方だ。この未熟者め」

恭一郎をじろりと見やって伊織が言った。

「刀が黒川の傍にあって幸いだった。こやつときたら、お前たちが倒れた時に一瞬だけだが、凄《すさ》まじい殺気を放ちおった」

「死したのかと思ったのだ。眠っているだけだとお前は言ったが、呼んでも触れてもうんともすんとも言わぬし、いつ目覚めるかしれたものではなかった。維那では蒼太は三日も眠り続けたのだぞ」

不満げに言い返してから、恭一郎は蒼太の方を見た。

「具合はどうだ？　此度は山幽の薬はないぞ？」

「へいき」

「黒川も？」

「私も何も。ただ、何やら随分長らく眠っていたような気がいたします。ほんの半刻ほどとは信じられません」

志伊神社に呼び出され、急ぎ着替えて一笠神社へやって来たことが、一月も二月も前に感ぜられた。頭はまだぼんやりしているが、身体は裏腹に爽快《そうかい》だ。

「それならよいが、久方ぶりに肝を冷やした」

図《はか》らずも安良とつながることはできたが、安良の過去も願いも判らなかった。見たもの、感じたものは伊織と佐内に伝えたが、うまく伝えられたかどうかは自信がなかった。

安良様のお言葉通り、伝えることは感じ取ることよりずっと難しい……

伊織はリエスから学んだ山幽の結界を、佐内と共にこれまでの結界にかけ合わせた。そうして編み出した新しい結界を後日、まずは晃瑠の理術師たちに伝授した。今までの古い結界の外側に新しい結界を加えて、護りを二重にするという。

「白玖山の森の結界の、あの幻術を取り入れてみた。山幽の森と違って人里の場所は知れているが、結界そのものが見えねば稲盛にも破りにくかろう。鴉猿たちだけなら幻術に迷い、古い結界にも近付けまい」

稲盛は並の術師ではないが、白玖山の森の結界は伊織にも外側からは見えなかった。また、のちに聞いた蒼太やリエスの話から、あのいつの間にやら外に導かれる幻術はリエスが編み出した白玖山の森独自のもので、他の森の結界の幻術には見られないという。

「それから、他種があの結界を越えるには、生きている翁──結界の理を知る者──とつながらねばならぬ。これは我らの結界もほぼ同じなのだが、我らの結界は白玖山のものより甘く、術によっては理を知る死者の血などを使ってほころびを作ることができる。翁から教わった理を活かして効《き》き目を強めたい」

鴉猿たちは一見山幽の血を使って結界を破ったかに見えていたのだが、手足だけでも結界を越えられたのは持ち主のミニエが「翁」でまだ「生きて」いたからだという。

稲盛が山幽の血を使い、久峩山の森の結界を破ったことは本当だった。

リエスやムベレトがイシュナや森の生き残りから聞いた話によると、稲盛はまず「賞金首の者を殺した」と、森が定めた麓の木を使って森につなぎをつけた。次に「証《あかし》」を確かめに麓まで出て来たウラロクと伴の者を捕らえようとしたものの、ウラロクの抵抗に遭《あ》い、傷を負わせただけで逃した。だが、稲盛はすぐさま鴉猿にウラロクたちの後を追わせて森の場所を突き止めると、ウラロクから得た僅かな血と火を用いて森を襲ったようである。

鴉猿は山幽ほど理に明るくないが、稲盛の差し金もあり、自分たちで結界を破る手段として、その理を知る術師の血で「架け橋」や「ほころび」を作る術は会得しているようだ。

「だが白玖山の森の理を用いることで、死者の血が使えぬようになる――筈だ」

「なんだ？　お前にしては頼りないな」と、恭一郎。

「そう都合よく死した術師の血なぞ手に入らぬゆえ、試しておらぬのだ。もっと理を極めたいのは山々だが此度は急いでおる」

空木村、竹中村、州府・井高と、およそ一月に一度、稲盛の手によると思《おぼ》しき襲撃が起きている。

符呪箋《ふじゅせん》で従えるにしても、狗鬼や蜴鬼を集めるのは手間がかかるのだろう。葦切町で三十四ほどの狗鬼や蜴鬼を失ったからか、神里では狗鬼が十四余り、井高では狗鬼が六匹だった。新たに手下を増やし、襲撃を行うまでまた一月はあるとみていたが、井高の襲撃から既に半月ほど経《た》っている。

「しかし、伊紗《いさ》や槙村が困らぬか？」

人里の結界を越える時、伊紗は隠れ蓑《みの》の木汁《きじる》と術師の血を混ぜた物を一舐《ひとな》めしているという。

「伊紗にそのような小道具を与えたのは槙村だ。槙村は安良様の血を用いているようだから伊紗も平気だろう。もしも他に何か入り用なら俺がなんとかしよう」

「何かとはなんだ？　守り袋か？」

「槙村はともかく、伊紗に守り袋をやるのは難しい。白玖山の森で判ったのだが、やはり山幽と我らの理――基――は他の妖魔たちのそれよりずっと似ているのだ。化ければ伊紗や苑《その》も人に見えるが、仄魅や金翅の理は山幽や我らの理とはかけ離れている。よって、仄魅や金翅を守り袋をもって『人』とするには、一工夫も二工夫も必要だ。傍目《はため》にはそう見えぬだろうが、伊紗や苑のための守り袋を作るよりも、符呪箋を書く方がまだ容易《たやす》い」

「そうなのか。ままならぬものだな」

「だが、そのおかげで助かっていることもある。稲盛が鴉猿たちに守り袋のようなものを与えぬのは、やつが作り方を知らぬか、知っていてもひどく手間がかかるからだ」

晃瑠の中でも選りすぐりの侃士《かんし》たちが、理術師の護衛役として集められた。理二位が幾人か連れ立って、維那と貴沙の清修寮に向かった。他の理術師も半数余りが二人一組となって、まずは矢岳州、恵中《えなか》州、久世《くぜ》州の州府や大きな町へと散った。

維那と貴沙の清修寮にも新しい結界が伝えられると、それぞれの寮頭の采配《さいはい》で、西原についた一都五州を除いた近隣の州の結界を増補し始めた。

佐内は都内にとどまったが、伊織は恭一郎の他、馨を護衛役に加えて、自ら晃瑠に隣接する蔵永《くらなが》州や吉守州の州府や主だった町を担った。維那の野々宮も侃士を従えて、間瀬州、氷頭州、黒桧州を回っていると夏野たちは道中で聞いた。

三都の清修寮の動きを知って、斎佳の清修寮や五州は不満を唱《とな》えたが、人見は西原とそれぞれの州司に颯を飛ばした。

「何も仲間外れにしようというのではない。東側十八州の護りが整い次第、西方にも人を送る――と、いった旨を、大老は書付にしたためたそうだ」

一葉から恭一郎へ、恭一郎から夏野たちへと、そう又聞きした。

一月が飛ぶように過ぎた。

理術師たちは能取州に近い石動州と長見州での仕事をより警戒していたが、最中に妖魔に襲われたのは間瀬州を回っていた二組だった。

どちらも日中の出来事で、二組四人の理術師の内二人が軽傷を負い、護衛役の侃士には合わせて六人の死者、二人の重傷者が出た。

「稲盛は、次は間瀬を狙っておるのか？」

「そうだな。石動は次は我が身かと、どの町村も警固に余念がないようだ。それは間瀬も氷頭も同じだが、間瀬は久峩山や残間山に限らず山深いところが多いゆえ、氷頭よりも狙いやすい村が多い」

馨と伊織のやり取りを聞きながら、夏野は黙々と街道を歩いた。

吉守州での仕事を終えた伊織と共に、一度晃瑠へ帰るのだ。

葉月《はづき》には空木村、長月には竹中村、そして神無月《かんなづき》には井高と、三月襲撃が続いた。

もう五日もすれば師走《しわす》になる――

さすれば今日にでも襲撃があるのではないかと、夏野は不安を隠せなかった。

†

晃瑠に戻った翌日、恭一郎は朝一番に伊織を御城の清修寮へ送り届けた。

夕刻まで詰めるという伊織の許しを得て柿崎道場へ顔を出すと、師範の三枝源之進《さえぐさげんのしん》が手招いた。

「昨日、おぬしの古巣から遣いがあったぞ」

「私の古巣というと――さかきですか？」

恭一郎は伊織の護衛役を命じられるまで、駒木町の高利貸・さかきで取立人をしていた。

「そうだ。そのさかきから後藤《ごとう》という者が来て、一度店に顔を出して欲しいとのことだった。恵中州のことで耳に入れておきたいことがあるそうだ」

「さようで……では早速行って参ります」

踵《きびす》を返して、恭一郎は来た道を引き返した。

伊織の護衛役を命じられた時、店主の榊清兵衛《さかきせいべえ》は我が子のことのように喜んでくれた。とはいえ、つまらぬ情で動くような男ではない。「恵中州のこと」というのはおそらく己の役目に関する——つまり、伊織や人見に知らせるべきことに違いない。

天美大路《あまみおおじ》を南へ歩き、五条堀川沿いを五条梓橋《あずさばし》へ向かう。土筆大路《つくしおおじ》の香久山橋《かぐやまばし》を北へ渡ると駒木町だ。

高利貸・さかきの暖簾《のれん》をくぐると、番頭がすぐに榊を呼んで来た。

「おお鷺沢、まあ上がれ」

榊に続いて座敷へ行くと、もののひとときで老女が茶を運んで来たが、その顔を見て恭一郎は目を見張った。

「高子《たかこ》様でしたな？」

恵中州鳴子村《なるこむら》の武家・松井《まつい》家当主の母親で、榊同様、還暦をいくつか過ぎている。恭一郎は二年前の旅中に、榊に頼まれて高子に五百両もの金を届けていた。

「その節はお世話になりました」

恭一郎の前に茶を置くと、高子は榊の隣りに腰を下ろした。

「後藤の話ではお前は御上の御用で留守にしていると……いつ見瑠に戻って来たのだ？」

「昨日です」

「そうか。よかった。儂らもおととい鳴子村から帰って来たばかりだ」

「さようで」と、恭一郎は微笑んだ。「とうとう迎えにゆかれたのですな?」

「その話は後回しだ」

満更でもない笑みと共に榊は応えたが、すぐに顔を引き締めて高子を促した。

「まずは高子殿の話を聞け」

「僭越《せんえつ》ながら申し上げます」

五尺ちょっとの榊と同じくらいの背丈の高子は、武家の女らしく背筋をぴんと伸ばして一礼した。

「七日前に、恵中州司の上原《うえはら》様のもとへ、予言者が現れたそうです」

「予言者?」

「はい。その者が言うには、鳴子村が再び金翅に襲われると……」

二年前の鳴子村の襲撃で死したのは二人、どちらも符呪箋で羈束《きそく》された狗鬼に殺された。

金翅の苑は息子の佐吉を術師の柴田多紀《しばたたき》から取り返すために、ちょうど人里を物色していた鴉猿と共謀したらしい。

苑は人を殺《あや》めていないが、襲撃の夜に飛び去る姿を目撃されたこと、その後「金翅の子供を攫《さら》って育てていた」と噂《うわさ》になった多紀が、逆恨《さかうら》みした村人の手によって惨殺されたため、鳴子村では鴉猿や狗鬼よりも金翅の方が恐れられているようだ。

「上原様は内密に遣いを送って倅《せがれ》に知らせてきたのです。ほんの四人ですが、鳴子ではうちが一番多く侃士を抱えておりますので……」

——大事を取って松井家に知らせて、ついでに様子を聞いて来いとのお達しだ——

井高の襲撃から間もないこともあって、上原は不安になったらしい。

「予言者曰《いわ》く『東はあてにならぬ。西を頼れ』とのことで、倅はこれは西原閣老の策略ではないかと疑い、上原様には晃瑠の御城に颯を送るよう注進しました。すると、遣いの者がものの一日で、倅に余計な真似をせぬよう念を押しに戻って来ました」

遣いの者は明言を避けたが、その物言いや振る舞いから、高子の息子・公介《こうすけ》は上原は西原につこうとしていると判じた。

「遣いの者は倅に脅しめいたことも口にしたそうで、どうやら倅の注進は上原様の不興を買ってしまったようです。倅は安良様を信じておりますが、上原様を通じて己の意が西原閣老に伝われば、家や村に累が及ぶやもしれぬと思い、渋谷《しぶや》殿に相談へ参りました」

「渋谷殿ですか」

渋谷佐一《さいち》は鳴子村の唯一《ゆいいつ》の医者で、殺された多紀に想いを寄せていた。多紀の死後、一度は村を去ろうとしたが、襲撃によってやはり愛する人——夫——を失った老婆が自死しようとするのを助けたことがきっかけで村にとどまり、今は老婆と二人で暮らしている。

「渋谷殿には私も随分お世話になっておりますし、他の武家よりも渋谷殿の方が公正な考えをお持ちだと倅は——私も——思っております」

渋谷も公介の考えに同意し、二人してどう立ち回ろうかと思案している間に、榊が駕籠《かご》で松井家にやって来た。

「お前の言葉が、ずっと引っかかっておっての……」

照れた笑いを浮かべて榊は言った。

高子は榊の想い人だったが、松井家に嫁《とつ》いで晃瑠を去り、それきりになっていた。

――もう、会うことはなかろうな――

そうつぶやいた榊に、亡き奏枝を思い出しながら恭一郎は言ったことがあった。

――この世にまだ生きているのなら――今一度会えるのなら、地の果てまでも私は行きますよ――

「年が明ければ儂も六十五になる。いつお迎えがくるか――この冬を越えられなくばどうしようかと、居ても立ってもいられなくなってな。お前が言った通り、駕籠を乗り継いで鳴子へ行ったのだ」

榊が言うのへ、高子もほんのりはにかんだ。

「驚きましたよ。晃瑠には嫁いでからも二度戻りましたが、清さんにお目にかかるのは実に四十年ぶりでしたから」

高子の方も憎からず榊を想っていることが見て取れて、恭一郎の胸を温めた。

高子はもとより武家の娘だったのだろう。とすると町人の榊とは身分違いで、榊にとって「高嶺《たかね》の花」だったのも頷ける。二人は想い合っていたらしいが、やがて高子は「家が決めた相手」に嫁いだ。

四十年もの間、高子は榊を密《ひそ》かに想い続けてきたのか、はたまた、一度はかたがついた焼けぼっくいに再び火がついたのか——なんにせよ、長年の想いが実りそうな榊が恭一郎は何やら羨《うらや》ましい。

公介も呆気《あっけ》にとられたそうだが、父親が亡くなって十数年が経っている。榊が若き日の母親の想い人、かつ家の台所が苦しかった二年前に何も求めずに大金を都合してくれた恩人でもあると知って、高子を榊と共に晃瑠へ送り出した。

「私もいつお迎えがくるやもしれませんからね。これで最後と思って『八大神社参り』をして来るがよい、と」

生まれ故郷の晃瑠を離れて遠くへ嫁いだ母親への孝行と、万が一にも「予言」が当たることを考えて、村から遠ざけておきたかったようである。

「倅の意向もあって嫁も誘ってみたのですが、姑《しゅうとめ》よりも夫と添い遂げたいと、けんもほろろに断られましたよ……ほほほ」

高子の朗《ほが》らかな声からして、嫁姑の仲は悪くないようである。

「お前の方はどうだ、鷺沢？　まだ亡妻一筋か？」

「ええ、まあ……」

ふと夏野の姿が脳裏《のうり》をよぎって、恭一郎は言葉を濁した。

夏野は斎佳では稲盛を討《う》とうとし、神里では己と共に襲撃を防いだ。二度背負うことになった夏野の重みと共に、一笠神社での安良の言葉が思い出された。

――結句、国を護るのはお前のようなまっすぐな者たちなのだ。さすればお前とお前の望みが、いつかこの世を救うやもな――

剣術なら己の方がずっと秀でているが、己には蒼太を護る約束がせいぜいで、国への愛着も、国や皆を護ろうという気概《きがい》も器も夏野には及ばぬと恭一郎は思っている。夏野の願いは知らぬ者には綺麗事に聞こえるだろうが、恭一郎は本心だと疑っていない。

「この世」はともかく、少なくとも蒼太は黒川に救われてきた……

「どうした？　まあ、とはなんだ？　とうとう気になる女ができたか？」

「気になる女はおりますが、恋情からではありません」

「ふむ……だが、お前が心に留めるほどなら、大した女なのだろうな」

「ええ」

此度は躊躇《ためら》うことなく頷くと、榊ばかりか高子まで口角を上げた。

上原のことを伊織に知らせるべく、茶を飲み干《ほ》すと、恭一郎は早々に暇を告げた。

自ら見送りに立った榊と共に店先に戻ると、ちょうど後藤亮介《りょうすけ》が帰って来た。

「言伝《ことづて》を聞いて来た」

「そうか」

取立人の後藤は、町人だが侃士号を持つ剣士でもある。取立人をしていた頃、恭一郎は後藤と組むことが多く、他の取立人よりは気心が知れていた。

「そうだ、後藤」

「なんだ？」

「もしもその気があるのなら、今なら仕官先を世話してやれるが、どうだ？」

「なんだと？」

「都外で命懸《いのちが》けの役目になるが」

日中に襲撃されたことに加え、侃士たちの壮絶な死に様が噂になってしまい、もっともらしい理由をつけて理術師の警固を離れる侃士が少しだが出てきた。また、もしものことがないよう理術師一人につき四、五人の侃士が護衛役に付いているのだが、噂を聞いてもっと護衛役を増やしてくれという要望が三都の清修寮で増えている。

「無理には誘わん。榊殿もおぬしを失っては困るだろうからな。まあ、気が向いたら訪ねて来い」

面食らったままの後藤の隣りで、後藤のことも我が子のごとく大事にしている榊も複雑な表情だ。

「では、これにて」

応えを待たずに恭一郎はさかきを後にして、更に西へ——御城へ向かって歩き始めた。

清修寮の入り口で待たされること半刻。

ようやく姿を現した伊織は、清修寮からではなく本丸の方からやって来た。

「待たせたな。差間《さしま》から颯が届いて呼び出されたのだ」

「まさか鳴子村が襲われたのではなかろうな？」

「お前、どうしてそれを？」

「さかきの親爺《おやじ》から聞いたのだ」

「高利貸がどうやって知ったのだ？」

高子から聞いた話を伝えると、伊織も聞いた限りを恭一郎に明かす。

鳴子村は東北道から離れているため、まだ古い結界のままだった。襲撃は昨晩で、竹中村ほど大がかりなものではなく、殺されたのはおそらく農民一家の八人のみだという。

「おそらく、とはどういうことだ？」

「颯によると、一家は祖父母、父母、子供四人で、二人の子供を除いて皆、家の中で殺されていた。残り二人の子供は見当たらず、どうやら金翅に連れ去られたらしいとあった」

「予言通りか……」

「決めつけるのはまだ早い。書付には、亡骸《なきがら》の傍や家の周りに金翅のものと思しき羽根がいくつも落ちていたと書かれていたが、それだけだ。佐吉のことがあったゆえ、州司は金翅の仕業《しわざ》と決めつけている節があったが、金翅には人の子を攫う理由がない筈だ」

「仕組まれたか？」

「俺はそう見ている。六人の死に様や辺りの様子、金翅を見かけた者がいるかどうか、委細を知らせるよう颯を返したが、鳴子村には晃瑠までの鳩舎《きゅうしゃ》がないゆえ、差間を挟むとなると委細が届くのは明日になるやもな……」

†

鳴子村が襲われたことを、夏野は昼過ぎに柿崎道場へ戻って来た恭一郎から聞いた。縁側で道場主の柿崎錬太郎《れんたろう》と早めのおやつを食べていた蒼太も呼んで、三人で樋口家の離れに集《つど》う。

「金翅の仕業とは思えません」

仕組まれた、と夏野も恭一郎や伊織と考えを同じくしている。

「これもまた西原か稲盛の差し金ではないでしょうか。しかし、子供が二人も……」

誰の仕業だとしても、まずは攫われた二人が無事であるよう夏野は祈った。

「そのに、きく」と、蒼太。

「苑なら何か知っているやもしれません。夜を待って、蒼太と二人で呼び出してみます」

「おぬしら二人でか？」

微かに眉をひそめた恭一郎に、夏野は胸を張った。

「樋口様は明日もきっと、朝から清修寮にお出かけでしょう」

昨日に続いて今日も伊織は城内の清修寮に詰めており、朝晩の送り迎えの他は恭一郎は自由にしているが、樋口家の離れに住むようになったのは、夜間の有事を見越してのことである。

「お忙しい身ですから、夜はしっかり休んでいただきたいですし、蒼太がついていれば堀前の外でも心配無用です」

「しんぱ、むよ」

夏野の隣りで蒼太も胸を張って恭一郎を見上げる。

「けかい、の、そとな、ら、おれ、ちかあ、つかえう」

「それもそうか。だが、用心に越したことはないぞ」

戸越家への言伝は再び御城へ戻る恭一郎に任せて、夏野は早速蒼太と東門へ向かった。

苑の住処《すみか》は黒桧州の西側の松音州《まつね》にあるそうだが、晃瑠は東側が一番人気《ひとけ》が少ない。

稽古着を道場を行き来する際の普段着に着替え、夜に備えて恭一郎の綿入れを借りて来た。蒼太は己の綿入れを着込んだままゆえ、荷物は二人合わせて風呂敷包《ふろしきづつ》み一つで、出都の列に並んだ旅装の者たちと比べて身軽なものだ。

門役人は白玖山へと発った時と同じ者で、夏野たちを覚えていた。

安良から賜った鉄製の特別手形を出して門を抜けると、堀前の斑鳩《いかるが》町で恭一郎に言われた要人御用達だという宿屋を探した。蔵永州の結界を張り直すために斑鳩町は近頃幾度か出入りしていたが、志伊神社が東門から近いゆえに堀前にはまだ泊まったことがない。

『菓子屋がある。菓子を買おう』

「菓子は後だ――いや、まあよいか」

宿屋より先に菓子屋を見つけた蒼太へ苦笑してみせ、夏野は恭一郎から預かった金で粒餡《あん》がたっぷり入った茶饅頭を二つと鶯《うぐいす》餡の団子を一串《くし》買った。

饅頭と団子を両手に満足顔の蒼太を促して宿屋へ行くと、手形を出して女将《おかみ》に身分を明かした。

「樋口様から、斑鳩町とその周りをしっかり見廻《みまわ》って来るよう命じられております。今からだと帰りは四ツを過ぎるやもしれませんが、何卒《なにとぞ》よしなに願います」

信じてもらえるかどうか不安だったが、女将は伊織の伴をしている夏野たちを見たことがあるそうだ。

「お役目ご苦労様でございます」

女将に見送られて宿屋を発つと、こちらは既に顔見知りの番所に挨拶をしてから、斑鳩町の外に出た。

「じきに日が暮れます。あまり遅くなりませんよう――」

番人の心配はもっともなのだが、日が暮れて、辺りに人気が絶えてからでなくては苑は呼びにくい。

白玖山に行った朝のように、斑鳩町から半里ほど歩いたところまで離れると、街道を外れて近くの雑木林に向かい、辺りが暗くなるまで蒼太と寄り添って待った。

借りた綿入れからそれとなく恭一郎の匂《にお》いがするのが面映ゆかったが、慣れた匂いは蒼太には心安いらしく――はたまた、師走が近付いて寒さが増したからか――しっかり隣りにくっついている。

四都の門は時の鐘にかかわらず酉刻《とりのこく》三ツに閉まるが、冬場は日暮れ――六ツ――が早い。七ツ過ぎに番所を出て道中で出会った旅人は十人に満たず、陽が落ちた今、街道沿いに提《ちょう》灯《ちん》や龕《がん》灯《どう》の灯りは見られない。

蒼太と共に、気を研《と》ぎ澄《す》ませて辺りを窺った。妖魔はもちろん、人の気配がないことを確かめると頷き合う。

笛を吹くと、苑は半刻と経たずに現れて夏野たちを驚かせた。

「ちょうどよかった。お前にどうつなぎをつけようか算段していたところだ」

苑には昔、宮本《みやもと》という術師の知己《ちき》がいて、苑は結界を越えるのにその術師が作った小道具――おそらく術師の血が使われたもの――を用いているという。

「私はもとより都が苦手でな。颯か飛脚を頼もうと旅人から金を奪ったまではよかったのだが、あのへんてこな結界のおかげでそこらの村にも入れなくなった。まったく、余計なことをしおって」

「人を襲ったのか」

「傷一つつけておらん。ちと翼で扇《あお》いでやったら、荷を投げ出して逃げて行った」

日暮れまで晃瑠に向かう飛脚がいないか街道沿いを探していたが、先ほど諦めたのちに笛の音を聞いたそうである。

苑の用事も鳴子村の一件だった。

「少し前に、残間山の近くで仲間が罠《わな》にかけられ、殺された」

罠を仕掛けたのは稲盛、捕らえられた金翅は鴉猿の手によって殺されたと思われる。

「では、稲盛たちはその金翅の羽根を鳴子村で使ったのだな？」

「そうだ」

「攫われた子供たちの行方は判らぬか？」

「もう殺された」

「えっ？」

「八ツ頃、維那から三里ほど離れた東北道沿いで亡骸が見つかって、騒ぎになっていたのを影行《かげゆき》が見た。影行は姿を隠せるゆえ、他の仲間に代わって昼間にやつらを探していたのだ。今頃維那から晃瑠に知らせが届いているだろう」

二つの小さな亡骸は鴉猿が人気がないのを見計らって置いていったようで、やはり辺りには金翅の羽根が散らばっていた。

攫われた子供たちの死は、この襲撃が仕組まれたことと推察した折に予想しないでもなかった。しかしながら、子供たちの恐怖や苦痛を思うといたたまれない。

数々の襲撃で目にしてきた子供たちの亡骸の他、攫われて殺された弟の螢太朗《けいたろう》が思い出されて夏野は唇を嚙《か》んだ。政《まつりごと》だろうが戦だろうが、最も罪なき、か弱き子供たちの命が失われたことが——己もまた力無き「大人」であることが、ただただ悔しい。

「人の恨みを買ったところで痛くも痒《かゆ》くもないが、仲間を殺され、濡《ぬ》れ衣《ぎぬ》を着せられたことは業腹《ごうはら》だ。やつらの隠れ家を突き止め次第、我らは仲間の仇《かたき》を討つ」

「隠れ家が判ったら知らせてくれぬか？」

「知らせてやってもいいが、どのように？　お前も樋口に頼んで指の骨からでも笛を作ってもらうか？」

「む……」

苑の笛は足の骨から、ムベレトの妖魔除けの笛も安良の遺骨から作られたと聞いた。苑の足は再生していて、安良は転生しているが、人の夏野は一度指を失えばそれまでだ。

にやにやしながら苑は続けた。

「それにお前に——人に知らせたところで、大したことはできぬだろう。私はそもそもお前ではなく、蒼太の助けを借りに来たのだ」

†

夏野と苑が話すのを、蒼太は黙って聞いていた。

力を貸して欲しい——と苑は言った。

「仲間を罠にかけた稲盛も、稲盛にいいように使われている鴉猿どもも、ここらで一息に始末してしまいたいのだ。それはお前の望みでもあろう、蒼太？」

「しらん」

そっけなく応えたものの、それは己の望みの一つではあった。

安良の望みの一つでもある——と思われた。

稲盛と鴉猿たちを始末できれば、西原は勢力を失うだろう。

「まつりごと」は全て安良様の手中に戻り、太平の世が訪れる……

否、と蒼太は内心首を振った。

——安良様は「きょう」の刀で、誰かを討とうとしている。

己や金翅が八辻の剣を用いることなく稲盛を成敗できたなら、稲盛は安良が求めている者でも討とうとしている者でもないことになる。

稲盛の死は蒼太を——というより、恭一郎や夏野など己が親しむ者たちを助けることになろうが、安良は己の願いを叶えるまで、蒼太たちを手放すことはないだろう。

——安良様は千年越しの予知をもって、これからの稲盛を討とうというのか？——

恭一郎はそう伊織に問うたが、稲盛ではないとしたら、八辻の剣に死すのは誰なのか。

やはり黒耀様——アルマスか。

それとも、おれか——？

己がこの世を滅ぼすという、ウラロクの予言が頭から離れない。

ちりっと額の上の角《つの》が疼《うず》いた。

「蒼太？」

苑の問いかけには応えず、蒼太は西の方角を見つめた。

この気配は——

『アルマスだ』

苑には判らぬよう、山幽の言葉で夏野に告げる。

目を閉じて蒼太は気を凝らした。

空に散りばめられた星のごとく、無数の生き物の気が息づいている。

あるものは遠く淡く、あるものは近く眩《まばゆ》く。

遠くても強い光を放っている気もあれば、近くで今にも息絶えそうな気もあった。

更に意識を集中させて、蒼太はアルマスの気を追った。

遠く離れているが、紛れもなくアルマスだ。

同じようにして、蒼太は恭一郎や夏野の気を追ったことがある。

よく見知った、ごく親しい者たちにしかこのような真似はできぬと思っていたが、念力のみならず、他の力も知らぬ間に増したらしい。

それとも——

これはアルマスの罠だろうか？

アルマスはわざと己の気をおれにさらしているのでは……？

流れ、渦巻《うずま》く様々な気をふるいにかけていくと、アルマスの気の光はますます強くなる。

絵が見えた。

草木一つない荒れた地に立ち、アルマスはじっと足元を見つめている。

あれは……

見覚えのある場所だった。

「なつの」と、安良様の前で「きょう」の刀を抜いた時に——

『久峩山』

夏野を見上げて蒼太は言った。

『アルマスが久峩山にいる』

――いっそ黒耀から話を聞くというのはどうだ？――

再び恭一郎の言葉が思い出された。

あの時は、とんでもないと首を振った蒼太だったが――

――それもいい。

アルマスはきっと、もっとたくさん知っている……

『ゆく』

「待て、蒼太」

慌てた夏野の横で苑はきょとんとしている。

「その、なつの、を、たの、む」

「うん？」

苑が小首を傾《かし》げる間に、蒼太は地を蹴《け》った。

「蒼太！」

夏野の声を背中に聞きながら、蒼太は久峩山に――アルマスのもとに走り出した。

第八章

Chapter 8

道なき道を走って行く蒼太の背中がみるみる遠ざかる。

「蒼太はどこへ行ったのだ？　我らを助けてくれるのか？」

呆気《あっけ》に取られた苑が問う。

「蒼太は……久峩山へ向かった」

黒耀の名を出すのは得策ではないと、夏野は言葉を濁した。

「私も追う。けしておぬしに刃《やいば》は向けぬゆえ、刀も一緒に乗せてくれ。頼む。どうか力を貸してくれ」

「なんとまあ、勝手なことを……」

苑は呆《あき》れたが、蒼太を説得するためには夏野に恩を売っておいて損はないと判じたようで、すぐに顎《あご》をしゃくった。

「乗れ」

首元に手をかけると、以前そうしたように苑は翼で夏野の身体《からだ》を押し上げた。

たっと足を踏み出すと、あっという間に地上を離れる。

気を凝らすまでもなく、晃瑠を回るようにして西へ駆けて行く蒼太が見える。

「蒼太！」

頭上から叫ぶと、蒼太は足を緩め、空を見上げてぎょっとする。

「私もゆく！」

一瞬戸惑《とまど》ったが、蒼太は闇《やみ》に小さく頷《うなず》いた。

「蒼太も一緒に乗せて飛べるか？」

山幽の足は日に百里を駆けるといわれているが、金翅の翼には敵《かな》わない。

「お前たち次第だ。二人まとめて大人しくしていられるならば」

一度旋回《せんかい》すると、苑は羽ばたきを止めて滑空《かっくう》し始めた。

「蒼太！　飛んだ方が早いぞ！」

夏野の声を聞いて、蒼太は並走するごとく再び走り出した。苑が地面すれすれに近付くと足を速めて前に出る。ちらりと後ろを振り向くと、苑が足を地につけるのを待たずに踵《きびす》を返し、地を蹴《け》って、苑の肩から夏野の横に飛び込んで来た。

「む！」

唸《うな》った苑の背中でよろけた蒼太を、夏野は片手を苑の首に回したまま、もう片手で抱きとめた。

「無茶をしおって！」

「すまぬ！　だが急いでおるのだ」

蒼太の代わりに夏野は言った。

「くがやま。いそく。あやく」

「判《わか》った、判った。だが蒼太、これは貸しだぞ！」

蒼太は苑には応《こた》えずに、夏野の横で腹ばいになると、反対側の手を苑の首に回し、輪になるように夏野の手を取った。

互いにぎゅっと力を込めて手をつなぐと、左目に久峩山の火口が揺らいで見えた。

火口を一人ぽつんと覗《のぞ》き込む少女の姿も。

『おれは山の麓《ふもと》で降りる。アルマスとはおれが話す。「なつの」と「その」は麓で隠れて待っていて。「いおり」から習った結界を使えばいい』

「うむ……やってみよう」

自信は今一つだが、多忙の伊織と会えなくとも、一人で、また時には相良のもとで結界の練習は続けていた。

「ふん、何を二人でこそこそと……」

「すまぬ」

不満げな苑に夏野は素直に謝った。

「久峩山の麓に下りてくれ」

「私は駕籠《かご》舁《か》きではないぞ」

「判っている。おぬしには深く感謝している」

「樋口のような口を利くではないか。口先ばかりの礼なぞいらんわ」

「も、申し訳ない。この借りはいつか必ず返すゆえ……」

言い終える前に一つ大きなくしゃみが出た。

「おれも、さうい」

「致し方ない。だが羽根の下は温かいぞ」

蒼太の肩に回した手に力を込めてしかと抱き寄せ、つないでいる手は探るように苑の喉《のど》元《もと》の産毛《うぶげ》の下にやる。

苑がぶるりと喉を震わせた。

「こそばゆいではないか！」

「すまぬ」

「こめん」

蒼太と共に謝ると、「ふん！」と苑は大げさに鼻を鳴らした。

顔を見合わせて蒼太とくすりとすると、苑の背中に顔を埋《うず》める。

風は身を切るごとく冷たいが、羽ばたく苑の身体は温かい。

ものの半刻ほどで久峩山にぐんと近付いたものの、蒼太は眉《まゆ》をひそめて言った。

『遅かった。アルマスはもうどこかへ行ってしまった……』

目も気も凝らしてみたが、夏野には頂《いただき》の様子がよく見えぬ。

苑に頼んで久峩山の頂に降ろしてもらったが、辺りはしんと静まり返って自分たちの他《ほか》、生き物の気配は感ぜられない。

おそるおそる、アルマスがそうしていたように火口を覗き込んでみるも、冥土《めいど》の入り口のごときぽっかりと広がる闇に足がすくむ。

しんと冷えた火口からは、噴火の兆《きざ》しは微塵《みじん》も感ぜられずにほっとしたが、漆黒《しっこく》の闇に八辻の剣に似た冷ややかな死の気配が漂ってきて、夏野は身を震わせた。

「なつの」

やや離れたところから蒼太が呼んだ。

新月に近い夜だ。

人の目には一歩踏み出すのも恐ろしい闇中《あんちゅう》でも、蒼太の目のおかげで夏野もそこそこ夜目が利く。

夏野が傍《かたわ》らに歩み寄ると、蒼太は夏野の手を取って、ゆっくりと北を指差した。

†

夜の帳《とばり》の中だが、かつてウラロクと眺めた景色が蒼太の目の前にある。

麓に広がる樹海。

樹海の向こうにも森や林、畑、川や湖が続いている。

合間に結界に囲まれた人里が黒い影となっているが、大地の広さを思えば、道端にこぼれ落ちた米粒ほどしかない。

『……「なつの」にも見える?』

「ああ、見える」

つないだ手に微《かす》かに力を込めて、夏野が応える。

大地は——つながっている。

そして大地とつながっている全《すべ》てが生きている……

『安良様の「ちみゃく」も見える……？』

「ああ」と、再び夏野が頷いた。

長月《ながつき》に晃瑠の防壁の上から眺めた時と同じように、目を凝らすとぽつぽつと灯《とも》る淡い光が、久峩山の東側から晃瑠へ一筋に続いている。晃瑠からも神里、奈切山へと続く光の筋がうっすら見える。

神社——安良の気——がつなぐ地脈とは別に、久峩山から北へつながる脈も感ぜられた。伊織が言っていた「火山脈」と思われる。

間瀬州と恵中州の向こうには蒼太が恭一郎と出会った玖那村が、更に北には神里と奈切山、白玖山がある。

神里は安良が生まれた地ではなかったが、こうしてみるとやはり国の要所といえよう。

吹き上げてきた風が角《つの》を嬲《なぶ》る。

安良の地脈を見つめていると、己の内に宿る光が熱を増した。

白玖山にいた時よりも己の力が一段と大きく、しかと感ぜられるのは、ここが己の生まれ故郷だからだろうか。

ふと、失われた森が気になった。

『森に……行ってみたい』

おずおず切り出すと、夏野はにっこり微笑《ほほえ》んだ。

「私も訪ねてみたいが、よいか？」

「ん」

頷くと、夏野が苑に言った。

「苑、この山には蒼太の故郷の森がある——あった。稲盛に襲われて、今は誰《だれ》も住んでおらぬが、我らはしばしそこへ——」

「ええい、もう」

夏野を遮って苑は膨《ふく》れっ面《つら》をした。

「勝手にしろ！　用が済んだらまた笛で呼べ」

「かたじけない」

「かたじけ、な」

夏野を真似《まね》て蒼太も言った。

「かい、いつか、かえす」

これも夏野を真似て言ってみると、苑はようやく顔を和《やわ》らげた。

「その言葉、忘れるなよ」

苑が飛び去ると、蒼太は夏野を促《うなが》し、森へ向かって歩き始めた。

†

蒼太の後について夏野は黙々と歩いた。

頂上から中腹までは、草木がほとんどない代わりに傾斜が厳しい。中腹からはややなだらかになったものの、木々が増えた分、歩きにくい。獣道もほとんどないが、蒼太はうまく道を選《よ》って夏野を森まで導いた。

紫葵玉を狙《ねら》った稲盛に森が襲撃されたのは二年前だ。

焼けた木々も残ってはいたが、新たに生え、育った木々の方が多く、蒼太の夢を通じて見た惨事から想像したよりも、ずっと穏やかな光景だった。

時刻は既に夜九ツ——真夜中——くらいだと思われた。

蒼太は硬い顔でしばらく辺りを見て回っていたが、やがて木々の合間に空がぽっかりと見えるところへ来ると夏野を見上げた。

『おれはここが好きで、よくここで昼寝していた』

「そうか。ならば、ここで潜《もぐ》ってみぬか?」

好奇心もあったが、森での過去見を考えて夏野は同行を打診《だしん》したのだった。過去見を試みることで、アルマスやムベレトのことが判らぬかという期待がある。だが同時に、襲撃の悪夢を再び見ることになるやもしれなかった。

『うん。潜ってみよう』

蒼太もその肚積《はらづ》もりで森まで来たのだろう。躊躇《ためら》うことなく頷いた。

修業を活《い》かして、周りに半径一間《いっけん》ほどの円を描くようにして結界を施《ほどこ》した。伊織のものと比べると心許《こころもと》ない気がしたが、まずまずの出来である。

結界の中で、白玖山でそうしたように寝転がって互いの手を取った。

限られた空には、月が見えない分、星が多く瞬《またた》いている。

つないだ手を意識しながら目を閉じると、すぐに大地の息吹がそこら中から感ぜられた。

背中を通して地の奥から淡い熱が伝わってくる。

血脈のごとく地中を流れていく水流。

木々や虫、小動物の穏やかな息遣い。

まずは蒼太と、それから大地と、辺りの生きとし生けるものと己の呼吸が重なっていく。

心地良さに身を委《ゆだ》ねるうちに、夏野たちの意識はいつしか人の形になって過去の森に立っていた。

守り袋を外した時よりもずっと幼い、四、五歳と思《おぼ》しき姿の蒼太が木漏れ日の中でうたた寝をしている。

やがてやって来た、今は亡きシダルが微苦笑を浮かべて、蒼太を起こさぬようにそっと抱き上げ、戻って行く。

白玖山で馴染《なじ》んだ、山幽の家がぽつぽつ見られるところまで来ると、蒼太はむにゃむにゃと目を覚まし、己がシダルの腕の中にいることを知ると目を細めて喜んだ。

蒼太を見つめるシダルの目にも邪悪な感情は見られない。

──シェレムは私の宝物──

己の代わりに蒼太を「力ある者」に育て、アルマスを倒し、思うがままに自由に生きたいという己の望みを叶《かな》えるために、シダルは蒼太を嵌《は》めた。

私欲が多分にあったとしても──

シダルは確かに蒼太を愛していたのだろう。

許しを得られなかった「我が子」のごとく……

シダルを始め、森の者と触れ合うイシュナとウラロクの姿は、白玖山や過去見で見たものと変わらない。

春から冬へ、冬から秋へと季節が時を遡《さかのぼ》って巡ってゆく。

幾年もの移ろいを見守るうちに、面立《おもだ》ちは変わらぬが、どことなく若やいだイシュナとウラロク、森の木々に触れて歩くリエスの姿が見えてくる。

寂《さび》しげな面持ちからして、リエスが森に別れを告げて白玖山に移る前やもしれない。

リエスを始めとする森の者の暮らしぶりを眺めつつ、更に幾年も時を遡る。

八辻が白玖山を訪ねたのが、ざっと百九十年前。

リエスが白玖山に移ったのが二百三十五年前。

だが、アルマスがこの森を出たのは、更に百五十年は前のことだ──

これほど長く、深く過去に潜り込んだのは初めてだった。

いつしか蒼太の「お気に入り」の場所まで戻って来ると、ふいにムベレトの声がした。

――安良が「妖魔狩り《ようま》」を仕掛けてくる前に手を打ちたい――

木漏れ日の中に、ムベレトとアルマスが向かい合って座り込んでいる。

アルマスをまっすぐ見つめてムベレトは説いた。

――デュシャは人よりもずっと優れている。安良は「現人神《あらひとがみ》」――人の身に宿った神だといわれているが、幾度転生を繰り返そうと人は人に過ぎぬ。デュシャでも選りすぐりの者ならば、安良を阻《はば》み、なんなら真の――とどめの死を与えられよう。そうしてデュシャが皆の上に立つことで、妖魔のみならず、人にも太平の世が訪れる――

――私はみんなを死なせたくない――

ムベレトがアルマスを騙《だま》して、その成長を止めたのは十三歳の時である。

目の前のアルマスはイシュナやウラロク、リエスのように今と見た目は変わらぬが、瞳《ひとみ》や声、沈痛な面持ちが十三歳の娘らしくあどけなく、夏野の胸を締め付けた。

色恋に疎《うと》い夏野にも、ムベレトに対するアルマスの淡い恋心が見て取れた。

――ムベレトめ。

アルマスの幼い無垢《むく》な心を利用したムベレトに、腹が立って仕方ない。

アルマスが「気まぐれ」になったのも、ムベレトの裏切りのせいではないのか――

――ならば、アルマス、私を信じてくれぬか？――

穏やかに、頼もしい笑みをこぼしてムベレトは言った。

――この世は間違っている。食うに困っている訳でもないのに、種が違うというだけで殺し合うなど莫迦莫迦《ばかばか》しい。いずれ、妖魔と人が一緒になって、結界など無用の長物になるといいんだが――

――妖魔と人が一緒に……？――

――そうだ。アルマス、お前なら安良を倒し、人と妖魔を共に統《す》べる者になれる。真に力ある者がこの世を統べることで、無用な争いや、争いによる死を回避できるのだ。私はお前こそが「その者」になれると信じている――

――私は……私もムベレトを信じてる――

はにかみながらアルマスはムベレトを見つめた。

――だって、ムベレトは本当は、翁《おきな》よりも年上ではないの？――

アルマスの問いにムベレトは目を見張り、それからやや困った笑みを浮かべて応えた。

――アルマスはやはり聡《さと》いな。いかにも私はリエスより年を食っている。だが、他の者にはそうと知られたくない……――

――判った――

嬉《うれ》しげに目を細めてアルマスは微笑んだ。

――これは二人だけの秘密だよね？――

――そうだ――と、ムベレトも頷く。――私の歳《とし》が知れたら、翁も皆もいい気はせぬだろう。私は外の様子を皆に伝えることしかできぬ凡俗の徒だ。だがリエスは術に通じていて、他の森からも頼りにされている。この国の王にふさわしいのはお前だが、この森の翁は、いや、デュシャの長《おさ》にはリエスがよかろう――

――翁は森を護《まも》らないといけないから、術を知らないとなれないけれど、長は一番長く生きている者がいいのではないの？　翁はデュシャで一番年上だといわれているけど、ムベレトの方が翁より――誰よりも長く生きているのなら、ムベレトがデュシャの長になったらいいのに――

――誰よりも長く……か――

微苦笑を浮かべたムベレトにアルマスは問うた。

――ムベレトは、本当は一体いくつなの？――

辺りを窺い、ムベレトは声を潜《ひそ》めた。

――……誰にも言わぬと約束できるか？――

――約束する。誰にも言わないよ――

――言ったところで、誰も信じぬだろうが……――

自嘲《じちょう》めいた苦笑を漏らしたムベレトへ、アルマスは少しばかりむくれて言った。

――私は信じる――

――そうか。アルマスは私を信じてくれるか――

頷いたアルマスへ、耳打ちするがごとくムベレトは顔を近付けた。

――私は、お前の百倍は生きている――

――本当？――

目を丸くしたアルマスが問い返すのへ、ムベレトは噴き出した。

――本当だとも。やはり信じぬか――

――信じる。私はムベレトを信じるよ――

アルマスが慌てて言うのを聞きながら、夏野は頭を巡らせた。

アルマスが生まれたのはリエスが白玖山に森を拓《ひら》いたのと同年で、四百年余り前のことだ。よって、ムベレトがアルマスが十三歳の時分にアルマスの百倍長く生きていたのなら、ムベレトは今、千七百歳ほどになる。

リエスは千百四歳で、今年一〇八五年になる国暦より少し先に生まれている。

ムベレトは恭一郎に問われてリエスよりも長く生きていることを白状したが、「安良国と同い年」だとリエスは聞いていたとのことで、多少鯖《さば》を読んでいたとしても、せいぜい十年ほどの違いだろうと夏野は思っていた。

まさかリエスより六百歳も年上だったとは……

ならば、ムベレトは山幽だけでなく、どの妖魔――つまりこの国の誰よりも長く生きているのではないか？

ひょっとすると、転生を繰り返してきた安良様よりも――？

慄然《りつぜん》とした夏野の手を、蒼太が強く引いて叫んだ。

『「なつの」、起きて！』

†

「う……」

小さく呻《うめ》いて、夏野は目蓋《まぶた》を開いた。

身体を起こすも、無理矢理引き戻されたからか、酔ったように視界が揺れる。

「蒼太、どうした……？」

と、己の前に立ちはだかる蒼太の向こうにアルマスが見えて、夏野は一息に目が覚めた。

都にも出入りできるアルマスなれば、夏野の結界など物ともしないのであろう。

「椽子《しょうこ》殿……」

とっさに刀を手にしたが、思い直して夏野は刀を放してゆっくりと立ち上がった。

「いや、もう知らぬ振りはしたくない。あなたは黒耀――妖魔の王だ」

「なつの！」

蒼太は短く叫んだが、夏野は早鐘を打つ胸をなだめながらアルマスを見つめた。

「蒼太はあなたとの約束を守った。私や鷺沢殿に累《るい》が及ぶと、あなたの正体はけして明かさなかった。私はただ……見たのだ。斎佳の防壁が崩れた時、あなたは蒼太と共にいた」

じっと黙ったまま、アルマスも夏野を見つめている。

夜目が利くとはいえ、アルマスの瞳は先ほど覗いた火口のごとく、夜の闇より一層暗くて深い。アルマスの放つ雷に恐怖しないでもなかったが、アルマスの過去を知り、垣間《かいま》見た後だからか、恐怖心より好奇心が勝った。

アルマスからも、警戒心はともかく殺気は感ぜられない。

「あなたの過去も見えた」

「私の過去だと？」

可憐《かれん》な声は変わらぬが、「可憐な人の娘」を演ずるのはやめたようだ。

「あなたは過去に幾度も安良様を殺している。——いや、初めから話そう」

次にいつアルマスと相まみえることができるか判らぬ。ならばこの期に及んで駆け引きするよりも、いっそ己の知る限りを話してしまおうと夏野は思った。

「なつの？」

不安げに己を見上げた蒼太の肩に触れて、小さく頷く。

「私たちは黒耀に会いにここまで来た。そうだろう、蒼太？」

同情……やもしれぬ。

四百歳余りのアルマスにとって二十歳の己はひよっこどころか赤子にも等しいだろうが、夏野はつい今しがた、本当に十三歳だったアルマスの無邪気な笑みを見ている。

私は騙したくない。

私は嘘をつくことなく、この者の信頼を勝ち得たい——

山幽の言葉ではないが、思いは伝わったのか、蒼太も小さく頷き返す。

「私たちは先だって白玖山の森を訪ねた。かつてこの森の翁だったイシュナ、白玖山の翁のリエス、それからムベレトにも会った」

注意深く山幽の名を——殊《こと》にムベレトの名を——口にしてみた。

「お前は、山幽の言葉を話せるのか？」

「三月《みつき》ほど前から聞き取れるようになった。話す方はまだまだだが……あなたの名も知っている。リエスが教えてくれた」

「そうか」

「あなたの名はアルマス。生まれながらに強い妖力に恵まれ、その力を見込んだムベレトと共に、十三歳で成長を止めてこの森を去った」

「その名で呼ばれるのは久方ぶりだ」

　薄い笑みを浮かべてアルマスは促した。

「続けよ」

「ムベレトは妖魔狩りという嘘《うそ》をついてあなたを騙した。あなたを妖魔の王に――『並ならぬ力を持つ者』に育てるために。一方、安良様もまた『並ならぬ力を持つ者』を探していらした。安良様はずっと『この世を是正《ぜせい》する』すべを探してこられた。長い時をかけて、そのために入り用な三つのものを悟られた。森羅万象《しんらばんしょう》を司《つかさど》る理に通じる者、揺るぎない力で陰《いん》の理を断ち切る剣、そしてそれらを用いる然《しか》るべき時機……」

　言葉を選びながら、夏野は慎重にアルマスに語りかけた。

「太平の世という相通じる願いのために、およそ二百年前にムベレトと安良様は和解に至ったようだが、我らにはまだ、二人がこの世をどう正そうと――どのようにこの世に太平をもたらそうとしているのかがよく判らぬ。それで、その、鷺沢殿があなたに訊《たず》ねてみるのも一案だと言ったのだ。『機が熟せば、自《おの》ずと全てが明らかになる』とムベレトは言った。それまでは余計な口は利けぬとも。だが、こうして我らがあくせくするのも、機が熟すうちではなかろうか？」

白玖山行きに至った事由や、安良から聞いた話、白玖山で見聞きしたことや噴火を予知したことなどをかいつまんで、だが正直に話した。

『理に通じる者、陰の理を断ち切る剣、然るべき時機……か。そして、噴火はやはり近付いている……』と、アルマスは山幽の言葉でつぶやいた。

「あなたも噴火を予知していたのか？」

『……リエスほどではないやもしれぬが、私も術に通じている。このところの大地の不穏から、薄々そうではないかと感じ取ってきた』

夏野たちをよそに、アルマスはしばし沈思してから蒼太に問うた。

『私に会いにここまで来た、と言ったな？　私がここにいるとどうして判った？』

『あなたが山の頂にいるのが見えた。一人で……火口を覗き込んでいた』

山幽の言葉で蒼太が応えた。

『あなたがおれを呼んだのかと思った。もしかしたら、罠《わな》かとも……』

『私が呼んだのか……？』

自問するごとくつぶやいて、アルマスは小さく鼻を鳴らした。

『そうだな。近くに誰の気配も感じなかったゆえ、ちと油断していたやもしれん』

『頂に着いた時には、あなたはもういなかった。おれはもう一度森が見たくて……ここなら過去が——あなたとムベレトのことが判るかもしれないと思って——』

『……お前たちが二人してここに寝転がっていたのは、過去を見ようと——いや、見ていたからなのか？』

興を覚えた様子で、アルマスが問う。

『そうだ』

『何が——どんな過去が見えたのだ？』

躊躇う蒼太の代わりに夏野が応えた。

「あなたとムベレトが見えた。ムベレトは選りすぐりの者なら安良様を倒し、人と妖魔を共に統べる者になれる、真に力ある者がこの世を統べることで、無用な争いや死を回避できる、あなたこそ『その者』になれると信じていると言っていた。のちにあなたはムベレトの本当の歳を問い、ムベレトはあなたの『百倍は生きている』と応えた」

微かに目を見開いたアルマスへ、今度は夏野が問うた。

「ムベレトを信じるなら、あの者はかれこれ千七百歳となる筈《はず》だ。さすれば山幽のみならず、誰よりも——もしや安良様よりも——ムベレトは長く生きているのではないか？」

『どうだろう？』

からかうようにアルマスは小首を傾《かし》げた。

『ムベレトや安良のことを知りたくば、もっと遠い過去を見てきたらどうだ？　——なんなら私にも見せてくれ。お前たちにならできるのではないか？』

「あなたにも……？」

思わぬ申し出に夏野は面食らった。

『私にも多少は術の心得がある。気を感じ取ることにも長けている。――ムベレトが本当に千七百年もの時を生きてきたのか、安良がどのように生まれたのか、私も知りたい』

すっと、アルマスが白い手を差し出した。

「なつの」

声を上ずらせた蒼太をよそに、引き寄せられるように夏野はアルマスの手を取っていた。

触れた時は磁器のごとくひんやりしたが、すぐに淡い熱を感じた。

感じ取る力は、白玖山でますます磨かれたと自負している。久峩山という霊山にいることもあるのだろう。己より背が低く細い少女の中に、その漆黒の髪や瞳とは正反対の眩《まばゆ》いばかりの白く巨大な力がうねっているのを感じて、夏野は思わず小さく喉を鳴らした。

アルマスとつながっている――

気まぐれで、暴虐《ぼうぎゃく》非道な妖魔の王・黒耀。

アルマスは夏野が知る限りでも、雷で幾度も、いとも容易《たやす》く妖魔たちを蹴散らし、辻越《つじこし》町《ちょう》では百人もの女子《おなご》の命を「退屈しのぎ」に奪っている。

アルマスの所業を思い出すと身が震えそうになるものの、アルマスほど力を持つ山幽と共に潜れば、もっと遠い過去までたどり着けるような気がした。

……もっと、ずっと昔。

もしかしたら、安良様やムベレトが生まれた頃《ころ》にまで――

『寝転んだ方がよいのか？』

「お、おそらく」

期待と不安がない交《ま》ぜとなって夏野はややうろたえたが、アルマスは何やら愉《たの》しげだ。

『そう険しい顔をするな、蒼太。黒川を見習え。いや、私もお前に倣《なら》って夏野と呼ぼう』

先に座り込んで、アルマスは蒼太を促した。

『お前は知りたいのだろう？　お前か夏野にその力があるのなら、私の力を糧《かて》にするとい い。お前たちの力次第だ。ムベレトか安良の過去が判れば、二人が何をなそうとしているのかも知れよう』

おずおず蒼太も座り込み、三人で頭を寄せ合って寝転ぶと、それぞれの手をつなぐ。

つい今しがた潜り込んだばかりだからか、それともアルマスが共にいるからか、目を閉じるとほんのひとときで時が巡り始め、瞬く間に一つの光景に夏野たちは飛んだ。

†

此度《こたび》は意識が、仰向《あおむ》けに輪になったそのままの姿で宙に浮かんで、くるりと反転するのを夏野は感じた。

地上から三間ほど離れた、森の木々とあまり変わらぬ高さに、アルマスや蒼太と手をつないで浮かんでいる。

陽《ひ》が落ちたばかりらしく、西の空はまだ赤い。

だが、眼下に見える大地はそこそこ開けていて、久峩山ではないようだ。夏野には覚えがないゆえに、おそらく蒼太かアルマスに縁のある場所だと思われた。

二つの影が対峙《たいじ》している。

徐々に鮮明になった影はアルマスとムベレトで、何やら言い争っているのが見えた。

ムベレトは懐剣を、アルマスは文《ふみ》らしきものを手にしている。

『もっと昔にゆけ』

「うむ」

アルマスの囁《ささや》きを聞いて、夏野は宙に浮いたまま再び目を閉じ、更なる過去へ遡ろうと念じてみたが、アルマスの悲痛な声が心を乱した。

——どういうこと？　ムベレトは安良に通じていたの？　この剣は都での護身用だって言ったじゃない。都ではうまく力が使えないから……——

文を掲げてアルマスが問うた。

どうやら文は八辻からで、安良の名が記されていたらしい。

——それは……実は安良が八辻の懐剣を所望していると知って……剣で安良をおびき寄せようと——

しどろもどろに応えたのち、ムベレトは肚をくくったようだ。

——いや、もう隠し立てはせぬ。すまない。お前には打ち明けておくべきだったが、いつどのように切り出したものか、ずっと迷っていたのだ——

——ずっと⁉　いつから⁉　一体いつから安良と通じていたの⁉——

——頼む、アルマス。落ち着いて話を聞いてくれ。安良も太平の世を望んでいる……私たちと志《こころざし》を同じくしているのだ——

——志を同じく⁉　妖魔狩りを企《たくら》んでいたやつの言うことなんて信じられない！　安良はムベレトを騙してるんだよ！　私と仲違《なかたが》いさせようと——

——それは違う……——

言葉を濁し、後悔を目に浮かべたムベレトを見て、アルマスがはっとする。

——もしかして、妖魔狩りは嘘だったの？——

——アルマス——

——母様は疑っていた！　他のみんなからも疑わしいと聞いたこともあった！　でも私はずっとムベレトを信じてきたのに！　父様だって……——

——私が悪かった。だがアルマス、お前をこの国の王に望んだ心に偽《いつわ》りはない。今も尚、私はそう望んでいる。本当だ——

——何を今更……嘘つき！　この裏切り者！——

アルマスがムベレトの手から素早く懐剣を奪い、踵を返す。

『早く！　もっと遠くへ！』

「し、しかし——」

催促《さいそく》されても、そう思い通りにいくものではない。

——アルマス、待ってくれ——

アルマスを追ったムベレトがその手を取った。

と、ぴりっと夏野たちの頭上で何かが小さく弾《はじ》けた。

——放して！——

空中の夏野たちのすぐ傍《そば》を青白い光が下りていき、ムベレトの肩から先を吹き飛ばす。

鮮血が散った。

息を呑《の》み、夏野はつないだ両手を握り締めた。

刹那《せつな》、流れ込んできたのは後悔の念だ。

ムベレトの腕はとっくに再生しているが、失血死してもおかしくない大怪我《おおけが》だ。アルマスはあのようにムベレトを傷つけたことを今尚悔《いまなお》いているらしい。

ふっと、すぐに念が途切れたのは、アルマスが気を閉ざしたからだろう。

途端に夏野たちは風に巻かれるように、くるくると天と地を交互に見ながら空を——否、時を飛んだ。

だがどうも、もっと先の過去へではなく、現世へと戻りつつあるようだ。

やがて見えてきたのは、斎佳で一度見た光景だった。

まだ十七歳だった二十一代安良の胸から懐剣を抜いたアルマスが、背後にいたムベレトを見上げる。

安良の胸から噴き出した鮮血がアルマスを汚していく様を、ムベレトはじっと見つめている。ただ、以前は冷淡に見えたムベレトの眼差《まなざ》しは、実は絶望を湛《たた》えていたのだと夏野は知った。

――何ゆえ、このような真似を……――

声を震わせたムベレトを見上げてアルマスは冷笑を浮かべたが、その目は悲しげだ。

――これが正しい道だと説いたのは、ムベレト、あなたじゃないの。安良を殺し、私がこの国の王になる。それが太平の世への道なのだと――

――アルマス、私が悪かった……――

――もしも此度も失敗だったとしても――安良が再び生まれ変わったら――私も再び殺す。あなたが教えた通りに、これまでそうしてきたように……――

――頼むからやめてくれ。今一度、私の話を聞いてくれ――

懇願するムベレトを、アルマスは諦《あきら》めの滲《にじ》んだ顔でせせら笑った。

――あなたこそ私の話を聞いてよ。安良はあなたを騙しているだけ。安良が本当に神ならば、いくらでも私を阻めばいい。安良とあなたが望み通りにこの世を正すことができるかどうか……いい退屈しのぎになりそう――

――アルマス！――

ムベレトの短い悲鳴と共に、アルマスが夏野の手を振り払う。

「やめろ！」

アルマスの叫び声と共に過去見が途切れた。

†

蒼太の手を放して身体を起こすと、同じように目覚《めざ》めたアルマスと目が合った。

二度目だからか、視界の揺れは幾度か瞬きするとすぐに治まった。

「あの懐剣は、陰の理を断ち切るために安良様があつらえたもの……安良様はのちに懐剣では力不足だったと知って、八辻に新たな刀を打たせた。それが鷺沢殿の刀だ……」

探るようにつぶやく夏野を、アルマスも同じく探るような目でじっと見つめる。

「だが我らが推察するに、あなたは陰の理ではない……」

「そうだな」と、アルマスは頷いた。

「では、安良様が断ち切ろうとなさっている陰の理とは一体なんなのだ？　鷺沢殿や樋口様はのちの稲盛ではないかと推察されていたが……」

安良が懐剣を打たせたのは二百年余り前で、稲盛はまだ生まれていない。

だが樋口様が仰《おつしや》ったように、先を見越してのことだったのか。

それとも、他にも我らが知らぬ敵がいるのか……

もしや蒼太やもしれぬという推察がまたも頭をかすめたものの、夏野はすぐさま内心頭を振った。不安はあれど、蒼太への信頼は揺らいでいない。むしろウラロクの予言や己の迷いが、言霊《ことだま》のごとく蒼太の行く末を変えはしないかと案じてしまう。

違う。蒼太ではない。

樋口様は「陰の理」は「悪者」や「邪魔物」に限らぬとも仰っていた――

夏野が思案する傍らで、アルマスはしばしきょとんとしたのちに笑い出した。

『稲盛か。やつもまだ、あれこれあがいているのだろうな。ふふ、私もずっとあがいてきた。生を受けてほんの二十年ほどのお前たちよりずっと長く……お前たちもせいぜいあがくがいい』

ひとしきりくすくすしてから、アルマスは夏野と蒼太を交互に見やった。

『晃瑠からはるばる私に会いに来たんだったな。空手《からて》で帰すのも気の毒ゆえ、土産《みやげ》に少し話をしてやろう……私はもう四百年余りを生きた。ムベレトと決別してからも二百年ほどになる。やつらにかかわるのも、退屈しのぎにも飽きてきたゆえ、そろそろ仕舞いになっても構わぬ』

「あなたも死を望んでいるのか？」

『私も、とは？』

「白玖山で聞いた。長い時を生きた山幽の中には、自ら死を望む者がいる、と。それらの者たちは白玖山を目指し、虚空《こくう》という場で静かな眠りに就《つ》くのだ、とも」

『白玖山の森や虚空の話は聞いたことがある……そうだな。死を望んでいるのはムベレトだ』

白玖山の方へちらりと目をやってから、アルマスは続けた。

『私の推《お》し当てでは、陰の理は妖魔の命の理、はたまた時の理』

『妖魔の命の「ことわり」?』

「はたまた時の……?」と、夏野は蒼太と困惑顔を見合わせた。

『私はあの後――雷でムベレトの腕を落とした後、思い直して引き返し、やつの言い訳を聞いてやった』

言い訳云々よりも、あれだけの怪我を負ったムベレトを置いてゆくのは忍びなかったに違いない。裏切られたとはいえ、ムベレトはアルマスが二百年ほども暮らしと志を共にした者である。

『やつから安良に与した事由を聞いたが、その言い分には得心できなかった。やつは誤魔《ごま》化《か》そうとしたが、私は安良が望んでいる太平の世はあくまで人の世だと――それも妖魔なきかつての世だと判じた。安良はこの世を『もと通り』にすべく、ムベレトを騙し、懐柔したのだ』

「かつての世……?」

『驚くことではなかろう。妖魔の方が、その他の動物より優れているのは明らかだ。妖魔は動物より、山幽は人より、一層優れた種として後から生まれたに違いない』

人や妖魔の起源は不明だが、リエスも同様に推察していた。

『つまりこの世が「もと通り」になれば、我ら妖魔がいなくなる――滅ぶのだ』

蒼太を、それから夏野を見やってアルマスは口角を上げた。

『なんなら、人も』

「人も？」

『もしもこの世が本当にもと通りになるならば、それはとりも直さず、事の始まりまで時が戻り、今「在る」この世はなかったことになると思わぬか？』

「時が戻るだと？　戯言《ざれごと》を申すな」

声を上ずらせた夏野とは裏腹に、アルマスは落ち着き払っている。

『戯言ならば安良の方が上手《うわて》だ。そもそも私は、やつが「神」かどうかも疑っている。だが、やつが力ある者には違いない。――私はあれから幾度となく思案を重ねた。その上でもしも安良が本当に神ならば、やつの目論見《もくろみ》はこの世をかつての、妖魔なき世に戻すことだと思い至った』

よしんばアルマスが言う通り、安良様が望んでいらっしゃる「太平の世」が妖魔のいない世のことで、安良様が仰る「是正」が妖魔が生まれる前に時を戻すことだとして――

本当にそんなことができるのだろうか？

樋口様は全ては理次第だと常から仰っている。

ならば――ならば安良様なら、時を戻すこともできるのか……？

「……戯言だ」

呆然《ほうぜん》としている蒼太に言い聞かせるように、夏野は繰り返した。

「安良様は妖魔を滅ぼそうとなさってこなかった。人を襲う妖魔には容赦《ようしゃ》せぬが、安良様から――人から妖魔に仕掛けたことはない」

『それは何ゆえだと思う？　折を見て、つまりは「然るべき時機」に妖魔を一掃《いっそう》するためではないか？』

「妖魔を一掃……」

つぶやいてから、夏野は慌てて頭を振った。

「そんな筈はない。そもそも、おかしいではないか。百歩譲って、人の神である安良様が人のために妖魔なき世を望んでいるとしても、何ゆえ妖魔のムベレトがそれをよしとして、安良様と志を同じくしているのだ？　あなた一人にとどまらず、山幽を――いや、全ての妖魔を裏切る行為ではないか」

『その通りだ。安良と通じていたことよりも、安良とそのような志を共にしたことが私には許し難《がた》かった。丸め込まれたムベレトと話しても埒《らち》が明かぬと、私はやつらに賛同する振りをしてムベレトに安良をおびき出させた。私が問い質《ただ》すと安良は無論、綺麗事《きれいごと》を並べて私も懐柔しようとしたが、私はやつの言葉に嘘を嗅《か》ぎ取った。ゆえに私は、意趣《いしゅ》返しを兼ねてやつをその懐剣で殺してやった』

蒼太の懐《ふところ》から覗いている懐剣をちらりと見やって、アルマスは冷笑を浮かべた。

『安良は、ムベレトが人を思う心につけ込んだのだ。ムベレトはずっと人に肩入れしてきた。何故《なぜ》ならムベレトにはその昔、人の妻がいたからだ。ムベレトが太平の世を望んだのも、そもそもは亡妻のためだったのだろう……』

――いつになったら忘れられるものかと思ってな――

恭一郎の言葉を思い出し、同情と嫉妬《しっと》に胸が騒いだ。

ムベレトの妻がいつ亡くなったかは定かではないが、少なくともアルマスの成長を止める前——四百年以上は前の話と思われる。

「ムベレトに人の妻がいたことは聞いている」

夏野が応えると、アルマスは微かに眉根を寄せた。

『私が二百年ほども経《へ》て聞き出したことを、ムベレトはお前たちには明かしたのだな』

「私たちにではない。鷺沢殿が聞いたのだ。もうお亡くなりになったが、鷺沢殿には山幽の奥方がいらした。鷺沢殿は今もって奥方を深く想《おも》っておられるゆえ……ムベレトはおそらく、鷺沢殿に親しみを覚えたのであろう」

『鷺沢に山幽の妻が？』

「ああ。非道な者の——人の手にかかって殺された」

『……そうだったのか。山幽を娶《めと》るとは、酔狂な男だな、鷺沢は。なればこそ、蒼太にも情けをかけたのだろうが』

呆れたような台詞《せりふ》の中に、夏野はどことない羨望《せんぼう》を嗅ぎ取った。

奏枝にムベレトの亡妻が重なって思えたのだろう。常なら結ばれる筈のないムベレトと添い遂げ、今も尚想われている名も知らぬ女や、恭一郎という者を得て孤独から抜け出した蒼太をアルマスは羨んでいるようだった。

あなたは——

アルマスはまだ、少なからずムベレトを想っているのだと夏野は踏んだ。

……過去を見たいと言い出したのは、ムベレトや安良様の出自もそうだが、ムベレトの亡き妻を知りたかったからやもしれぬ。

アルマスは安良様が妖魔なき世を望んでいると信じている。

ならばアルマスが妖魔を手にかけて回っていることは、安良様の願いを、ひいてはムベレトの願いを叶えることにならぬだろうか……

辻越町での一件のように、アルマスは人も随分殺《あや》めてきただろうが、その数は妖魔の方が多いように思われる。

と、微かに地面が揺れて、夏野は思わず北を見やった。

『ただの地震だ。噴火じゃない』と、蒼太。

『だが、噴火は確実に近付いている』

大地に触れたアルマスは、どこか愉しげな顔をしている。

「まさかとは思うが、あなたが噴火を起こそうというのではないだろうな？」

文月《ふづき》に晃瑠で地震があったのち、佐内はアルマスの仕業ではないかと推察していた。

『私が？　そのような力があれば私はとうに、安良ごとこの国を滅ぼしていたやもな』

くすりとして、アルマスは蒼太を見やった。

『ウラロクの予言を私は話半分に聞いていた。森を追われて死すならそれまでの者だと思ったが、お前は角なきまま五年も生き延びて、いまや私に劣《おと》らぬ——いや、なんなら私よりも優れた妖力を手に入れた。八辻の剣にしても……鷺沢の剣は懐剣とは比べものにならぬ。あれに近付ける妖魔はそういまい。ましてや触れることができる妖魔は……だが蒼太、お前は平気なのだろう？』

「だからなんだ？」

　蒼太より先に夏野は問い返した。

『蒼太なら私が成し得なかった、安良にとどめの死を与えることができるやもしれぬと思ってな。安良が我らを滅ぼす前に、蒼太を使ってもう一矢報《むく》いてやりたかったが、今となってはどうでもよい』

「蒼太に安良様を？」

『懐剣で殺してからこのかた安良は都に閉じこもって出て来ぬゆえ、都でも人を殺せる蒼太に――私が見込んだ者が、安良の野望を阻んでくれぬものかと願っていたのだ』

「おぬしもまた、『並ならぬ力を持つ者』を探してきたのか……」

　安良暗殺のために、アルマスは蒼太を仲間にしようと、その力を見極めようと、なんなら育てようとしてきたらしい。

　そうして鷺沢殿を「人質」に、維那で蒼太の力を試した――

　神里で稲盛を庇《かば》ったのも、少なからずやつを「見込んで」いたからか……？

「蒼太は安良様を殺しはせぬ」

「そうか？」と、アルマスは蒼太を見やった。「たとえ安良が妖魔を――己を滅ぼそうとしていると知ってもか？」

『おれは――』

「私たちは、安良様を信じている」

蒼太の迷いを打ち消すごとく夏野は言ったが、「ふっ」とアルマスは鼻で笑った。

『お前たちが信じようが信じまいが、安良の願いは一つしかない。やつは建国よりずっと昔から、この世をあるべき姿に――もと通りにすべく尽力《じんりょく》してきたのだ。この国のありとあらゆるものを――ムベレトやこの私をも利用して。――黒川夏野。安良のように、ただ一つの願いを叶えるために、全てを投げ出す覚悟がお前にあるか？』

「私の覚悟……」

『遅かれ早かれ、安良は願いを叶えるだろう。全てはやつの手のひらの上――安良がまことに神ならな。やつは本当に神なのか……何やら楽しみになってきた』

優艶《ゆうえん》な微笑を浮かべたアルマスへ、蒼太がおずおず問うた。

『安良様を殺すこと――それが前に言っていた、あなたが死ぬ前に叶えたい望み……？』

『……違う。私の望みは真実だ。安良はもちろんのこと、ムベレトもまだ隠していることがある。何が嘘で、何が本当なのか……私は知りたい』

「私たちも知りたい。ムベレトや安良様の言い分とやらを教えてくれぬか？　あなたの推し当ては、私にはどうにも信じられぬ」

頼み込んでみたものの、アルマスは鼻で笑った。

『もう充分教えてやった。お前たちからなんぞ得られるものでもあれば話は別だが、私ばかり与えるのは癪《しゃく》だ』

「そ、それは……なんなら、今一度過去見を——」

『残念ながら、もうその時はなさそうだ』

空を見上げてアルマスが言った。

つられて見上げた空の向こうから、微かに蒼太を呼ぶ声がする。

『「その」が呼んでる』

『あとは機が熟すのを待つがいい。私もそうしよう。さすれば「自ずと全てが明らかになる」のだからな。私の推し当てがまことかどうかも……』

ムベレトの言葉を用いたアルマスにはやはり、ムベレトへの想いが感ぜられた。

再び苑の呼び声が聞こえた。

アルマスと共に立ち上がると、夏野は躊躇いつつも口を開いた。

「今一つ、あなたに訊いてみたいと思っていたことがある」

『しつこいな』

「ムベレトが安良様に与したのち、あなたは何ゆえ森へ帰らなかったのだ？　妖魔狩りは嘘で、あなたはムベレトに騙され、果ては裏切られた身ではないか」

微笑が自嘲に変わった。

『……私の二親《ふたおや》は、私のせいで死した。同族殺しは大罪だ』

「ムベレトのせいだ。あなたにそのつもりはなく、直《じか》に手を下してもいない……」

ああ、しかし。

アルマスが応える前に、夏野は腑《ふ》に落ちた。

断ち切れぬムベレトへの想いが、二親や仲間への裏切りなのだ――

苑の羽音が近付いて来る。

『――もうゆく』

止める間なく、アルマスは闇に姿を消した。

†

笛を吹くと、苑はすぐに上空に姿を現し、夏野たちは少し開けたところで落ち合った。

「蒼太、頼む、今すぐ来てくれ」

「どうしたのだ？」

「仲間が残間山の向こう側で、鴉猿どもとやり合うつもりなのだ」

一羽の金翅が仲間を殺したと思しき鴉猿を見つけて、後を追ったそうである。

「隠れ家を突き止めたのだが、十匹ほどの鴉猿の他に術師も出入りしているらしい」

苑と影行は今少し様子を探るべしと主張したのだが、血気盛んな仲間に煽《あお》られ、結句やはり十羽ほどの金翅が既に隠れ家へと飛んだという。

「若いのには気が短い者が多くてな」

もとより金翅は短気で、気性が激しいといわれている。

鴉猿への怒りと仲間を案じるがゆえの不安とで、苑も苛立《いらだ》ちを隠せぬようだ。

「借りを返すと言ったろう？」

「ん」

「ならば返せ。今すぐ返せ。お前の力で、鴉猿どもを蹴散らしてくれ」

「……ん」

夏野を窺いながら蒼太は頷いた。

その目にちらりとよぎったのは、紛れもない殺意だった。

「よし！　早く乗れ！」

思わず怯《ひる》んだ夏野から顔をそむけて、蒼太は無言で苑の背中に飛び乗った。

「わ――私も！」

慌てて夏野も後を追い、背中から伸ばされた蒼太の手を取った。

第九章 Chapter 9

夏野《なつの》を苑《その》の背中に引っ張り上げると、来た時と同じく腹ばいになって肩を寄せ合う。

久峩山《くがやま》を飛び立ち、残間山《ざんまさん》の西を回ると、戦《いくさ》は既《すで》に始まっていた。

苑と変わらぬ高さまで舞い上がって来た金翅《こんじ》の爪《つめ》は鴉猿《あざる》の腕を、鴉猿はもがきながらもう片方の手で金翅の足をつかんでいる。

爪の食い込んだ鴉猿の腕からは血が滴《したた》り落ち、金翅が何度も荒く羽ばたくうちに鴉猿は振り落とされて、空をつかみながら地上に叩《たた》きつけられた。

ひしゃげた鴉猿の屍《しかばね》に、駆け寄って来た鴉猿がすがりついて雄叫《おたけ》びを上げた。

金翅たちは地上すれすれに低く飛び交《か》い、隙《すき》あらば鴉猿を捕らえようと爪を伸ばして襲いかかる。

鴉猿も負けてばかりではない。

隠れ家から持ち出したらしい槍《やり》や鉤縄《かぎなわ》、鎖縄《くさりなわ》で金翅に応戦している。

鉤縄にかかった金翅が一羽、地上に引きずり下ろされた。

槍を持った別の鴉猿が襲いかかるのへ、苑が急降下して爪で槍ごと鴉猿を弾《はじ》く。

苑が再び空へ舞い上がる前に、蒼太たちは背中から飛び降りた。

鴉猿が槍を構え直して襲って来たが、夏野は落ち着いて一太刀目《ひとたち》で槍の穂先を斬《き》り飛ばし、そのまま懐《ふところ》に飛び込んで心臓を一突きにした。

空から落ちた屍にすがりついていた鴉猿が続いて襲いかかって来たものの、伸ばされた手をかわし、すれ違いざまに下段から斬り上げる。

胴体を切り放つには至らなかったが、致命傷であることは疑いない。

夏野が二匹の鴉猿を仕留める間に、蒼太《そうた》は急ぎ天の気を探った。

久峩山は晴れていたが、残間山の北側、殊《こと》に頂上付近には湿り気がある。

ぴりっと空に弾けた光を捕らえ、一息に地上に——夏野へ向かって走って来る鴉猿の頭上めがけて引き落とす。

細く青白い雷が一瞬にして鴉猿を焼いた。

落雷ほどの音はなかったが、皆を驚かせるには充分だったようだ。

『黒耀様《こくよう》！』

『黒耀様だ！』

さぁっと苑を除いた金翅たちが上空を離れ、七、八匹いた鴉猿たちが、短く叫びながら武器を放《ほう》り出して逃げ惑《まど》う。

一匹、また一匹と雷で狙《ねら》い討《う》つうちに、金翅たちが遠巻きに辺りを旋回《せんかい》し始めた。

狙われているのは鴉猿のみだと気付いたらしい。

五匹目の鴉猿を焼いたのち、夏野が己の名を呼ぶのを聞いた。

「蒼太」

叫び声ではなかった。

落ち着いた、だが少しばかり困惑の混じった声だった。

蒼太自身も困惑していた。

こうも容易《たやす》く、命を奪うことができる力を己が得たことに。

敵とはいえ——こうも躊躇《ためら》いなく命を奪う己に。

井高《いだか》で蒼太は、鴉猿と狗鬼《こうき》を心臓を握り潰して仕留めたが、雷による殺害は命の重さがまるで違うように感ぜられた。

今一度雷を落とし、逃げて行く二匹の鴉猿の内一匹を始末すると、蒼太は生き残りの一匹の気が遠ざかって行くのを見送った。

『我らが王だ！』

苑が叫ぶと、空を舞っていた金翅たちが次々と下りて来る。

金翅の言葉を蒼太は知らぬ。だがこれもまた新たな力なのか、その意味は——おそらく夏野が妖魔《ようま》の言葉を解するように——頭に直《じか》に伝わった。

森の中からも一羽——否、一人、半分人に化けた金翅が何かを引きずりながら現れた。

苑と違ってその者は人に化けるのが得意ではないらしく、影だけなら人に見えないことはないが、足には大きな鉤爪があり、身体《からだ》も羽根で覆《おお》われている。

『ルォート』

苑にそう呼ばれた金翅は、引きずって来たものを勢いよく皆の前に放った。人だった。

稲盛《いなもり》ではないが、おそらく術師なのだろう。

『この術師がブラウを罠《わな》にかけたのだ』と、金翅が言った。

「お前が金翅を罠にかけたのか？」

苑が人語で問い直すと、人は息も絶え絶えに応える。

「……私ではない……罠は、稲盛様が……」

「やつの仲間なら、お前も同罪だ！」

血の臭《にお》いが鼻をつく。

手加減せずに捕らえたらしく、首元を始め、金翅の鉤爪に身体のあちこちを掻《か》き切られた術師は既に虫の息だ。

『やり過ぎだ』

集まって来た金翅たちの中には影行《かげゆき》もいて、呆《あき》れ声でつぶやいた。

『ブラウを殺したんだぞ！　ブラウの羽根をむしって、ブラウに人殺しの濡《ぬ》れ衣《ぎぬ》を着せやがった！』

『だが、もとを絶たねば鴉猿どもは収まるまい。やつらの元締めは稲盛という術師で、こやつではない』

『うう……おい！　「いなもり」とやらはどこにいる？』

ルォートが小突くも、術師は応えない。

『おい！　吐け、この野郎！』

足蹴《あしげ》にされた術師の気が途絶えた。

『よせ。もう死んでいる』

影行がルォートを止めると、苑が改めて皆を見回した。

『この者が蒼太だ。どうだ？　私が言った通り、黒耀に引けを取らぬ力だろう？』

金翅たちの視線を一度に浴びたが、怖気《おじけ》付くことなく蒼太は言った。

「おう、には、ならん」

これも夏野と同じく、言葉を聞いて解すことはできても、話すことはできぬままだ。

蒼太の人語はまだたどたどしいが、それは金翅の多くも同じだろう。

「かいは、かえした」

「だが蒼太、稲盛はきっとまた襲うぞ。やつの息の根を止めるまで、やつは人を――我らも――脅《おびや》かすだろう。どうだ？　我らは引き続き稲盛を探そう。やつを見つけ次第《しだい》、お前に知らせるゆえ、お前もまた此度《こたび》のような有事には、我らを助けてくれないか？　王になりたくなくばそれでもいい。ならば、せめて盟約を結ばぬか？」

「めいあく？」

「互いに敵にはならぬという約束だ。お前が我ら金翅には手を出さず、此度のような大事に我らに助太刀してくれるなら、我らもお前やお前の仲間、つまり他《ほか》の山幽《さんゆう》や人には手出しせぬ。事と次第によっては――否、できうる限りお前と仲間を助けてやろう。お前が望むなら国の果《は》てまで連れて行ってやるし、お前と共に打倒稲盛に尽力《じんりょく》しよう」

夏野を見上げて、蒼太は山幽の言葉で言った。

『金翅と仲良くできるなら、いいことだとおれは思う』

ずっと硬かった夏野の顔が、ほんの少しだが和《やわ》らいだ。

「そうだな。金翅と争わずに済むなら良いことだ」

『おれは「その」を信じてる』

「私もだ。私も蒼太と同じく苑――おぬしを信じている」

苑に向き直って夏野が言うと、苑はにやりとして他の金翅を見回した。

『皆、よいな？』

金翅たちの間では、蒼太を新たな「妖魔の王」に仕立てるべく既に話がついている。

苑が言うのへ、金翅たちは一様に頷《うなず》いた。

鴉猿は逃した一匹を除いて皆死したが、金翅も無傷ではなかった。

二羽が地上に引きずり下ろされ、内一羽は鴉猿の怪力で片羽をもがれ、もう一羽は槍で身体を何度も突かれて瀕死《ひんし》の状態だ。

傷ついた仲間を他の者に任せて、苑は影行と共に、蒼太と夏野をいざない、ルォートの案内で術師の隠れ家を探った。

隠れ家はその場しのぎのような掘っ立て小屋で、行李《こうり》に掻巻《かいまき》、文机《ふづくえ》、火鉢《ひばち》など限られた物しか見当たらなかった。

文机には書きかけの符呪箋《ふじゆせん》の隣りに、手本と思《おぼ》しき符呪箋があった。行李には大した物が入っていなかったが、掻巻の枕元には財布があって、金の他に手形が入っていた。

夏野が符呪箋を財布に入れて、懐に仕舞う。

隠れ家を後にして森の外へ戻ると、夏野が術師の亡骸《なきがら》の傍《そば》で足を止めた。

「弔《とむら》ってやろうなどと言うのではなかろうな？　こやつに同情の余地はないぞ」

眉《まゆ》をひそめた苑へ、夏野は小さく首を振った。

「私はただ、この者はここで、このまま地に還《かえ》るのかと……」

「当たり前ではないか。埋《う》めようが、放って置こうが、死した者は皆いずれ地に還る」

「……そうだな」

『我らを敵に回すとは、身の程知らずが』

そう吐き捨ててルォートは蒼太を見やった。「めいやく」を結んだ己への脅《おど》しのつもりやもしれなかったが、微塵《みじん》も恐れを感じない。

一人で逃げ惑っていた三年前までの己とは違うのだ。

「かえう」

蒼太が言うと、苑は影行を見やった。

「夏野を頼んでよいか？」

「ああ」

影行は頷いたが、蒼太は首を振った。

「なつのと、いしょ、かえう」

苑と顔を見合わせてから影行が言った。

「二人一緒に乗せよと言うなら、尚更俺《なおさらおれ》がゆく。よいな？」

影行を信用しない訳ではないが、晃瑠《あける》までの距離を考慮《こうりょ》し、鴉猿が使っていた武器の縄を結び直して命綱とした。

夏野と二人で影行の背中に乗ると、行きと同じように肩を抱き合い、それぞれ片手を影行の首に回してつなぐ。

蒼太が影行の背中に顔を埋《うず》めると、夏野がくすりとして身体をやや重ねるように深く蒼太の肩を抱いた。

「蒼太は本当に寒がりだな」

己が「一緒に帰る」と主張したのを、夏野は寒がりのせいだと思っているらしい。

二人よりも一人の方が寒いに決まっているが、蒼太の理由は別にあった。

最後の一匹を見逃したのはけして情けからではなく、鴉猿が木々の合間を逃げて行ったため、雷によって辺りが焼けるのを恐れたからだ。森で生まれ育ったからか、木々やそこに生きる他の生き物たちを傷《さ》つけることは避けたかった。

もっと大きな力を使えた……

なんなら、鴉猿の二匹や三匹、まとめて一度に吹き飛ばせるほどの、地をえぐるほど大きな雷を落とすこともできる妖力が己の中にたぎっているのを感じた。

蒼太はもうアルマスを恐れていなかった。アルマスが言った通り、今の己なら充分アルマスと渡り合える——なんならアルマスを凌《しの》ぐ妖力がある。

だが、このままもっと、ずっと強くなった己を想像すると怖かった。

それに……

大きな雷を使わなかったのは、本当に他の命を慮《おもんぱか》ってのことだったのか？

本当は一つ一つ、己の裁量で命が失われてゆくことを愉《たの》しんでいなかったか？

ふいにカシュタの心臓の味が——あの、身体中の細胞が歓喜に湧《わ》き上がるような旨《うま》さが舌によみがえって、蒼太はぶるりと身を震わせた。

「蒼太？」

「……さうい」

「うむ。今少しの辛抱だ」

蒼太を温めようと、夏野の腕に力が込もる。

夏野の身体から体温とはまた違った、温かく心地良い波動が伝わってくる。

何やら後《うし》ろめたさを感じつつも、夏野の温《ぬく》もりに蒼太は浸った。

強くなりたいと願ったのは自分だ。

——怖いか？——

いつかの伊織《いおり》が思い出された。

——常人に見えぬ力——しかも命を奪えるほどの力を得るということは、それに見合った使命を負《お》うということだ——

——己を正しく律することができるかどうか、不安だったのだ。今でさえ、迷いにかられる時が多々ある——

……おれにもできるだろうか？

己を正しく律して、使命に備える。

間違っても、この世を壊してしまわぬように……

†

「莫迦者《ばかもの》！」

馨《かおる》に怒鳴《どな》りつけられて、夏野は蒼太と二人して首をすくめた。

「俺が……皆がどれほどお前たちを案じたことか！」

「申し訳ありませぬ」

「こめ、なさい」

これまた蒼太と二人して謝ると、恭一郎《きょういちろう》が笑った。

「よいではないか。こうして無事に戻って来たのだから」

「ちっともよくない。黒耀にわざわざ会いに行くなど無茶が過ぎる」

「きょうの、あん」

「なんだと？」

「あ、いや、俺はただ……だが、そこそこうまくいったではないか」

「莫迦者め」と、馨は繰り返した。「親が親なら、子も子だ」

呆れる馨をよそに、恭一郎と蒼太は顔を見合わせて微笑を漏らした。

――夏野たちが夜半になっても帰らぬため、宿屋の女将《おかみ》が自ら番所に出向くと、番所でも番人が気を揉《も》んでいた。

門はとっくに閉まっていたが、理一位《りいちい》の直弟子《じかでし》二人が行方《ゆくえ》知れずという大事である。番人は女将と共に門を訪れ、門役人が警邏《けいら》の者を志伊《しい》神社に走らせた。

知らせを受けて、恭一郎は馨を起こして伊織を頼み、特別手形を使って門の外に出た。

恭一郎はまず、以前苑と落ち合った雑木林へ行こうとしたが、番人やら警邏やらが同行を主張した。

「丑三《うし》ツを過ぎておったからな。一人では行かせられぬと言うのだ」

どうしたものかと思案していた矢先、闇《やみ》の中を夏野たちが戻って来た。

女将の計《はか》らいで、旅の汚れを落として眠りに就《つ》いた夏野たちは明け六ツを聞き逃し、恭一郎もあえて起こさず、三人は昼過ぎになって東門をくぐった。

夏野たちの無事は、門役人を通じて夜が明けぬうちに志伊神社に伝わっていた。

「やれやれ一安心と思うたのに、まさか自ら渦中《かちゅう》に飛び込んで行ったとは……」

渋面《じゅうめん》のまま馨はこぼしたが、夏野たちが持ち帰った「土産《みやげ》」を見せると、やっと眉間《みけん》の皺《しわ》を解いた。

「吉本成三《よしもとせいぞう》、か。知らぬ名だな」

術師の手形を見ながら伊織が言った。

「だが、稲盛の手下ならおそらく斎佳《さいか》の者だろう。斎佳の清修塾《せいしゅうじゅく》に問うてみよう」

苑が言った通り、昨日の夕刻、維那《いな》から颯《はやて》が届いて、鳴子村《なるこむら》から攫《さら》われたと思しき二人の子供の亡骸が、東北道沿いで見つかったことが知らされていた。

追って今朝――夏野たちが晃瑠《るす》を留守にしている前に――差間《さしま》からも颯が届いた。

恵中《えなか》州司からの「委細」によると、鳴子村での死者六人の内、祖母と子供二人は頭や身体を強く打ち付けた痕《あと》があり、腕や胸には引っ掻き傷が、残りの祖父と父母は三人とも首の骨が折れていて、首にやはり引っ掻き傷や爪がめり込んだ痕があったという。

金翅の姿を見た者は見つからなかったが、落ちていた羽根は結界を確かめに向かった理術師の検分により、金翅のもので間違いなく、よって恵中州司は引き続き金翅が家の中で暴れ、六人を殺して子供を攫ったと信じているようである。

稲盛と吉本は残間山の近くでブラウという名の金翅を罠にかけて、鴉猿に殺させた。稲盛は隠れ家を吉本に任せ、己は羽根を携《たずさ》え、おそらく鴉猿を一匹か二匹伴にして鳴子村の一家を襲ったと思われる。

「引っ掻き傷なら鴉猿にだってつけられます」

夏野が言うのへ、恭一郎が応えた。

「うむ。しかし苑たちには悪いが、この濡れ衣を晴らすのは難しいぞ。まさか金翅たちからそう聞いたとは言えぬからな」

恭一郎が言うように、鳴子村の一件は金翅の仕業《しわざ》のままとなりそうである。

吉本の正体は数日後に知れた。

斎佳の清修塾の調べで、吉本は額田《ぬかた》州の出で、過去に二度、斎佳で入塾の試験を受けていたことが判《わか》った。二度とも僅《わず》かに及第点《きゅうだいてん》に足《た》りなかったそうで、二年前の二度目の落第ののち、故郷に帰らず行方知れずとなっていた。

「稲盛と似た境遇だな」と、馨。

「入塾に至らぬ者は山ほどいる。これからもっと西原や稲盛につく輩《やから》が増えるのではないか？」と、恭一郎。

恵中州司のもとへ現れた予言者の正体も、ほどなくして安由《あゆ》たちが突き止めた。

小林隆史《こばやしたかし》という名で、吉本と同じくやはり入塾を果《は》たせなかった者だという。

「この小林という者はどうやら、稲盛と西原のつなぎ役を務《つと》めているようです」

そう伝えたのは一葉《かずは》で、一葉もまた安由から人見《ひとみ》へ届いた報告を、人見から伊織へ届けるつなぎ役を――安由の護衛役付きでだが――担《にな》うようになっていた。

一葉は二年前に十五歳で元服し、大老の跡目として少しずつ政務を習いつつある。

夏野が初めて一葉に会ったのは元服の後だ。当時はまだあどけなさが残る少年だったが、この二年で大分背丈《せたけ》が伸びて、面立《おもだ》ちも精悍《せいかん》になってきた。大老の跡継ぎとして町の者にも顔を知られるようになってしまい、近頃は一葉なりに「仮装」しているそうで、今日も夏野に似た少年剣士の格好に笠《かさ》を被って現れた。

師走《しわす》ももう五日目であった。

つなぎ役としての役目を果たすと、一葉は傍《かたわ》らに置いていた風呂敷包《ふろしきづつ》みを伊織に差し出した。

「皆様のお茶請《う》けにと思い、持参しました」

大人たちのやり取りをよそに、ずっと黙り込んでいた蒼太が身を乗り出した。

「わげつ。きわ。わげつ」

「判った。判ったから、そうがっつくな」

中身に当たりをつけていたのだろう。食い入るように包みを見つめる蒼太を、恭一郎が苦笑と共にたしなめた。和月《わげつ》は向井町《むかいちょう》の菓子屋・季和《きわ》の看板菓子で、蒼太の好物でもある。

「小夜《さよ》に茶を淹《い》れ直してもらおう。──一葉様もご一緒にいかがですか?」と、伊織。

「では、ありがたく馳走《ちそう》になります」

「かすは、かたじけ。おれ、わげつ、ちそ、なう」

「落ち着け、蒼太。はしたないぞ」

包みに伸ばされた蒼太の手を夏野が押しとどめると、一葉が小さく噴き出した。

「お二人は相変わらず姉弟のごとく仲良しですな」

「はあ、まあ」

のちの大老に見つめられてどぎまぎする夏野の傍で、伊織が風呂敷を開き、油紙に包まれた和月を一つ蒼太に差し出した。

「そう、そわそわされてはこちらが落ち着かぬでな」

「かたじけ。いおい、かたじけな」

「苦しゅうない。食べて一休みしたら、また修業に励《はげ》むのだぞ？」

「……ん」

頷く蒼太は既に伊織を見ておらず、かさかさと音を立てて油紙から和月を取り出し、かぶりつく。

和月の濃厚な蓮蓉餡《れんようあん》を口に含むと、満面の笑みを蒼太は浮かべた。

無邪気に喜ぶ蒼太を見やって、夏野はどことなくほっとした。

久峩山で苑の背中に乗った蒼太には、鴉猿たちへの明確な殺意があった。

一匹、また一匹と、雷で鴉猿を殺していった蒼太の顔に冷酷《れいこく》さは見られなかったものの、迷いなく、淡々と逃げゆく命を奪っていく様に夏野は不安を覚えた。

夏野自身も迷いなく二匹の鴉猿を斬り捨てていたが、向かって来た者を返り討ちにしたまでだ。

鴉猿たちのこれまでの所業を思えば、情けはいらぬようにも思う。

だが——

己はそうしなかったのではなく、そうできなかっただけではなかろうか。

私にも蒼太と同じ力があれば、逃げゆく者にも容赦《ようしゃ》しなかったやもしれない……

蒼太と出会ってから三年余りが経《た》った。

この三年で剣術は五段から六段に昇段し、理術も基礎である感じ取る力はぐんと伸びて、気を読んだり、妖魔の言葉を解したり、過去見をしたりするのに役立っている。

――だが、蒼太はもっと強くなった。

そして、これからももっと強くなる――

蒼太自身を恐れはせぬが、蒼太のこれから――その行方――もしくは運命――には恐れを抱いた。

姉弟のごとく……か。

夏野はいまや、まさに弟のごとく蒼太を愛していた。

左目がそうさせているとは思っていない。

蒼太の左目を通して絆《きずな》を深めたことは確かだが、けしてそれだけではないと夏野は信じたかった。

――全《すべ》てやつの手のひらの上――

そう、アルマスは言った。

だがたとえ蒼太との出会いが安良《やすら》の――神の――計らいだったとしても、夏野は構わなかった。

これが運命だというならば尚《なお》のこと、今はただ感謝するのみだ。

この運命の先はまだ判らぬが……

蒼太と——恭一郎とも——共にずっと歩んでいきたいと夏野は願っている。

——黒川《くろかわ》夏野。安良のように、ただ一つの願いを叶《かな》えるために、全てを投げ出す覚悟がお前にあるか？——

アルマスの声が再び耳によみがえる。

この世を正そうなどと、大それた望みは己にはない。

全てを投げ出そうにも、大したものは持ち合わせていない。

せいぜい己の命だけ——

「なつの？」

いつの間にやら、蒼太が訝《いぶか》しげに夏野を見上げていた。

「うん？」

「なつのも、くう？」

「ああ……いや、私はよいから蒼太がお食べ」

「しんぱ、いらん。わげつ、たくさん、あう。いおい、なつのも、くう」

形ばかり伊織に断って、蒼太は和月を一つ取って夏野に差し出した。

「しんぱ、いらん」

繰り返した蒼太へ、夏野は微苦笑と共に頷いた。

「そうだな。——ありがとう、蒼太」

†

晃瑠で一葉が志伊神社を訪ねた同日——

稲盛は草賀《くさか》州の隠れ家で、鴉猿のペラリからの知らせを苦々しい思いで聞いた。

黒耀の魔手から命からがら逃げて来た——と、ペラリは熱い口調で語った。

「やつの姿をしかと見た……なんと、まだ小さな餓鬼《がき》だった」

話を聞くうちに、残間山に現れたのは黒耀ではなく蒼太らしいと判った。

蒼太が強い念力を持っていることは神里《かみさと》で対峙《たいじ》した時に知ったが、黒耀と同じく、雷を操れるとは知らなかった。

とすると、これまでにもきっと——

今まで黒耀に阻《はば》まれていたと思っていたことも、蒼太の仕業だったのではないかと稲盛は思った。

そうだとしても、黒耀が蒼太に執着《しゅうちゃく》していることは間違いない。

儂《わし》にも一目置いている筈《はず》……

神里で黒耀は稲盛を蒼太の攻撃から庇《かば》った。話に聞いた「気まぐれ」とも思えたが、黒耀が「力ある者」を贔屓《ひいき》にしているのなら、己に目をつけていてもおかしくはない。

残間山での金翅との戦から既に八日が経っていたが、ペラリはいまだ興奮冷めやらぬようだ。一通り話を聞いてから稲盛が退室を促《うなが》すと、ペラリは嬉々《きき》として部屋を出て行った。

生き延びたのは単なる幸運に過ぎず、仲間と吉本を併《あわ》せて十もの命が失われたというのに、仲間には武勇伝として自慢しているらしい。

「さて……」

つぶやいて、稲盛は脇息《きょうそく》にもたれた。

鳴子村から戻ったばかりであった。

どっと押し寄せてきた疲労に目眩《めまい》を覚えて、稲盛は呻《うめ》いた。旅の疲ればかりではない。鹿島《かしま》の身体を乗っ取り、ティバを取り込んだがゆえの不調がますます顕著《けんちょ》になってきている。

国民の敵意を鴉猿ではなく金翅へ向けさせるために、金翅の仕業に見せかけた襲撃を目論《もくろ》んだ。小林と吉本に手本を見せるつもりで金翅を罠にかけ、羽根を手に入れると、稲盛は小林と鴉猿のテナンを連れて間瀬《ませ》州を発《た》った。

鳴子村を選んだのは二年前の一件を聞いていたこともあるが、田所《たどころ》の玖那村《くなむら》での話が気になっていたからでもある。

鳴子村で襲撃を仕掛けるより先に、稲盛たちは足を延ばしてまずは那岐《なぎ》州の玖那村へと向かった。

田所が言っていた屋敷はいまだ空き家のままだった。

一度買い手がついて、血痕《けっこん》が残っていた部屋は手直しされたそうだが、二度にわたって、五人もの死者が出た曰《いわ》く付きの屋敷である。引っ越して三月《みつき》もすると「夜な夜な幽霊が現れる」と買い主がこぼし始め、半年と経たずに引き払ったという。

稲盛は霊など恐れていない。

むしろ、霊がいるなら是非とも見てみたい――と思っている。

……叶恵《かなえ》――奏枝《かなえ》――への未練だろうか？

ふと浮かんだ疑問を、稲盛は小さく頭を振って打ち消した。

未練などと――莫迦莫迦しい。

霊を――魂《たましい》を――見極めることができれば、それが安良のごとき不死への道となるやもしれぬからだ……

稲盛たち三人は、それぞれ偽《にせ》の手形を持っている。姓は皆「小林」で、維那の商家の従《い》兄弟《とこ》同士という触れ込みだ。稲盛と小林の名前はそのままだが、テナンは人名を「鉄男《てつお》」としている。

稲盛は小林に、西原《さいばら》から預かった金を手付として、屋敷を買い取らせることにした。

――文三郎《ぶんざぶろう》さんの具合が思わしくないので、こういったのんびりした田舎《いなか》で療養《りょうよう》してもらいたいのです――

売り主に体のいい理由を述べた小林へ、稲盛も相槌《あいづち》を打った。

――宮司《ぐうじ》の知己《ちき》がおりますゆえ、しっかりお祓《はら》いしてもらいます――

不調を小林に悟《さと》られているのは不快だったが、もはや隠しようがなかった。

妖魔を身の内に取り込むことで、手に入れた理がいくつもある。人の鹿島を乗っ取ることができたのも、仄魅《しきみ》を「飼っていた」折に学んだ理のおかげともいえた。

人なら「理術」、妖魔なら「妖力」と呼ぶ力そのものは、昨年より今の方がずっと強い。だが近頃、力を奮《ふる》った後や、人里の結界に触れた後は、必ずといっていいほど目眩や頭痛、吐き気に悩まされるようになってきた。

斎佳での一件ののち、半年以上にわたってやはり似たような症状に悩まされた。仄魅一匹の時も数箇月《すうかげつ》は本調子に戻らなかったが、此度は一人と一匹との同化であった。また仄魅を取り込んだのは己がまだ十代の折で、あれから百三十年余りが経っている。更に半年ほどを経《へ》てようやく同化の無理が片付いたと思いきや、ここへきてまた退転、否、もとより悪化し始めている。

本来なら、数日前にはここへ戻っていた筈だった。

しかしながら、鳴子村ではまた、結界を破るために己の血を使わざるを得なかった。少しは小林にも犠牲を求めたかったが、並の人間の身体からは、二合ほどでも血を取り出すことは難しい。

結句、事は無事に終えたものの、戻り道中で何度も休む羽目《はめ》になった。

予言者を装《よそお》って戯言《ざれごと》を恵中州司に吹き込んだ他、術師としてはさほど役に立たなかった小林は、後ろめたさからか辻越町《つじこしちょう》までは稲盛に同行したが、辻越町からは一人で斎佳へ急いで帰った。

金翅たちとの戦の数日後、ペラリは仲間を連れて、死した仲間の屍と隠れ家を確かめに行き、吉本も殺されたことを知ったという。吉本が死したがゆえに、金翅との一件はまだ西原や小林の耳には届いていない。

辻越町で小林に置き去りにされた時は腹が立ったが、今となっては小林がこの隠れ家まででついて来なかったのは幸いだった。

鴉猿たちはペラリの武勇伝から、黒耀が鴉猿ではなかったと知ってがっかりしている節がある。

稲盛と葉月《はづき》に神里に同行していたテナンは、蒼太が黒耀でないことを知っている。ゆえに、黒耀が鴉猿ではないとは言い切れぬのだが、今はその見込みは薄いと踏んでいる。

だが、金翅たちが担《かつ》いでいる「妖魔の王」は、蒼太のことだったのだ。

ならば、蒼太はやはり山幽なのか……

蒼太が合の子、または理術師という見込みも捨て切れぬ。

しかしながら、もしも山幽だとしたら——と、稲盛は頭を巡らせた。

ならば黒耀は——黒耀も山幽やもしれぬ。

そう思い至って、ついほくそ笑む。

——ますますよいではないか。

人里を襲うために、最も人を嫌っている鴉猿を手っ取り早く同志としたが、鴉猿の短絡さが稲盛には時折我慢ならぬ。金翅は短気で気性が荒いといわれているが、鴉猿よりは策士なようだ。山幽は身体こそ鴉猿や金翅ほど強くないものの、人に似ている分、同化を御しやすいように思える。

己の奥で、鹿島とティバがそれぞれ不満と不安を抱えているのが感ぜられる。ティバはこの数箇月黙り込んだままだが、稲盛が鴉猿を見下していることは感じ取っているようで、じめついた不満は重しのごとく身体の負担となっている気がした。

鹿島は不満はもとより大きな不安を抱えていて、時折思い出したように口を開く。稲盛が自分やティバと折り合いをつけるのを諦《あきら》め、新たな身体を探していることを知っているからだ。稲盛が新たに身体を乗り換えれば、鹿島は自分の身体を取り戻すことができようが、鹿島は——稲盛も——ティバを追い出す理を知らなかった。

さすれば鹿島はティバと共に生きていくしかないのだが、自分の力ではティバを抑え切れず、いずれ——妖魔を取り込んだ術師の末路として——狂い死にするのではないかと恐れているのである。

二人の不満と不安を取り除くことができれば、多少は調子が良くなるだろう。

だが、もはや手遅れだ……

この同化は失敗だった。

そう認めるのは悔しいが、目をそむけてはならぬ現実だ。

人の鹿島を乗っ取るだけでは生き延びられぬと判じて、ティバも取り込んだ。あの時はそうする他なく、鹿島とティバの二人にも、あの渦中を「生き延びたい」という意思があったからこそうまくいったのだ。

黒耀が山幽ならば、次の身体にもってこいだ。

無論、蒼太も諦めていない。

しかし、まずはつなぎの身体をなんとかせねば……

仄魅を探すか——と、稲盛は思案した。

妖魔にもそれぞれの領分があり、鴉猿たちの領分で仄魅を見かけたことはまだないが、山幽よりは見つけやすいと思われる。

仄魅ならうまく御する自信があった。

種としては仄魅より鴉猿の方が人に近いものの、あまり「強い」ものを「取り込む」ことは身を蝕《むしば》むようである。「乗っ取り」なら差し障《さわ》りないと思われるため、当面の不死性を保つだけなら仄魅で充分だと稲盛は判じた。

願わくばまた、幼く、無知な者がよい……

前に取り込んだ仄魅もそうだが、なんとはなしに蒼太、それから夏野を思い浮かべて稲盛は薄く笑った。

つなぎなら、黒川でもよいか。

黒川なら蒼太へのいい「餌《えさ》」にもなろう……

稲盛は近々、買い取ったばかりの玖那村の屋敷へしばし居を移す。

表向きは東側の州の下調べだが、真の目当ては玖那村の西、恵中州の北側や黒桧《くろべ》州の東側など山深い自然に潜《ひそ》む山幽か仄魅だ。

玖那村の屋敷には、テナンのみを連れて行くつもりだ。テナンは鴉猿の中では人に化けるのがうまい。寡黙《かもく》で機転が利《き》くところも他の鴉猿より気に入っていた。己の下男とすれば、村への出入りもそう難しくはないだろうと踏んでいる。

隠れ家での暮らしには飽き飽きしていた。

鴉猿たちが出入りするため、人里からやや離れたところに構えざるを得ぬ隠れ家は、家とは名ばかりの掘っ建て小屋に過ぎぬ。

森羅万象《しんらばんしょう》の理を学ぶのが理術である。よって、人里よりも山や野原の方が理を学ぶのには適しているのだが、稲盛はまだ「人」なれば、不調がなくとも長きにわたっての隠れ家暮らしは身にこたえるものがある。

次はもっとうまくやってやる……。

理術を極め、己が全ての生き物の頂点に立つことこそ、この世のためだと、稲盛は信じて疑わぬ。

終章
Epilogue

師走《しわす》は二十九日の八ツ過ぎ。

剣の稽古《けいこ》を終えた夏野は、馨と共に樋口《ひぐち》家へ向かった。

清修寮《りょう》へ、一笠《いちかさ》神社へと、伊織はずっと忙しくしていたが、今年の師走は小の月で今日はもう大晦日《おおみそか》だ。いくらなんでも、大晦日は昼過ぎには家に戻ると聞いていた。

「先ほどお戻りになったんですよ」

蒼太も伊織たちの帰宅に合わせたように、ひととき前に市中から戻って来たという。

小夜の案内で座敷に行くと、手ぶらの小夜を見て蒼太が眉尻《まゆじり》を下げた。

「かし、は？」

「ちょうど真木《まき》様と夏野様がいらしたので……今、取って来ますから」

「こら、蒼太」と、夏野は叱《しか》った。「小夜殿は師匠《ししょう》の奥方様だぞ。菓子が欲しいのなら自分で取りにゆけ」

「いいんですよ、夏野様」

「いや、よくない」と、恭一郎。「俺も酒を取りにゆこう」

「おやめください、鷺沢《さぎさわ》様。お酒は温まりましたらお持ちします。殿方に台所に出入りされては、どうも落ち着きませんから」

「ならば私が手伝いましょう」

そう夏野は申し出たが、小夜はやはり首を振った。

「夏野様はその……殿方ではありませんが、ええと、伊織様のお弟子様ですから、やはりこちらでお待ちくださいませ……」

歯切れの悪い小夜の言葉を聞いて、馨が噴き出した。

「女といえども、炊事《すいじ》を知らぬ黒川の出入りも落ち着かんだろうからな」

「し、知らぬという訳では……」

「そうか？　氷頭《ひず》でも戸越《とごし》家でも、炊事は人に任せっぱなしなのだろう？　米を炊《た》くのも、味噌汁《みそしる》を作るのも、漬物を漬けるのも、俺《おれ》の方がうまいのではないか？」

「それはまあ……」

言葉を濁《にご》してから、夏野は仕方なく頷《うなず》いた。

「判《わか》りました。ここで大人しくお待ちします」

夏野が座り込んで小夜が出て行くと、伊織が口を開いた。

「ちと、面倒なことになった」

「と、申しますと？」

「黒川も知っての通り、西原は公《おおやけ》に術師を増やしたがっている。理術師とて国史の初めはただの術師だったと言い張ってな。無論、斎佳を含めた四都の清修寮や晃瑠、維那、貴沙《きさ》の閣老は塾で学んでおらぬ者を理術師と認める気はないのだが、膝元《ひざもと》の斎佳の清修寮にまで反発されているのが面白くないのか、此度《こたび》は痛いところをついてきた」

樋口理一位《りいちい》とて、塾生でもない者たちを直弟子《じかでし》として取り立てているではないか――と言うのである。

「しかし、それは」

「案ずるな。大老様が返答してくださるそうだ。おぬしらは俺だけでなく、安良様、佐内《さない》様、野々宮《ののみや》様、そして亡き本庄《ほんじよう》様と、国皇と四人の理一位が認める才を持つ者たちであり、今は国の有事がゆえにこうして俺が引き連れておるが、有事が収まり次第、入塾の試験を受けさせる所存である――と」

「……おれ、しけ、うけん」

眉根を寄せた蒼太へ、伊織は微笑《ほほえ》んで繰り返した。

「案ずるな。ただの方便だ。この一件が片付いたら、お前は恭一郎とどこへなりともゆくがよい」

「ん」

蒼太が頷くのを見て、伊織は付け足した。

「だがな、蒼太……これは一案なのだが、事が片付いたら、恭一郎と白玖山《はくさん》の森で暮らすというのはどうだろう？」

「あくさんの、もい？」

「おい、伊織」

小首を傾《かし》げた蒼太の横で、恭一郎が苦笑する。

「聞き流せ、蒼太。こいつはな、私欲のために白玖山行きを勧《すす》めておるのだ。俺とお前が白玖山にいれば、いつでも都と白玖山を行き来できると思ってな」

「……なつのは？　その、の、ふえ、なつの、もてう」

「黒川か。そうだな……」

恭一郎がつぶやいたのへ、どぎまぎして夏野は応《こた》えた。

「し、しかし、あれはもともとは蒼太へ渡されたものです」

事が片付いたら、私も二人と一緒に白玖山へ……？

そんなことが──そういった未来もありうるのだと、胸が高鳴り口がもつれる。

「そうだ。蒼太は此度、金翅《こんじ》たちと盟約を交《か》わしたのだから、これからは笛は蒼太が持っているがいい」

笛を渡そうと夏野は胸元から守り袋を取り出したが、蒼太は小さく首を振った。

「いらん。ふえ、なつのが、もつ、が、いい」

それから伊織の方へ向いて続けた。

「あくさんも、みあこ、と、おなじ。ちかあ、つかえん。きゅく、つ。ことか、かたつい、たあ、きょうと、そと、ゆく。きょうと、そとで、くあす。おれ、ちょと、けかい、まなぷ。おれが、きょう、まもう」

決然として言う蒼太へ、恭一郎はますます苦笑した。

「まいったな……だが、都も森も窮屈《きゅうくつ》には違いない。それにまあ、その頃《ころ》にはこの刀も俺の手を離れていよう。さすれば、うむ、お前の力の方がずっと頼りになりそうだ。頼んだぞ、蒼太」

「ん」

大真面目《おおまじめ》に頷く蒼太からは、大きな自信が窺《うかが》えた。

明日になれば夏野は二十一歳、蒼太は十九歳になる。

公には蒼太は十三歳、明日は十四歳になるのだが、見目姿は同い年の少年よりずっと幼く、せいぜい十一、二歳といったところだ。それとて伊織の守り袋によって成長を誤魔化《ごまか》しているからで、誤魔化しが利くのも持ってあと一、二年、これから歳《とし》を重ねるにつれて人里では暮らしにくくなる。

――お前にはなんぞないのか？　その身を――命を――賭《と》しても構わぬ望みは？――

ふと、安良からも、アルマスと似たようなことを問われていたと夏野は思い出した。

――もしもこの世が本当にもと通りになるならば、それはとりも直さず、事の始まりまで時が戻り、今「在る」この世はなかったことになる――

安良は「建国よりずっと昔から、この世をあるべき姿に――もと通りにすべく尽力してきた」とアルマスは言った。アルマスの推《お》し当てが本当ならば、事が片付いた暁《あかつき》には已が知るこの世はないやもしれぬ。

私たちを惑わし、からかうための――

戯言《ざれごと》だ。

アルマスのにんまりとした顔を思い出しては、夏野は己にそう言い聞かせていた。

「時が戻る」というのはアルマスが言った通り「推し当て」に過ぎず、実は私や蒼太を通じて、安良様かムベレトから「真実」を聞き出すつもりではなかろうか――

だが、アルマスの言葉の全てが戯言とも思えなかった。少なくともアルマスは遅かれ早かれこの世が――妖魔《ようま》が――滅ぶと信じているようで、夏野は慄《おのの》かずにいられない。

それでもこうして皆と話していると、全《すべ》ては取り越し苦労で、そう遠くない未来には穏やかな日々が待っているような気がしてくる。

たまにはそういった良い予知でもないものかという思いから蒼太を見やると、ちょうど蒼太も夏野を見上げて山幽の言葉で問うた。

『――「なつの」はどうするの？』

「うん？」

『「なつの」もおれたちと一緒に来る？　一緒に外で暮らす？』

「いや、それは……私の一存では決められぬ」

『どうして？　外で暮らしても笛があれば――「その」に頼めば――人里までひとっ飛びだ。「きょう」もきっと「なつの」が一緒なら喜ぶ』

「そ、それはどうだろう？」

蒼太と恭一郎の二人と共に歩んでいきたいとは願っているが、恭一郎の心はいまだ奏枝にあるようだ。

夏野の返答に、蒼太はやや眉尻を下げて落胆を見せた。

「なんの内緒話だ？」

馨が問うのへ、恭一郎と伊織も夏野たちを見つめる。

「ええと、その……つまりは内緒の話です」

念を押すように夏野が蒼太を見つめると、蒼太は渋々小さく頷いた。

「む……」

馨も不満げな顔をしたが、夏野が取り繕《つくろ》う前に、襖戸《ふすまど》の向こうから声がした。

酒と菓子を持って入って来たのは、小夜ではなく、伊織の母親の恵那《えな》だった。

蒼太が菓子を、馨は酒を、それぞれすぐさま手にして相好《そうごう》を崩す。

「小夜は？」

「また少し優れぬようで」

そういえば、先ほども少々お疲れのようだった……と、小夜を案じたのも束《つか》の間《ま》。

何故だか斎佳の木下真琴《きのしたまこと》の顔が頭をよぎって、夏野はぴんときた。

「あのもしや、小夜殿は……」

「うふふ」と、恵那が微笑んだ。「もしやですよ、黒川様」

「母上、お引取りください。我々は大事な話をしているのです」

伊織に言われて、恵那はつんとしながらも立ち上がる。

「こちらも大事なお話ですよ」

「母上」

じろりと息子にたしなめられて恵那は座敷を出て行ったが、夏野を始め、恭一郎と馨、蒼太までもが伊織を見つめた。

「……どうやら懐妊《かいにん》したようでな。小夜が言うには、悪阻《つわり》は大分落ち着いたそうだが、やはりまだ少し身体が優れぬ時があるようだ」

蒼太と馨がきょとんとする中、ふっと恭一郎が笑みをこぼした。

「やれ、それは大事でめでたい話だ」

「お、おめでとうございまする！」

夏野も喜びに声を上ずらせて祝辞を述べる。

「あか、こ？」

真琴の「懐妊」、すなわち「赤子を授かる」ことだと覚えていたらしい。

「そうだ、蒼太。樋口様と小夜殿の御子《おこ》だ」

「そうか、そうか！　お前もとうとう父親か！」

馨も声を上げて杯を持ち上げる。

「めでたい。実にめでたいぞ！」

「いおい、おめてと」

「はは……かたじけない」

ほんのりとだが照れ臭そうに、伊織は皆に頭を下げた。

西原利勝《としかつ》は明日、睦月朔日《むつきさくじつ》より一都五州を引き連れて、自治へと移る。

霜月《しもつき》の空木村《うつぎむら》の一件以来、襲撃の知らせはないが、国中がどこかどんよりしていて、師走だというのに晃瑠はいつもの賑《にぎ》やかさに欠けていた。

山名村《やまなむら》で亡くなった土屋昭光《つちやあきみつ》には息子が二人いて、二人とも理術師となったものの、どちらも土屋より先に、二位を賜る前に亡《たま》くなっている。一笠神社の佐内秀継《ひでつぐ》は男女一人ずつの子供に恵まれたが、二人とも理術の道には進まなかった。斎佳で毒殺された本庄鹿之助《しかのすけ》と維那の野々宮善治《よしはる》は妻帯しておらず、隠し子もいない。

公にするのは無事に出産してからだろうが、能取州《のとり》や氷頭州で見た理一位への礼賛からして、生まれてくる子供は多くの国民に希望を与えるに違いない。

「祝い酒だ。もっと酒がいるぞ」

はしゃぐ馨の笑い声を聞きながら、夏野は立ち上がった。

「もう一本つけてもらうよう頼んで来ます」

「一本といわず、二本——いや、三本頼んで来い」

「いけません。まだ七ツにもならぬのですよ」

「硬いことを言うな、黒川」

馨の声を背中に聞きながら襖戸を開くと、ちょうど伊織の父親の高斎《こうさい》がやって来た。

「一大事です、黒川殿――いえ、鷺沢殿」

夏野の肩越しに高斎は恭一郎を呼んだ。

「御城《おしろ》から遣いの者がみえております。大老様がお倒れに」

皆が一瞬にして凍りつく。

眉をひそめて恭一郎がさっと立ち上がった。

「馨、伊織と蒼太を頼む」

「うむ」

皆を見回し、一つ頷いてから、恭一郎は外していた八辻九生《やつじきゅうせい》を手にして、慌ただしく座敷を出て行った。

大老様が……

新たな波乱を予感して、夏野はそっと胸を押さえた。

本書は、ハルキ文庫の書き下ろし作品です。

Haruki Bunko
ハルキ文庫

ち 2-18

最果《さいは》ての森《もり》 妖国《ようこく》の剣士《けんし》❻

著者 知野《ちの》みさき

2024年4月18日第一刷発行

発行者 角川春樹

発行所 株式会社角川春樹事務所
〒102-0074 東京都千代田区九段南2-1-30 イタリア文化会館

電話 03(3263)5247(編集)
03(3263)5881(営業)

印刷・製本 中央精版印刷株式会社

フォーマット・デザイン 芦澤泰偉
表紙イラストレーション 門坂 流

ISBN978-4-7584-4630-3 C0193 ©2024 Chino Misaki Printed in Japan
http://www.kadokawaharuki.co.jp/[営業]
fanmail@kadokawaharuki.co.jp[編集] ご意見・ご感想をお寄せください。